Dirk Bernemann

Asoziales Wohnen

UNSICHTBAR
VERLAG

»… there's no escape from my neighbourhood,
except for ich zünd sie an
there's no escape from my neighbourhood,
except for Selbstmord …«

Love A

Asoziales Wohnen

Was ist eigentlich Wohnen? Sein. Bleiben. Gewohnt sein. Zufrieden sein. Das Dach über den Köpfen, die Wände um die Körper und unsichtbar fließt Strom durch die Mauern. Und wenn du Licht machst im Treppenhaus, geht es irgendwann auch wieder aus. An den Wänden hängen Blumenbilder. Blumen in Körben. Blumen auf Mädchenarmen, Blumen in Körben auf Mädchenarmen, Blumen neben Blumen. Überall Abbildungen von Blumen in blumenfeindlicher Umgebung. Die hängen da schon seit Jahren. Niemand beachtet sie wirklich, aber sie sind da. Echte Blumen siehst du hier nicht.

Früge man sorgenfreie Denkphobiker, was ihnen Wohnen bedeutet, dann sagten sie wohl: »Wohnen bedeutet mehr als nur einen Platz zum Schlafen und Essen zu haben. Wohnen bedeutet ungestörte Selbstverwirklichung in allen Lebensbereichen. Wohnen bedeutet auch, die Möglichkeiten zu sozialer Interaktion zu haben und diese selbstbestimmt gestalten zu können. Und schließlich bedeutet Wohnen, die eigene unmittelbare Umgebung so gestalten zu können, wie es meiner Persönlichkeit entspricht, also, etwas Eigenes zu haben.« Sie sollen die Fresse halten. Bitte.

An einer Wand im Treppenhaus hat es so Glasbausteine. Die hat man dahingemacht, damit vielleicht ein bisschen Licht durchscheint. Doch das meiste Licht, das in diese Gegend kommt, hat Besseres vor, als durch diese Milchglassteine Helligkeit ins Treppenhaus zu gießen. Und wenn man von innen durchguckt, sieht die Welt immer wie im Nebel stehend aus und man selbst könnte sich für besoffen halten. Das Licht bleibt zumeist angeödet draußen.

Hinter jeder Tür eine eigene Vorstellung von Leben. Mitten in deutscher Mittelmäßigkeit, denn die Gegend hier ist eher so mittelgut, nicht wirklich asozial, aber auch nicht einbruchswürdig. Parkbuchten, Fahrradständer, Kinderspielplätze. Alles da. Aber eben auch nicht mehr. Wer mehr will, wohnt woanders.

Hier wohnst du zur Miete, weil es nicht reicht für was Eigenes oder weil es nur ein Übergang ist, oder weil du es nicht besser weißt. Und die anderen, die hier auch noch wohnen, interessieren dich nicht. Sie sind die anderen Leben, die Statisten hinter den Türen. Ganz selten siehst du hier einen, meistens hörst du nur ihre Geräusche, ihr Musikhören, ihr Fußtrappeln, ihr Treppensteigen und ganz selten ihre Kopulationsgeräusche.

Die meisten Treppenstufen quietschen der Plastikoberfläche wegen. Spitze Schreie. Wie die Laute zertretener Kleintiere. Kleine, leise Laute, wenn jemand auf- oder absteigt. Einmal in der Woche kommt der Hausmeister und wischt feucht durch. Er könnte auch was anderes machen, aber er hat sich an dieses Haus gewöhnt. Der Hausmeister wohnt aber woanders, denn es braucht für ihn eine strikte

Unterteilung zwischen Arbeits- und Wohnplatz. So sieht das der Hausmeister. So und nicht anders.

»So und nicht anders«, ist generell eine seiner Lieblingsfloskeln, wenn er durch das Treppenhaus läuft, auf dem Weg zu Reparaturen oder im Keller, wenn er an Dingen schraubt, die er irgendwo wieder in die Grundstruktur dieses Hauses einzupflechten gedenkt. *So und nicht anders*, das ist konkret, das rettet ihn, den Hausmeister. *So und nicht anders*, das ist so ein Zaubersatz, einer der einen vor zu viel Unfug von außen rettet. Wenn man etwas tut und dann *So und nicht anders* sagt, ist erst mal ein Statement in die Atmosphäre gesprochen, dass es zu widerlegen gilt. Ein altes Handwerkerargument, welches weder Anzweiflung noch Widerspruch duldet. So und nicht anders kommt der Hausmeister durch die Tage.

Und er kennt jede Wohnung von innen. Die Häkeldecke auf dem Fernseher. Die gestrickte Abdeckung für die Toilettenpapierrolle. Die unbewohnte Puppenstube, von der das Holz abblättert. Der hypermoderne Kaffeevollautomat, der klassische Aromen verspricht und Recht behält. Parkettfußboden in der Einbauküche. Der Schreibtisch neben dem Bücherregal. Irgendein Ding, das Designer Chaiselonge genannt haben. Die seit Jahren ungereinigte Mikrowelle. Die tropfende Heizung. Das zerwühlte Doppelbett. Der autistisch hindrapierte Kleinfigurenkram zwischen den Fensterbankblumen. Die CD- und Buchstapel, meterhoch, an der Wand. Er hat sie alle gesehen. Bloß kennen tut er niemanden.

Das Haus. Da steht es also rum. Breit und grau und raumfordernd. Drumherum ein bißchen grün und andere Naturfarben. Ein Weg aus Pflastersteinen führt zu seiner Tür. Acht Klingelschilder. Namen, die niemandem etwas sagen, außer: Hier leben Menschen. Innerhalb des Betons wird Blut durch Adern geschossen und Gehirne versuchen, dieses Leben zu verstehen. Und das Leben, die miese Sau, ist manchmal so drauf, dass es jedes Verständnis, welches von außen heranmöchte, erst mal verweigert.

Dieses Haus steht neben seinen ganzen Geschwistern, die ihm alle irgendwie ähnlich sehen. Auch alle breit und grau und raumfordernd. Die einzige Überlegung des Architekten schien sich darum zu drehen, möglichst viele Menschen möglichst platzsparend zu stapeln. Wir stapeln Fleisch in Beton, hat er vielleicht zu irgendwem gesagt, der Architekt, seine Brille zurecht gerückt und sich etabliert gefühlt. Sein Gegenüber hat kurz den Kopf geschüttelt, wie man halt so einen Kopf schüttelt, wenn man denkt, das gerade etwas Unflätiges gesagt wurde, man aber eigentlich genau dieser Meinung ist.

Und ihre Türen spucken die Leute jeden Tag ins Freie, wo sie in ihren unfreien Leben Dinge tun, die ihnen wie Freiheit vorkommen. Sie fahren zu ihren Jobs, führen ihre Beziehungen, lieben ihre Haustiere, Kinder und Mountainbikes, informieren sich im Fernsehen über das Weltgeschehen, essen Konservierungsstoffe, schmücken ihre Wände mit Kunst, altern zärtlich vor sich hin, werden krank und verbittert, finden aus emotionalen Tiefen wieder eine Leiter nach oben und halten das Leben für eine Melange zwischen *schon ok* und *wie geil ist das denn?*

Irgendwann hat sich mal einer über diese Gegend gedacht, dass hier sehr viele Arbeiter zu wohnen haben, weil hier sehr viel Arbeit zu tun ist, weil Deutschland so kaputt ist und die Arbeit der Leute es ein wenig schöner machen soll. Dann hat man Häuser wie dieses hier in Auftrag gegeben, hat ein paar Stockwerke übereinander getürmt, Kabel verlegt, Fußböden und Decken reingemacht, Elektroanschlüsse verlegt, um Wohnen und Überleben für Leute auf niedrigem Niveau zu gewährleisten.

Man weiß doch, dass im Haus des Lebens das Glück manchmal nur in einer Abstellkammer lebt. Da tummelt es sich neben dem Kehrblech und dem Staubsauger, wäre theoretisch jederzeit zugänglich wie eine billige Hure in der Nähe des Hauptbahnhofs, doch das Glück wird manchmal vergessen. So wie man vergisst, dass man atmet, obwohl man atmet. So vergisst man auch das Glück, obwohl man es jederzeit herausholen könnte, um damit sein Leben aufzuwerten. Also wohnen alle weiter und in jeder Ecke gibt es Möglichkeiten. Aber anstatt das Glück aus der Abstellkammer zu holen, holt man viel zu oft den Staubsauger raus und saugt sich die Ecken frei, in der Hoffnung auf ein keimfreies Weiterleben …

Montag,
Erdgeschoss links

Diese Wohnung hat die Farbe ihrer Bewohner angenommen. Irgendwie wirkt alles grau mit vereinzelten Farbaspekten in Pastell, milde Leben sollen hier zu Ende gehen. Auf 65 Quadratmetern hat es ein graues Schlafzimmer, ein graues Wohnzimmer, ein weiß gekacheltes Bad und eine Küche. Die Menschen, die hier wohnen, sind langsam und müde. Die Wohnung ist gerade groß genug, um auch mal aneinander vorbei schleichen zu können. Es muss sich ja nicht täglich begegnet werden, obwohl man miteinander wohnt …

Den Rasen könnte auch mal wieder einer mähen, denkt die Frau und guckt aus dem Fenster. Der Mann sitzt auf dem Sofa und macht irgendwas. Wahrscheinlich Zeitung lesen oder sterben. Warum denn nicht sterben? So denkt die Frau. Ein Sommertag kriecht durch die Fensterritzen hinein zu der Frau und ihrem Mann in das, was sie die gute Stube nennen, und wenn man schon so viele Sommer gesehen hat wie die beiden, dann ist die Jahreszahl eigentlich schon fast egal. Aber Sommer ist, und im Sommer riechen alte Leute so sehr nach alten Leuten, dass es ihnen selbst schon auffällt. Die Frau weiß aber, dass man diesen Geruch nicht wegwaschen kann, der wird bleiben, der Geruch, so lange, bis man selbst geht.

Der Mann hustet. Immer wenn er auf diese Weise hustet, weiß die Frau, wird er nasse Flecken auf dem Sofa hinterlassen, die nach Pisse stinken. Wenn der Mann hustet, pisst er auch. Ihm scheint das mittlerweile tatsächlich egal zu sein, aber die Frau weiß das auch nicht so genau. Sie redet nicht mit ihm über seine Ausscheidungen. Welche Eheleute mögen schon gern über ihre Ausscheidungen reden? Die, die sowas tun, meint die Frau, mit denen stimmt doch was nicht. Die Frau und der Mann haben noch nie über ihre Ausscheidungen gesprochen, nicht einmal, als sie noch jung waren.

Mittlerweile denkt die Frau, dass 87 ein gutes Alter sei, um zu sterben. Zumindest für sie. Das Leben ist mittlerweile so angefüllt mit Großartig- und Kleinigkeiten, das Fotoalbum der Erinnerungskapazität ist quasi voll, und zwar so voll, dass man sich fragt, was jetzt noch wohl kommen kann. Was soll denn jetzt noch passieren, an das man sich später gern erinnert, fragt sie sich. Die Frau schaut wieder in den Garten. Der Rasen, der in unendlicher Saftigkeit grünt, der kann genau das jedes Jahr tun. Die Frau und der Mann aber verwelken täglich etwas mehr. Innen und außen. Das tägliche Aufstehen ist nur noch Gewohnheit. Die Frau steht auf, weil sie durstig ist oder aber weil der Harn drängelt. Wegen dem Mann, der täglich neben ihr wach wird, steht sie nicht mehr auf, da denkt sie, sie hat ihm schon alles gegeben, was ihm möglich war zu geben. Jugend, Sex, Liebe, Schweinebraten und Kartoffeln. Die Summe der guten Augenblicke auf ein Seil gereiht, würde diesem mit

Sicherheit die Länge geben, sich damit aufhängen zu können. Die Frau denkt kurz an Selbstmord und muss dann schmunzeln. Wenn man eh schon mit mehr Körperteilen als es einem lieb ist im Grab liegt, wäre Suizid an Lächerlichkeit kaum zu überbieten. Der Tod kann ruhig kommen, aber die Tür aufhalten will sie ihm trotzdem nicht.

Der Mann fragt sich, was seine Frau da wieder am Fenster tut. Leicht gebückt, unter den Ellenbogen und Unterarmen ein weiches Kissen platziert. Den Blick scheinbar konzentriert auf Dinge gerichtet. Vielleicht, so meint der Mann, sieht sie Sachen oder Leute, die nicht da sind. Apokalyptische Reiter oder dergleichen Obskures, die schon seit Stunden um ihr Haus herumpferden, große Streitwaffen schwenkend und »hurrga, hurrga, hurrga« brüllend. Die Frau steht seit mindestens zwei Stunden reglos da und starrt in die Leere der Weite. Obwohl, da ist ja überhaupt keine Weite, sondern nur ein kleines, begrenztes und umzäuntes Stück Garten. Der Mann denkt ans Sterben, jetzt in diesem Augenblick und fragt sich, wer von ihnen denn als Erstes aus dem Leben gerissen werden wird. Der Herrgott wird's schon richten, denkt da der Mann und verlässt sich auf Schicksalhaftes, derweil er seiner Frau beim Starren zusieht und sie entweder für von der Welt entrückt oder für bereits gestorben hält. Lange kann das alles nicht mehr wirklich dauern, meint der Mann und lässt einen Blick über seine Hände gleiten. Die Haut darauf ist so runzlig hart, dehydriert und faltendurchsetzt wie Trockenpflaumen und riechen auch fast so. Die Fingernägel sind zu lang und brüchig und unter ihnen kleben Stuhlgangreste. Der Mann lässt die Hände wieder in seinen Schoß sinken. Zu sinnlos und auch ein bisschen zu traurig findet er die Betrachtung der eigenen Hände. Er hustet. Kurz darauf wird es ein wenig wärmer an seinem Unterleib und er denkt sich: Wenn Husten dazu imstande ist, huste ich schnell nochmal. Hust.

Der Blick der Frau verliert sich in vom leichten Wind tanzend gemachten Grashalmen. Was war das doch toll damals, da draußen, als junges Mädchen, in einem schönen, spannenden Körper, den man mit schönen Dingen, wie figurbetonten Kleidern aufbereitet hat und sich jedes Jahr auf den Sommer gefreut hat. Und der Sommer, das gute Kind, hat sich jedes Jahr so verhalten, als ob er sich auch auf einen freue. Hat die Sonne angemacht und den Frohsinn freigeschaltet. Häufig auch die Naivität, aber wer braucht schon schwere Gedanken, wenn Sommer ist. In einem solchen Sommer lernte sie auch diesen Mann kennen. Heutzutage löst der Sommer nur Atemwegsbeschwerden und faulen Körpergeruch aus und er hasst uns, der Sommer, weiß die Frau und sucht sich einen besonders ausgelassen tanzenden langen Grashalm aus, den sie Barbara nennt. Barbara hieß ihre Schwester und die war nur ein Jahr älter als sie und ist letztes Jahr einfach so in ihrer Küche umgefallen, um anschließend tot zu sein. Die Kartoffeln waren noch auf dem Herd und als Barbaras Mann Klaus nach Hause kam, fand er ein paar sehr heiße Kartoffeln ohne Wasser und eine tote Frau in einer dampfverhangenen Küche vor. Sie will jetzt eine Hand auf ihr Herz legen, weil das doch jetzt wieder so arg pocht wegen ihrer Schwester Barbara und wegen der Angst, auch bald einfach so vor dem Herd zu liegen, aber ihr Herz ist nicht erreichbar. Es liegt irgendwo verborgen unter dieser Fleischfläche, welche mal eine männerherzenflambierende Frauenbrust gewesen ist und jetzt an ihrem Leib herabhängt wie ein flachgeklopftes Schweineschnitzel. Die Erdanziehungskraft hat auf Dauer den Kampf gegen das Bindegewebe gewonnen und zieht an der derangierten Brust der Frau, als wolle sie die ganze Person auf die Erde reißen. Zwischen Lappenbrust und Brustkorb wuchert Hautpilz, einer von der Sorte, die entsteht, wenn man regelmäßig schwitzt, aber die Stelle, wo man schwitzt, nicht regelmäßig reinigt. Rot, schuppig, juckend, so verhält sich der Hautpilz. Die Frau hat versucht, sich täglich einen eingeseiften Waschlappen unter den abgeschlafften Brustrest zu reiben, aber dies mit Beständigkeit zu tun, ist ihr einfach zu anstrengend. Und wer interessiert sich schon noch für ihre Brüste und ob da nun Hautpilz ist oder nicht?

Der Mann bestimmt nicht. Der hat mit sich selbst zu tun und jetzt gerade überlegt er sich, ob es jetzt noch lohnt, den Kotdrang, den er verspürt, einfach aufzuhalten und den kommenden Verdauungsmorast auf dem Klo zu entsorgen, oder ob er es einfach laufen lässt, um seiner Frau weiterhin beim Hinausstarren zusehen zu können. Er entscheidet sich für Zweiteres, denn zur Toilette sind es viele Schritte zu gehen und er macht dabei vielleicht seine Frau nervös, die immer noch nach draußen schaut, als sähe sie dort Dinge, die sonst niemand sieht. Und dann merkt der Mann, wie sich leicht brennender Flüssigstuhl durch seinen entzündeten Enddarm quält, zu stinken beginnt und dann Juckreiz verursacht. Er fühlt sich augenblicklich etwas besser. So ein Körper scheidet doch nur die Sachen aus, die zum Leben nicht mehr benötigt werden, weiß er und reibt seinen wunden Arsch auf dem Sofa hin und her, was dem Juckreiz etwas Einhalt gebietet. Als der Kotgestank an ihm hochkrabbelt, hält er kurz die Luft an. Sein Schließmuskel hält nicht mehr, ist ausgeleiert, und er merkt, wie schnell der Flüssigstuhl sich verhärtet und kleine Klümpchen bildet, die man am Abend wie reife Brombeeren aus seinem Arsch pflücken können wird. Ist aber keiner da, der erntet, und so welken die Früchte vor sich hin. Er bemerkt weiterhin, wie er mit dem Sofa verschmilzt, wie sein Unterleib und die Oberfläche des Sitzmöbels zu einem Ding verklumpen. Ein Ding, das stinkt und stabil im Wohnzimmer steht. Genauso, wie er mit dem Sofa zu einem Teil zu werden scheint, wird seine Frau mit der Fensterbank eins, auf der sie lehnt. Er meint zu erkennen, wie der unbeweglichen Statue, die wie seine Frau aussieht, kleine Wurzeln aus den Unterarmen sprießen und einfach durch das Kissen wachsen, das sie dahin gelegt hat, und sich in der darunter liegenden Fensterbank verankern. Aber das ist nicht so, weiß er, da wächst nichts aus der Frau raus, da ist nur das warme, weiche, alte Frauenunterarmfleisch, das nichts unternimmt, außer langsam aber sicher wie ein halbaufgegessener Apfel vor sich hinzuschimmeln.

Die Frau denkt Diverses, aber kein Gedanke hat die Wichtigkeit, dass er länger als eine Sekunde bei ihr bleiben soll. Sie weiß, dass da hinter ihr der Mann sitzt, sie riecht ihn bereits stärker als zuvor und fragt sich, was das ist, was sie für ihn empfindet. Es fühlt sich an wie eine Mischung aus Abscheu, Zeitverschwendung und Gewohnheit, und die Frau nennt es Liebe. So nannte sie es immer schon, weil sie kein anderes Wort dafür kennt, wenn irgendwer eine Ehe miteinander gestaltet. Die Frau ist jemand, die Liebe für ein Gesetz hält. Auch wenn der Geliebte zu gammeln, zu stinken und zu einem unfreundlichen, unkommunikativen Scheißding zu mutieren beginnt, so hat man ihn trotzdem zu lieben. Das sind die Regeln der Tradition. Auch wenn der Ehepartner das Tristeste geworden ist, was man sich vorstellen kann und man beim Blick in sein Gesicht an ein gottverlassenes ostdeutsches Dorf an der polnischen Grenze denken muss, selbst dann hat man ihn weiter zu lieben. Auch wenn er in Scheiße und Stumpfsinn versumpft wie ihr Mann.

Dieser schaut immer noch die Frau von hinten an und fragt sich, was wohl in dieser Frau vorgeht. Was sie denkt oder fühlt und was sie wohl für ihn empfindet, wie er hier so stinkend und mit abgelaufenem Verfallsdatum auf dem Sofa herumvegetiert. Das Alter hat beide versklavt und nun hängen sie hier am letzten Zeitabschnitt des Lebens und akzeptieren alles, was kommt. Viel kann das nicht mehr sein.

Der Mann hat mitterweile ständig das Gefühl, als würde er gleich einschlafen, schon morgens ist da diese Müdigkeit, dieses ausgehöhlte Gefühl, dass da immer diese geistige Dämmerung herumlungert gegen die man nicht mehr anleben kann. Aber er hat Angst einfach einzuschlafen, weil er nicht weiß, ob er dann noch das Glück haben wird, wieder aufzuwachen. Aber was ist schon Glück, denkt er, außer eine erpressbare Hure. Er lässt es drauf ankommen und sich vom Schlaf überrennen.

Als die Frau ihre grüne Schwester Barbara vom Wind verzückt tanzen sieht, weiß sie, dass vielleicht in diesem Leben der Rasen nicht mehr gemäht werden soll. Alles einfach wachsen lassen, denkt sie, alles einfach kommen lassen, was da noch kommen will, nichts mehr beeinflussen. Sich verhalten wie ein blöder Ball, der von einem noch blöderen Kind einen noch viel, viel blöderen Berg hinabgerollt wird, und man rollt und rollt und rollt und rollt und irgendwann ist da diese Wand oder einfach, wie im Falle dieser Frau und dieses Mannes, einfach nicht mehr genug Schwung. Der Ball bleibt einfach liegen. Der Mann hat leise angefangen zu schnarchen und die Frau sieht sich ganz kurz zu ihm um. Solange wir noch Atem haben, brauchen wir keine Angst zu haben, sagt sich die Frau, aber sie weiß genau, dass da eine Menge Angst ist. Die Angst vor dem letzten aller Wege.

Montag,
Erdgeschoss rechts

Hier hat es eine Wohnküche, die mit 70er-Jahre-Möbelbestand vollgestellt ist. Einen Esstisch und vier Stühle. Zwei bleiben immer leer. Auf 69 Quadratmetern hat es zwei Schlafzimmer, eines für das Elternteil und eines für das *Kind*, eben jene Wohnküche und noch ein Wohnzimmer, ebenfalls mit alten Möbeln vollgestellt, weil hier einfach nicht mehr geht. Niemand hier hat die Absicht eine Mauer einzureißen zwischen den Absichten der hier lebenden Menschen. Das Leben ist hier manchmal schön und manchmal fickt es einen buchstäblich ins Knie.

Aus dem Bett geschält. Erst mal ohne Zähneputzen. Er hört seine Mutter in der Küche Dinge arrangieren. Er *hasst* seine Mutter in der Küche Dinge arrangieren. Er geht sofort zum Computer, darin gibt es keine Mutter, darin ist die Welt eine schwer okaye Welt. Aber nur weil er da nicht er ist, sondern ein anderer. Was gut ist, denn er zu sein ist für ihn nicht immer das Schönste auf der Welt. Er zu sein ist für ihn manchmal zu schwer. Weil man, wenn man man selbst ist, was ja eigentlich alle sind, und man eigentlich ein paar Pfund Hass zuviel für sich selbst im Körper trägt, dann ist das ein Problem, weiß er. Aber im Computer ist die Welt eine okayere.

Chips. Cola. Computer. Sören wird nervös, weil ihm das Internet zu langsam ist. So ein langsames Internet kann einen wahnsinnig machen. Ah, da ist sie ja, Marie. Die gute Marie. Klick, klick, alle Fotos nochmal angeschaut. Klick, klick, ihr Beziehungsstatus ist immer noch *Single*. Klick, klick, aber wer ist dieser Typ, der ihr das Herz auf die Pinnwand gepostet hat, und daneben steht das Wort *morgen* und Marie hat darauf ebenfalls mit einem geposteten Herz reagiert. Sören wird nervös. Seine Handflächen schwitzen, er nimmt eine Faust voller Chips, steckt sie sich in den Mund, gießt ein halbes Glas Cola hinterher und fühlt sein Herz rebellieren. Dann beginnt er zu tippen und seine fetten Finger sind plötzlich 10 Balletttänzer, die eine Ode an die Liebe tanzen.

Hallo Marie,

war gestern nicht mehr on. Hab mich mit Leuten getroffen, bisschen was gekifft und schöne Beats und Raps produziert. Bald Albumrelease. Wird super. Hier eine neue Zeile, von diesem Hatersong, wo ich dir von erzählt hab …

Ich stopf dich voll mit Reimen
bis sich dein Rektum erweitert
und du fängst an zu weinen
denn du bist an mir gescheitert
ich hab riesen Reisetaschen
voller guter flows und skills
und du nur Tüten voller Pfandflaschen
und Füße voller Pilz

du bist voll von meinen Reimen
die dir dann aus den Ohren tropfen

und du hängst dann an meiner Wand
wie ein Tier nach dem Ausstopfen
Du bist nur ein Haufen Scheiße
und ich trete in dich rein
weil ich MC S heiße
heißt es Kopf meets Pfasterstein

Der Text geht noch viel weiter und wird viel gehässiger. Hab ich gegen son Typen geschrieben, der mir mal die Frau ausgespannt hat. Wixer, der. Vollspast. Opfer. Aber ich bin drüber weg, weil ich meinen Schmerz in diesem Text geteilt habe. Das ist der friedliche Weg.

Hab auch einen Song über dich geschrieben. Ist bald fertig. Wirste lieben, wirste das. Wenn wir uns mal sehen, spiel ich ihn Dir vor, ok? Alles Liebe, S.

Und Sören denkt so: YEAH, bei jedem Wort Hass hat er den Typen im Visier, der Marie Herzen auf die Pinnwand postet. Sterben soll der. Schnellstmöglich, qualvoll und rückstandslos. Die Sau.

Abgeschickt, die Sache, die Gedanken, die Lügen. Sören gibt sich auf seinem Profil als jemand aus, der er nicht ist. Er tut, als sei er ein Rapper, der gerade dabei ist, eine Platte zu produzieren, so eine richtig gute Rap-Platte, wo Gesellschaftskritik, Emotionen aber auch etwas Gangstergepose vorkommen. Sören nennt sich *MC S*. Als *MC S* ist Sören ein schwaches Menschlein, dass aber einen Panzer fährt und genau deswegen unschlagbar gut ist. Der Panzer ist die falsche Identität. Auch ein falsches Profilbild, ein Gesicht, welches viel jünger ist als Sören eigentlich ist. Das hat er geklaut von einer Seite, auf der amerikanische Soldaten, die im Krieg gefallen sind, von ihren Angehörigen öffentlich betrauert wurden. Sören wollte MC S als Held. Einer, der den Willen im Blick hat, für die richtigen Dinge zu töten. Vaterland, Kameraden, Liebe, gibt ja genug, wofür Leute andere umbringen.

Ja, es ist so, dass Sören ein 38-jähriger Vollversager ist, der einem 13-jährigen Mädchen Avancen durch eine selbstausgedachte Durchstartefigur des deutschen Hip Hops macht. Die Realität ist für Sören manchmal zu bitter, um sich dauerhaft in ihr aufzuhalten. Solange war sein Leben geprägt von dieser Eigentümlichkeit, der Sohn seiner Mutter zu sein und für lernbehindert gehalten zu werden. Sein Leben ist in eine Form gepresst worden, die jegliche Überforderung von ihm abhalten soll und da war es nur eine Frage der Zeit, bis so ein zartes Gemüt wie das von Sören reißt, wie eine zu extrem gespannte Gitarrensaite.

Dann begegnete er eines Tages Marie in den unendlichen Weiten des Internet, und ihre Unschuldigkeit, ihre Optik, ihre wunderbare naive Mädchenhaftigkeit, die irgendwie auch eine Schutzbedürftigkeit darstellt, all das ließ Sören zu dem Entschluss kommen, diesem Mädchen nahe sein zu wollen. Er sah, dass sie deutschen Hip Hop mochte und erfand dann also MC S und eine geile Crew. Dann fragte er nach Maries Freundschaft und da das Internet sowas wie ein Billigsupermarkt der anonymen Sozialkontakte ist, ging Marie darauf ein. Dann schrieben sie einander hin und her und Sören wurde immer mehr MC S, schrieb Marie von seiner beginnenden Rapper-Karriere, und Marie wurde wohl ganz nervös deswegen und stellte viele Fragen, und Sören log wunderbare Geschichten über das Rapbusiness. Mit wem er alles so *down* ist beispielsweise und was er alles in Amerika gelernt habe und so. Marie jubilierte und überschüttete MC S mit ernstgemeintem Interesse an seiner Person. MC S hatte deswegen Glücksgefühle im ganzen Körper und als er dann an sich runter sah und doch nur der fette Sören war, blieben diese Gefühle trotzdem. Marie würde es schon verstehen, dachten MC S und Sören und gaben sich ein innerliches High Five, wenn sie mal wieder der Ansicht waren, Marie nachhaltig beeindruckt zu haben.

Sören war noch nie in Amerika und ist auch sonst mit niemandem außer mit sich selbst und seiner hysterischen Mutter *down*. Er ist nur manchmal außerhalb seines stilvoll vermüllten Zimmers, dessen Herzstück und Schaltzentrale sein Schreibtisch mit dem Computer drauf ist. Das ist die dünne Linie, die Sören mit der Außenwelt verbindet. Sören ist nur draußen, wenn er zu diesem Job muss, der Job mit den Kartons, die er zuzukleben hat. Sieben Stunden am Tag. Er macht diese Arbeit, weil alle meinen, er könne sonst nichts anderes.

Mit dem Klopfen durchbricht seine Mutter seine kleinen Gedanken und steht sofort in der Mitte des Zimmers. Brüllt ihm Anweisungen entgegen, sein Zimmer aufzuräumen, sich anzuziehen, den Computer auszumachen, sich zu waschen, nicht immer nur Scheiße zu fressen, das Leben mal ernst zu nehmen, die Kartons nicht warten zu lassen, sich mal zu benehmen, nicht so fett und hässlich zu sein, ein gottesfürchtiges und ehrenhaftes Leben zu haben. Das alles sagt sie in einem verpeilten Satz: »Guten Morgen, mein Schatz, na, gut geschlafen?«

Dass der Sören sich mit 38 Jahren von seiner Mutter noch *Schatz* nennen lassen muss, hat den Grund, dass alle denken, er sei lernbehindert, habe ein verlangsamtes Gehirn, könne nicht mitziehen in diesem großen kapitalistischen Vergleich da draußen, sondern er müsse quasi geschützt werden vor dieser Außenwelt. Daher geht der Sören auch in so eine Firma, wo Kartons zugeklebt werden, weil ihm niemand mehr zutraut. Das rührt daher, weil der Sören von seinem Vater, der vor 15 Jahren schon verstarb, immer so übel durchgelassen worden ist. Verschiedene Gegenstände probierte der Vater aus, um bei Sören die maximale Schmerzvielfalt freizusetzen. Das konnte er irgendwann ganz gut, der Vater, und professionalisierte sein Handeln. Ein ordentlicher Alkoholismus plus eine zuckerschöne Perspektivlosigkeit im Allgemeinen und ein Familienhass im Besonderen standen ihm dabei hilfreich zur Seite. Und immer wenn sich väterlicherseits auf Sörens Haut ausgetobt wurde, schaute die Mutter weg. Aus dem Fenster oder so. Auf jeden Fall nicht dahin, wo ihr Sohn sie brauchte. Sören hingegen blieb nichts anderes übrig, außer diese ganze *Auf-die-Fresse-Dramatik* zu schlucken. Und das tat er. Still und bedächtig. Sagte nichts dazu. Wurde nur immer weniger im Kopf, der Sören. Die schönen Gedanken, die man als Kind eigentlich so haben sollte, verschwanden nach und nach. Was blieb, war ein ausgeprägter Fluchtinstinkt und die pure Angst vor epochaler Gewalt plus eine unstillbare Sehnsucht nach Liebe und ehrlich gemeinter Zuneigung.

Sören und seine Mutter trinken Kaffee. Es ist kalt. Dann kommt der Bus, der ihn abholt. Sören geht. Zu den Kartons. Marie wird schon irgendwas Schönes zurückschreiben.

Montag,
1. Stock, links

Vater, Mutter, Einzelkind. Da reichen auch 3 Zimmer, plus Küche, plus Bad. 64 Quadratmeter und jede Menge Aufkeimendes und bereits Fertiges und sogar total fertiges Leben hier drin. Manchmal schwebt hier so eine Kasernenstimmung im Raum und manchmal sogar Schlachtfeldstimmung. Menschen gehen hier aufeinander zu um aufeinander loszugehen. Das passiert. Das bedeutet ja auch Familienleben. Das Kinderzimmer ist der kleinste Raum in der Wohnung, denn das Kind ist ja auch die kleinste Person. Kleine Personen in großen, prinzessinnengerechten Räumen aufzubewahren, daran ist hier niemand interessiert.

Lisa spricht nicht mehr. Nicht seit sie das da oben erlebt hat. Das mit dem Außerirdischen. Der hat ihr ja auch verboten zu reden, der Außerirdische. Ansonsten, so hat er es ihr klar und deutlich gesagt, sei sie dran. Womit sie dran sein soll, das hat sie sich nicht zu fragen getraut, aber laut Stimm- und Stimmungslage des außerirdischen Gesprächsteilnehmers sei das wohl nichts Gutes, was sie zu erwarten habe, wenn sie je wieder Worte spräche. Also spart sich Lisa ihre Worte.

Das mit dem Außerirdischen war aber auch echt seltsam. Der kam ja damals angeflogen und ist mit seinem kleinen Raumschiff hier mitten auf dem Dach gelandet, auf dem Lisa sich versteckt hatte. »Geh mir aus den Augen, Mistkind«, hatte die Mutter sie damals angebrüllt und nach ihr gelangt, und sie wusste, wenn die Mutter brüllt und nach ihr langt, ist es Zeit, ein bisschen das Weite zu suchen, und das Weite, so wusste Lisa, befindet sich auf dem Dach. Also ist sie die Treppen hochgestürmt, um das Weite zu suchen, und als sie auf dem Dach ankam, vorbei an der Wohnung, in der der Mann wohnt, der nie die Tür aufmacht und aus der es so derbe stinkt, hat sie schließlich oben auf dem Dach das Weite gefunden. Das Weite hat sie beruhigt, hat ihr erzählt, dass die Welt gar nicht so schlimm sei, wie sie ihr manchmal vorkommt. Schreiende und nach ihr langende Mütter wären ein sehr geringes Problem, meinte das Weite, denn das Leben als solches hätte noch mehr drauf als das. Das Weite hat auch gemeint, dass es hier oben eine gute Freiheit gäbe und sie solle mal runtersehen und schauen, ob ihr das gefalle. Ja, sagte Lisa damals zum Weiten, das gefällt mir hier oben. Sie schaute runter, damals auf dem Dach, beugte sich über das kleine Geländer und verlor ihren Blick in den Miniaturmenschen und Miniaturautos, die unterhalb ihres Blickes wie Ameisen wirkten. Und sie bemerkte gar nicht, wie sie langsam etwas abrutschte. Das Unten, das war so wunderbar und Lisa entwickelte einen Flugwunsch, einen ganz winzig kleinen und sie schloss die Augen wegen der Schönheit des Augenblicks und der Hoffnung, dass man diesen vielleicht auf diese Weise speichern könne.

Und dann passierte es. Plötzlich hatte sie eine Hand an der Schulter und es zog etwas an ihr. Etwas Grünes. Und dann stand es da, dieses Wesen, und brüllte unverständliche Dinge in ihr Gesicht. Das Ding hatte einen riesigen haarlosen Kopf und riesige Pranken, die sie immer noch festhielten und sie durchschüttelten. Außerdem hatte es nur ein Auge. Lisa fing an zu weinen, weil das Ding so an ihr schüttelte und das Ding ließ sie dann los. Das Ding ließ also von ihr ab, zumindest körperlich, und als Lisa sich dann beruhigt hatte, sagte das Ding, dass Lisa auf keinen Fall von der Existenz des Dings etwas verraten dürfe, niemandem dürfe sie sagen, was hier oben passiert sei und dass sie hier das Ding gefunden hätte. Das grüne Ding erzählte dann mit einer tiefen, rauchigen Stimme, dass es ein Außerirdischer sei und drüben, das Ding zeigte zu einem anderen Haus mit einem ebensolchen Flachdach, habe es sein Raumschiff geparkt und da wären auch noch andere grüne Dinger, die echt verdammt unlustig werden könnten, wenn man um ihre Existenz wüsste. Das Ding fragte dann Lisa nach ihrem Namen und Lisa sagte leise: »Lisa.« Dann hob das Ding Lisa hoch, direkt vor den Teil des Kopfes, vor dem man eigentlich ein Gesicht erwartet, aber da war nichts, was dem ähnelte, nur eine Masse Fleisch, aus der die Stimme des Dings tönte, und diese sagte zu Lisa: »Lisa, pass auf! Rede mit niemandem über das hier, rede am besten gar nicht mehr. Reden ändert eh nichts. Und jetzt geh wieder runter.« Lisa fühlte sich wie in einem Eisblock gefangen, als das grüne, riesig wirkende Ding an das andere Ende des Daches stampfte und sich noch einmal umdrehte und »Jetzt geh!« schrie. Da wusste Lisa, dass das grüne Ding es verdammt ernst meinte mit der Drohung und was passieren würde, wenn man so ein grünes, nahezu gesichtsloses Aliending nicht erst nahm, das stellte sich Lisa als das Grausamste vor, was man erleben kann. Und so stellte sie das Sprechen ein. Kein Wort mehr durch den Kindermund.

Die Mutter und auch der Vater kamen gar nicht klar auf das Schweigen der fünfjährigen Lisa, die doch zuvor so ein redseliges Kind gewesen ist. Die Mutter versprach sogar, sie nie wieder anzubrüllen und nie wieder nach ihr zu langen, aber als Lisa weiterschwieg, brüllte die Mutter sie an und langte nach ihr. Die Lisa duckte sich, die Mutter verfehlte sie, das seltsame Leben ging weiter.

Jetzt ist es so, dass sie jeden Montag, Mittwoch und Freitag mit ihrer Mutter zu Dr. Wehrmüllerroffeltraut-Mentalsorg fährt, einer seltsamen Ärztin mit langen schwarzen Haaren und einer unangenehmen Aura. Ihre Praxis nennt sich auch *Kinderpsychotherapie*. Dr. Wehrmüllerroffeltraut-Mentalsorg versucht alles, um die Lisa wieder sprechen zu machen und fragt sie verschiedene Dinge, und ihre Mutter sitzt daneben und sieht kopfschüttlend zu, wie kein verdammtes Wort durch Lisas Lippen mehr kommt. Die Frau Dr. Wehrmüllerroffeltraut-Mentalsorg guckt immer ganz besorgt, ganz so, als sei sie die von Außerirdischen bedrohte. Immer streichelt sie auch Lisas Hand, was Lisa sehr unangenehm ist, denn die Hände von Dr. Wehrmüllerroffeltraut-Mentalsorg sind total rau und irgendwie verschlissen. Irgendwie wirkt die ganze Person der Frau Dr. Wehrmüllerroffeltraut-Mentalsorg total verschlissen, und Personen mit einem so hohen Grad an Verschlissenheit sollte man nicht auf Kindersorgen loslassen, denkt Lisa immer und schweigt lieber weiter.

Zuhause wird sie dann weiter von ihrer Mutter mal liebkost, dann wieder angebrüllt, dann wieder liebkost, und Lisa denkt an das grüne Ding auf dem Dach und ihr wird bewusst, dass es bestimmt nichts Schlimmeres mit ihr zu veranstalten imstande ist als ihre Mutter oder Frau Dr. Wehrmüllerroffeltraut-Mentalsorg. Vielleicht sollte sie doch irgendwem davon erzählen? Aber wer würde ihr sowas glauben? Daher erstmal weiterschweigen.

Montag,
1. Stock, Mitte

Hier wird alleine gewohnt. Wenn man diese Wohnung betritt, hat man manchmal das Gefühl, in einem Einrichtungshaus spazieren zu gehen. Auf knapp 50 Quadratmetern finden Sie in zwei Zimmern Folgendes: Die brilliante Edelstahleinbauküche für die einsame Singleköchin von heute, dazu eine Sitzgruppe mit vier Stühlen und einem rechteckigen Tisch. Schön sauber und schön langweilig. Die Möbel und Wohnaccessoires sehen alle so aus, als könnten sie überall stattfinden. Alles soll irgendwie schön sein, aber alles ist irgendwie austauschbar. Hier ist jemandem der Stil abhanden gekommen, man selbst sein zu wollen. Die Wohnung weiß, dass das Gründe hat …

»Hallo.« Sibylle sagt dieses Wort jeden Morgen, wenn sie noch schlaftrunken in ihre Küche tapert. Niemand antwortet, aber was für ein blödes Wort ist eigentlich *schlaftrunken*, fällt ihr auf. Besoffenheitsgefühl stellt sich doch nicht vom Schlafen ein, sondern von ganz anderen Dingen. In jedem Fall versteckt sich ihr *Hallo* schnell in den Weiten ihrer Küche, kriecht unter den Tisch, wo die ganzen *Hallos* der letzten Tage rumlungern. Hängen da rum, die sinnlosen Worte, wie die personifizierte Unbenutztheit. Sitzen da, die Worte und schweigen.

Sibylle geht zu diesem Ding, das *Kaffeevollautomat* heißt, und drückt da auf einen Knopf, und die Stille nach dem *Hallo* wird überdeckt vom elektronischen Betriebsgeräusch der Kaffeeproduktion. Die Unbewohntheit ihrer Küche, genauso stellt sich Sibylle die Ostküste Japans um Fukushima vor. Irgendwie alles leer, und die Menschen, die noch da sind, also nur sie selbst, sind eigenartig verpeilte Mutanten. Das, was hier nicht passiert, entspricht ihrer Vorstellung von Einsamkeit. Was für ein blödes Wort schon wieder *Einsamkeit* ist. Wir sind ja hier nicht im Schlagertext, denkt sich Sibylle und beschließt, dass das hier keine Einsamkeit, sondern eine Möglichkeit zur Ruhe zu kommen ist. Ruhe ist hier ohne Ende. Ach, wenn die blöde Ruhe doch endlich mal aufhören würde.

Am Tisch sitzen und langsam den heißen Kaffee in sich reinlaufen lassen, das mag Sibylle, aber dieses Alleinsein ist viel zu laut, und da wächst ein Chor von anklagenden Stimmen in ihr empor und er wächst und klagt und klagt und wächst und sagt dann: Selber schuld, elende Mistfrau. Die Stimmen sind so böse und aufdringlich, weil Sibylle sich an einer Schwelle aufhält, der Schwelle zum unaufhaltsamen Verfall. Da sind schon Anzeichen an ihrem Körper, die den herannahenden Verfall bestätigen. Die Fanfaren des Todes spielen zum Gruße, denkt Sibylle, wenn sie mit ihren Händen das helle, weiße Fleisch, das an ihrem Unterarm schlaff herabhängt, befühlt oder denkt, dass die Härchen auf ihrer Oberlippe wieder dichter geworden sind. Sie weiß zwar, dass es Hanteln und Pinzetten gibt, die diese Anzeichen des Verfalls ein wenig regulieren können, aber trotz allem lauert da etwas Unsichtbares hinter ihr, etwas nicht Einzuschätzendes. Sibylle ängstigt sich davor und weiß auch, dass man so ein

Restleben besser durchsteht, wenn da einer ist, der es mit einem durchstehen mag. Ist aber keiner da.

Und das unverschämt laute Ticken dieser biologischen Uhren, das ihr mit vollem Gewicht auf dem Bewusstsein lastet, das kann man auch nicht ausschalten. Mit jedem Ticken mehr Verfallen. Sibylle steht da, hört es ticken und fühlt sich verfallen. Was soll sie denn auch tun? Die Möglichkeiten, sich gegen die Natur und dem von ihr installierten Fakt, dass alles Kompost wird, aufzulehnen, sind sehr begrenzt Diese von der Natur festgelegten Gesetze, nach denen keine Frau gefragt hat, die gelten einfach. Für jeden. Und für die Traurigen irgendwie noch mehr. Die verfallen quasi beschleunigt. Mit jeder Träne, die man weint, bilden sich dem Tränenverlauf zu Folge neue Falten. Tränenrinnen. Und auch wenn man die Trauer runterschluckt, wird man immer hässlicher, weiß Sibylle, und außerdem bekommt man von der Wut, die man runterschluckt, Krebs. Und weil sie keinen Krebs haben will, weint sie ab und zu, weil ihr das Leben Gründe liefert und eben zur Krebsprophylaxe.

Vor Kurzem war da noch ein Mann, der auch hier saß und mit ihr Kaffee trank, und es sah ganz so aus, als sei er sowas wie ein Botschafter des Glücks. Dass so etwas eigenartig klingt, war Sibylle nicht klar, überhaupt war ihr nicht viel klar, denn der Mann nahm viel Raum ein, auch den Raum, den Sibylle für das Anfertigen einer eigenen Meinung oder selbstbestimmtes Schönleben benötigt hätte. Nein, der Mann war da und blockierte alles, und für Sibylle fühlte sich dieser Zustand sehr passend an. Der Mann war kein schöner und kluger Mann, aber er war halt da, so wie auch die Kaffeemaschine da ist, und er füllte eine Leere aus, eine Leere, von deren Existenz man erst etwas spürt, wenn der Platzhalter eben dieser Leere hinfällig wird. Das Dasein und Sosein des Mannes wurde von Sibylle hochgeschätzt, denn sie hatte ja ihrerseits auch schon ein Alter erreicht, in dem es nicht selbstverständlich ist, dass sich Männer zu Befriedigungszwecken auf sie legen und ihr Geschlechtsorgan mit ihr teilen. Der Verfall steht wie ein pädophiler Patenonkel hinter ihr, und sie roch seinen thunfischigen Pizzaatem. Röchel, Röchel, Rochen.

In einem Wahn von Selbstbestätigungssucht hatte Sibylle ihn gefragt: »Liebst du mich?« Und sie sah genau, dass etwas in ihm dunkel wurde, viel dunkler als sie es je bei ihm gesehen hatte, und er hatte geschwiegen, zu lange geschwiegen, um noch sowas wie Herzlichkeit auszustrahlen, dann zu lange, um überhaupt noch ihrem Wunsch entsprechend zu antworten, und dann sagte er: »Nein.« Das war auch hier in dieser Küche und ist jetzt sechs Wochen her. Drei Jahre waren sie zusammen gewesen, Sibylle und der Mann, und dann stellt man so eine dumme, kleine Mädchenfrage, die Frage, ob das, was das ist und einen sich schön fühlen lässt, vielleicht wirklich nicht nur die Bewältigung des Alltags, sondern etwas mehr ist und bekommt dann die Faust der Ehrlichkeit in die Fresse der Naivität geschlagen. Am Ende vermeintlich großer Gefühle stand Sibylle zum wiederholten Male allein da und die Hinweise verdichteten sich, dass es bei ihr um eine deutlich zu uninteressante Person ging, eine Frau, die nicht in einer Masse erkennbar ist, eine, die man anschaut und drei Sekunden später wieder vergessen hat, weil es irgendwo Eis gibt oder Dokumentationen über Eichhörnchen, Einhörner oder Weltkriege über weitaus Wichtigeres informieren.

Klar, was dann passieren musste: Tränen und Verderben, und der Mann war so locker wie aufgeschäumte Milch bei seinem Weggehen, sagte noch ein paar unfeine Worte über Sibylles körperliche und seelische Schwachstellen und ging. Dann wurde eine Woche rumgeheult, nicht so sehr des Mannes wegen, den Sibylle ja trotz seiner Besonderheit für austauschbar hielt, nein, eher noch beweinte sie die Zeit, die einfach so vorbeischoss wie der ICE am Regionalbahnhof. Die ungenutzte Zeit ist der schnellste Zug der Welt.

So ein Leben alleine hatte für Sibylle nicht die vollständige Wertigkeit, da musste mehr rein in diese Existenz als das, was man selbst war. Sibylle war gelangweilt von sich selbst, so gelangweilt, dass sie keinen ihrer unsympathischen, bedeutungslosen Frauengedanken zu Ende denken konnte. Die Bestätigung von außen, die muss gewährleistet sein, einer, der wegen einer durch sie ausgelösten Geilheit mit ihr schläft, freiwillig ihrem Verfall beiwohnt und vielleicht einfach mal da ist, wenn jemand gestorben ist oder so. Diese ganzen Mädchengedanken, die von Pferden, Prinzen und der Rettung durch Liebe handeln, die wurden in die Schublade geworfen, auf der in großen Leuchtbuchstaben *UTOPIE* steht. Es lohnt sich nicht, diese Kacklade aufzumachen, und darin stinkt es, als wäre etwas darin gestorben.

Die Liebe, Sibylle weiß es, macht alle zu Tieren. Nicht zu so niedlichen Tieren, die man in kleinen Zoohandlungen kaufen kann, um sie dann an die größeren Tiere zu verfüttern, nein, Sibylle denkt da eher an riesige, grobmotorische, extrem ausgehungerte und auf irgendwelchen

Aggressionsdrogen hängengebliebene Mörderelefanten, die im Amokrausch mit ihren Fettkörpern alles kaputtrandalieren und sich mit ihren Rüsseln kiloweise wohldosierte Kokslinien einverleiben, nur um stundenlang weiterzuamoken. Obwohl, Elefanten funktionieren irgendwie auch nicht, die werden ja auch immer als liebenswert, mancherortens sogar als süß erachtet in ihrer grauen Unförmigkeit und Behäbigkeit. Aber Liebe ist trotzdem gefährlich, weiß Sibylle, weil sie das Tier, das die Liebe aus Leuten macht, selbst schon mal gewesen ist. Wer denn wohl auch noch nicht?

Sich von Träumen zu verabschieden, fühlte sich immer wie Amputation an, sie gewöhnte sich aber an Schmerz und an Phantomschmerz, und selbst ihre dummen Tränen kamen ihr irgendwie ritualisiert vor. Als ob die einfach so dahingehörten, die Tränen, und irgendwann weinte Sibylle nicht mehr, weil sie wirklich traurig war, sondern weil die Zeit zum Weinen da war. Der Mann ist fort, das Salzwasser suppt. Weinte sie nicht, so hätte sie eine enorme Angst davor, nicht mehr sie selbst zu sein, gefühlserkältet und letztendlich liebesunfähig zu werden. Die beste Version ihrerselbst, die ist wohl schon gewesen, denkt Sibylle und macht sich auf den Weg zur Arbeit.

Am Bahnsteig sieht sie die ganzen Gesichter der anderen Verbrauchten, ebenso Suchende, die alle eine zementierte Gleichgültigkeit in ihre Blicke gelegt haben. Da vorne raucht ein Mann, als sei rauchen atmen. Was wohl in dem los ist, fragt sich Sibylle, bleibt sich aber eine Antwort schuldig. Alle sind sie auf dem Weg zu Jobs, Jobs, die sie nichts angehen und die ihnen nichts bedeuten und die trotzdem ihr Leben so stark dominieren, dass sie mit genau diesen Gesichtern hier in der Morgenkälte abhängen müssen. Das ist halt so ein Kampf, hört man die Leute sagen, es geht doch nicht ohne das. Ohne Arbeit, so vermuten die meisten, würden wir doch verrückt werden, es gibt doch sonst nicht so viel zu tun, und immer nur Freizeit ist doch auch auf die Dauer zu dumm. Wohlbefinden in der Fremdbestimmung suchen, das macht viele mehr zufrieden, als sie sich einzugestehen imstande sind.

Genau diese Leute sieht Sibylle jeden Morgen und sie tragen ihren Frust öffentlich in ihren Fressen, deren Unschönheiten sie mit Make-Up zu überdecken gedenken. Die geschminkte Unwahrheit. Und alle sind sie in gammelnden Körpern zuhause, deren Verfaulungsprozesse sie mit überteuerten und die Nasenscheidewand durchlöchernden Parfüms zu überlagern versuchen. Alle vertuschen irgendwas, niemand hier sagt oder lebt die Wahrheit, obwohl sie sie alle kennen, die verdammte Wahrheit. Wäre die Wahrheit jetzt hier zufällig anwesend, sie würde lauthals schreien: »Ja, ja, ja, da seid ihr ja, ihr mit euren Jobs, die euch nicht zufrieden machen und ihr mit eurer Feigheit, genau das nicht zu ändern und ihr mit eurer Angst, dass man euch beim Verrotten zusehen kann und ihr mit eurer weiteren Angst euch dieser Verrottungsangst zu stellen, geschweige denn sie einfach zu akzeptieren. Und ja, ihr da schon wieder mit eurer Angst, dass euch keiner liebt und der Angst vom Leben vergessen zu werden und die ihr euch dann lieber in ein Business-bis-Burnout Leben werft, nur um die Liebe nicht zuzulassen, weil sie keinen Termin bei einem hat.«

Und Sibylle guckt an sich runter, ihre passenden angepassten Schuhe geben ihr noch genug Festigkeit, jetzt nicht hier selbst erfundene Tierlaute ausstoßend vor die einfahrende Bahn zu springen, sondern zu warten, bis das Ding zischend und stinkend anhält und dann mit dem Restgesindel ins Innere der Bahn zu verschwinden, sich unverwandte Gesichtszüge in die Fresse zu zementieren und einfach in einen neuen Tag zu starten, einen Tag, an dessen Ende man auf den Anfang des Nächsten zu warten hat.

Montag,
1. Stock, rechts

Das hier ist die wohl größte Wohnung im Haus. Aber selbst die größte Wohnung hat immer noch Wände, und Wände sind manchmal das Letzte, was Menschen brauchen. *Trautes Heim, Glück sagt Nein* könnte irgendwo stehen, tut es aber nicht, denn die Leute hier haben Hoffnung und haben auf knapp 90 Quadratmetern gleich 3 Kinderzimmer mit gut gedeihendem Leben gefüllt. Die Wohnung ist so schön häuslich irgendwie, ab und an kann auch mal was liegenbleiben, es hat ja eine Hausfrau hier, die sich drum kümmert. Aber die Wände, so modern tapeziert sie auch sind, die Wände haben manchmal Lust, die Leute zu bedrohen, und wenn Wände auf einen zukommen, ist es Zeit, sich Fragen zu stellen …

Guten Morgen. Da kommt so ein bisschen Tschaikowsky aus dem Frühstücksradio und fließt in die Küche. Was muss dieser Tschaikowsky doch für ein problembeladener Mann gewesen sein. Das alles klingt so nach Abschied, jede Note voller Melancholie und die Familie sitzt zu Tisch und die von Tschaikowsky komponierten Melodien begrüßen die Familie. Aber keiner bemerkt diese Traurigkeit. Das Radio spult einfach nur, ganz leise, den Klassiksender runter. Unbemerkt von allen. Vielleicht steht die Tragödie schon mitten im Raum und tarnt sich als gewöhnliches Leben? Das wäre krass fies von der Tragödie, einfach so *undercover* in eine Familie zu kommen und diese durch ihre tragischen Abfahrten an den Abgrund zu führen. Aber warum sollte sie sich *diese* Familie aussuchen, hier, wo alles so wunderbar funktioniert, wo man sich gegenseitig scheiße respektvoll behandelt und ein Leben führt, das so von Harmonie überfüllt erscheint, dass es fast zu platzen droht?

Das ist dann also die Idylle, denkt Justus. Isabell steht an der Küchenanrichte und schmiert Brote, gute, gesunde Brote für ihn und für die Kinder. Die sitzen auch hier, die Kinder, mittlerweile sind es drei, und gehen gleich in verschiedene Schulen, zumindest zwei davon, eins bleibt sitzen, in diesem Kinderhochstuhl, weil es einfach noch zu klein ist für alles Weitere. Wenn gleich der Bus kommt, zerstreut sich die Familie ein wenig, um dann spätestens am Nachmittag wieder vereint in dieser Wohnung zu sein. Die einzigen beiden, die dann hier im Haus bleiben, sind Isabell und das Kinderhochstuhlkind, welches sie Paul genannt haben, gemäß irgendeines hochgeschätzten, bereits verstorbenen Verwandten, der eben diesen Namen mit sich führte. Paul ist noch zu klein, um irgendwo hinzugehen, daher ist er an diesen Sitz fixiert und deutet auf verschiedene Dinge, die er *da, woh* oder *oh* nennt.

Isabell macht, wenn die Schulkinder und der Mann dann raus sind, alles sauber und kauft den Kühlschrank voll, geht noch ab und zu, aber immer seltener, zum Yoga, um sich auch ihre Bedürfnisse zu erfüllen und bekommt vielleicht von einer, der es ähnlich geht, mit Mann und schulpflichtigen Kindern Besuch. Dann unterhält man sich über Dinge, die so laufen und verschweigt manchmal die Dinge, die nicht so laufen und Isabell ist trotzdem froh, diesen Haufen aufgeschütteter Glückseligkeit ihr Eigen nennen zu dürfen. Die schöne Familie. Anspruchsvoll ist das Leben immer noch. Die Ehe. Die Kinder. Die ganze Organisation der Familie. Zwischendurch schenkt sie Paul viel Liebe und Aufmerksamkeit, weil Kinder das doch brauchen, diese Reaktion auf ihre Laute und Bewegungen, das Gefühl, ernst genommen zu werden. All das sind für Isabell mütterliche Instinkte, denn sie braucht sich nicht viel zu mühen, ihrer Leibesfrucht emotional zu entsprechen.

Nächstes Jahr soll dann begonnen werden, ein Haus zu bauen. Baupläne und Finazierung stehen schon. Ein kleines Haus am Stadtrand, von dem man sagen kann: Unser! Unser! Unser! Hier in dieser Mietwohnung ist zwar Platz, aber etwas Eigenes zu haben, macht den Leuten hier ein gutes Gefühl. Das Gefühl der Unwegnehmbarkeit. Zum Schutz der Kinder und der Frau gegen etwaiges Elend von außen, daher hat man baugespart, und wenn die Kohle fließt, dann rollen auch die Bagger und der Beton wird auf den Weg geschickt.

Justus arbeitet in einer Versicherung. Schon seit über 25 Jahren, seit er dort seine Ausbildung absolviert hat. Es ist so ein Job, denkt er, so einer, wo man einfach funktioniert, fünf Tage die Woche, und dann kommt man heim und dann ist da die Familie, die es wert ist, dass man fünf Tage die Woche auf diese Weise funktioniert. Da ist die Frau, mit der er immer noch gerne schläft und da sind seine beiden Kinder, Malte und Marie, zwei Geschöpfe, die er aus seinem Samen mitverantwortet hat. Das kann einen schon glücklich machen, denkt Justus, wenn er seine Kinder essen, trinken und am Leben teilhaben sieht.

Malte geht in die vierte Klasse und träumt immer noch von einer Profifußballerkarriere. Warum er Bayern München-Fan ist, wissen weder Justus noch Isabell, eigentlich haben sie ihren Kindern immer gute Werte vermittelt. Aber er verhält sich wie ein gesundes Kind, hat Träume, genießt sein kindgerechtes Leben. Mitte des Jahres wird er auf eine weiterführende Schule gehen und es wird ein Gymnasium werden, da sind sich die Eltern aber sowas von sicher. Malte mag Sport, findet Mädchen allerhöchstens irgendwie niedlich und onaniert mindestens zwei Mal in der Woche.

Marie ist pubertär, schminkt sich häufig zu nuttig, findet Justus, aber hey, sie ist 13 und da probiert man halt Dinge aus. Isabell hat ja auch immer ihre Möglichkeiten für den richtigen Ausdruck ihrer eigenen Weiblichkeit gesucht, als sie in Maries Alter war. Und den Ausdruck von Weiblichkeit, den muss man finden und man muss auch wissen, wo man ihn zu suchen hat. Marie wird ja begleitet von ihrer Mutter, die sie nicht auf ihrer derzeitigen Nuttigkeit hängen lassen wird, nein, da wird noch viel passieren in diesem Leben.

Marie, Malte und Justus verlassen dann die gute Mutter küssend das Haus, treppabwärts, die Kinder zum Schulbus, der Vater zur Garage, hinein in den Familienwagen und dann zur Arbeit. Ach, wie wunderbar kann doch dieses Ding sein, dass da Alltag heißt. Paul sitzt im Kinderhochstuhl, gerade mit gutem Biokinderessen vollgestopft und schaut sich um. Wenn er sich auf seine Kleinkindsensoren verlassen kann, dann ist irgendwas im Gange, was keinen guten Verlauf zu nehmen scheint, aber was weiß schon so ein Einjähriger von diesen Schwingungen. Sein Gehirn wird weiterhin umwoben vom Klassikradio. Seine Mutter kommt dann angelaufen, ihn in einem Laufstall zu platzieren, dort in eine Ecke des Wohnzimmers, einem kindgerechten Käfig gleich, mit synapsenstimulierenden Spielsachen bestückt. Paul spielt vor sich hin und das miese Gefühl herannahenden Übels bleibt bestehen. Seltsam nur, dass seine Mutter immer noch eine so offensichtliche Fröhlichkeit vor sich herpfeift, von der einem ganz anders werden kann.

Isabell geht dann im Haus herum und säubert Gegenstände wie Fußböden, Regale und Küchengeschirr. Dann steht sie auf dem Balkon und raucht. Das macht sie erst seit Kurzem wieder und immer vormittags, weil Justus und die Kinder es nicht mitbekommen sollen, dass sie damit wieder angefangen hat. Ihre Kippen hat sie in dem Schrank versteckt, wo auch die Töpfe und Pfannen liegen und da schaut eh niemand außer sie selbst hinein. Zwei schleunigst weginhalierte Kippen später fühlt sich ihr Leben ziemlich leer an.

Isabell würde ja gerne was arbeiten, aber Justus meint immer, er verdiene genug und dass der Haushalt sich ja auch nicht von alleine mache und eine Putzfrau oder ähnlich Dekadentes ja echt mal nicht nötig wäre. Aber meine Selbstverwirklichung, dachte dann Isabell und sagte: »Ich weiß Schatz, ich kann ja *immer noch* mal irgendwann arbeiten gehen.« Seitdem wartet sie auf *immer noch*. Justus und Isabell führen ja eigentlich eine gute Ehe, eine, in der man sich alles sagen kann, wo man als gutes Team in Angelegenheiten der Kindererziehung und der Gesamtorganisation des Alltags fungiert. Aber trotzdem sind die Rollen klar verteilt und Isabell kommt ja damit auch klar, weil sie hat ja ihren Bereich, und der Haushalt und die Kinder glänzen vor Sauberkeit und Zuversicht. Und seitdem der ganz Kleine da ist, wird ihre Mütterlichkeit auch wieder hart getriggert.

Isabell macht wieder das Radio an. Es läuft wieder der Klassiksender. Schon wieder dieser Tschaikowsky und schon wieder diese Traurigkeit. Jetzt, wo sie alleine mit dem Kleinkind ist, wird das alles viel deutlicher und der Magen tut ein bißchen weh, kann man aber ignorieren, dieses Magengefühl. Im Bauch fängt immer die Dunkelheit an. Sie hat Bock auf mehr Zigaretten. Es ist früh am Tag, so gegen 10 Uhr und zwei Kippen sind noch da, die Isabell schnellstens hintereinander raucht, um dieses Unruhegefühl zu vermeiden, dass langsam immer tiefer in sie kriecht. Neue Kippen müssen her, weiß sie. Kippen beruhigen.

Also los und raus und eben schnell zum Kiosk, welche holen. Oder jetzt einfach aufhören mit der Raucherei? Nein, nein, nein, ganz schlechter Tag dafür. Diese seltsame Tschaikowskymelodie begleitet sie auf die Straße. Das Kleinkind Paul lässt sie oben unbeaufsichtigt im Laufstall vor sich hinspielend zurück. Wird schon nichts passieren, und wenn was passiert, dann passiert endlich mal was, denkt sich Isabell und ist etwas erschrocken über ihr eigenes, leicht apokalyptisch ausgefranstes Denken. Isabell nimmt dann im Kiosk statt einer Schachtel *Marlboro Light* fünf Schachteln *Ernte 23* und raucht eine Komplette davon bis kurz vor dem Mittagessen. Normalerweise kommt sie mit einer Schachtel pro Woche aus.

Dann kommt Malte von der Schule und es gibt wieder einen Grund zum Freundlichsein. Sie sitzen so am Tisch und essen die von Isabell hinkredenzte Mahlzeit. Paul wird per Löffel eine gemüseartige Pampe eingeführt und Malte stochert in seinem Essen. Als er dann sagt: »Mama, du riechst komisch, irgendwie nach Feuer«, da schämt sich Isabell ein bisschen und dann sagt er noch, dass auch das Essen heute nicht schmecke und Isabell denkt *Du verkackter neunjähriger Bengel, sei froh, dass dir einer was zu essen macht* und sagt dann irgendwas Entschuldigendes, dass sie vielleicht ein Gewürz vergessen habe, es dafür aber einen Extrapudding geben würde.

Malte lächelt, bei Isabell rappelt sich der Puls hoch. Es manifestiert sich plötzlich ein seltsames Gefühl, kurz vor dem Sterben oder Ausrasten zu stehen. Aber das Gefühl bleibt versteckt und sie reicht ihrem Kind einen Pudding, räumt Teller und Besteckteile in die Spülmaschine und verspürt schon wieder diese unbändige Lust zu rauchen, schämt sich aber, dies vor ihrem ahnungslosen Sohn zu tun. Dann taucht plötzlich so ein Quizmaster in ihrem Kopf auf und fragt sie: »Isabell, nennen sie mir eine Zahl zwischen eins und zehn, wie zerstört sind sie?« »Zwölf!« schreit Isabell, »ich bin eine verdammte Zwölf, du Arschloch.« Sie bemerkt den absolut verunsicherten Blick ihres Sohnes. »Wieso zwölf, Mama? Was meinst du mit zwölf? Und warum sagst du Arschloch?« Isabell weiß, dass sie diese Frage nicht beantworten können wird, nicht jetzt, nicht hier, nicht heute. Ein Fluchtgedanke packt sie am Kragen und sagt, sie solle jetzt mal schnell raus gehen und mindestens eine rauchen. Nicht eine Zigarette, nicht eine Schachtel, nein eigentlich will Isabell ein komplettes Feuerzeug leer rauchen, solange bis kein scheiß Gas mehr kommt. »Ich muss noch mal kurz weg, fang bitte schon mal mit den Hausaufgaben an, okay? Und pass bitte auf den Paul auf, ja?« Malte nickt verwirrt. »Is okay, Mama. Bis später dann.« Paul spuckt Gemüsebrei über den Tisch. Da, sagt er und sein pflichtbewusster, großer Bruder wischt das weg.

Isabell holt sich zwei Schachteln Kippen aus ihrem Töpfe- und Pfannenversteck und geht runter auf die Straße. Und sie raucht und raucht und raucht und geht ein paar Schritte, um sich zu beruhigen. Klappt nur ein wenig, denn diese Stadt ist so reizüberflutet und irgendwas stimmt nicht mit Isabell. An irgendeiner Ampel bleibt sie dann aber stehen, obwohl diese grün anzeigt, aber nein, Weglaufen ist nicht, Mädchen, denkt sie und tritt die Kippe auf den Asphalt.

Dann geht sie langsam zurück und belügt sich weiter selbst. Ist doch nicht so schlimm, Mädchen, dein Leben ist doch gut und voll und du bist autonom und kannst alles machen und sein. Als sie durch die Tür kommt, sitzt Malte am Küchentisch und macht Mathehausaufgaben. Paul liegt im Kinderkäfig und schläft. »Kannst du mir helfen, Mama, hier ist eine schwere Textaufgabe.« Es geht wieder besser, sie wird gebraucht. Aber in ihr tickt irgendwas. Sie wird am Abend mit ihrem Mann darüber reden, der wird sie verstehen. Der Resttag gleitet auf einer relativ gleichmütigen Welle an den Strand der Belanglosigkeit.

Montag,
2. Stock, rechts

Und dann das hier. 44 Quadratmeter und ein Zimmer. Separat hat es aber eine winzige Küche und ein kleines Badezimmer. Alles wurde hier an die Wand gestellt, in der Ecke am Fenster ein Schreibtisch, daneben ein Bücherregal, daneben ein Plattenregal, daneben eine Stereoanlage, daneben irgend so ein hässlicher Sessel. Auf dem Fußboden liegen Veranstaltungsflyer, Musik- und Kunstzeitschriften und häufig auch unbedacht abgestellte Kaffeetassen oder Teller. Man kann hier gut auf dem Boden leben, wenn man ein Hund ist oder ein Mensch mit amputierten Gliedmaßen. Aber hier lebt jemand anderes und dieser Jemand sucht etwas, nämlich die passenden Worte für das, was ist, war und sein soll.

Dies ist der Ort, an dem das Leben gähnt. Das wäre doch irgendwie ein guter Titel, denkt der Autor. *Dies ist der Ort, an dem das Leben gähnt.* Aber dann durchzieht ihn wieder das Gefühl, langweiligen Mist zu denken und so legt er auch diesen Gedanken des gähnenden Lebens wieder ab. *Dies ist der Ort, an dem das Leben gähnt* wird als Titel nicht funktionieren und zwar aus dem Grund, weil das hier wirklich der verdammte Ort ist, an dem das Leben unter

Müdigkeitserscheinungen leidet. Der Autor will das Leben wecken, aber das Leben will sich lieber erst mal wieder hinlegen.

Wieder nichts Brauchbares geschrieben am Wochenende, nur Scheiße. Der Autor spürt so einen inneren Druck. Seit er sich vom regulären Arbeitsleben in einem dieser energieaussaugenden Zwangsjobs verabschiedet hat, ist der Druck nochmal gestiegen. Wenn das Gehirn blockiert und keine gute Sätze denkt, die der Autor in seine Tastatur hämmern könnte, dann denkt er auch sofort an den Verlust seiner Wohnung, sowie seines kleinen, manchmal unscheinbar und instabil wirkenden Lebens. Ein wenig Panik vor sich her schieben ist nicht unbedingt das Schlimmste, nur das verdammte Gehirn soll endlich wieder funktionieren.

Ja, ja, am Anfang war das relativ erfolgreiche erste Buch. Vergleichbar mit einem Aufschrei, ähnlich dem eines angefahrenen Kindes, das der Mutter beim Spazierengehen per Linienbus von der Hand gefahren wird. Das hat ihm die Tür aufgemacht, Richtung Literaturmarkt. Das nächste und übernächste Buch fühlten sich dann schon an wie Arbeit. Das war dann sehr seltsam auf einmal, dass sich die Tätigkeit des Schreibens plötzlich wie das Schleppen von Beton anfühlte.

Der Autor dachte damals noch, alles werde gut, er könne erst mal in seinem regulären Job als Steineschlepper und Bauaushilfskasper weiter arbeiten, doch das wurde irgendwann zu seltsam. Am frühen Morgen auf der Baustelle stehen, während man bis in die tiefe Nacht hinein klischeehaft Rotwein soff und eine Kippe nach der anderen rauchte, um sich die Gehirnwindungen auf geniale Grammatik zu programmieren, das passte irgendwann nicht mehr zusammen.

Bevor also dann des Autoren viertes Buch herauskam, kündigte er den sicheren Arbeitsplatz, um sich lediglich als Schreibkünstler durchzusetzen. Hinzu kamen einige Lesungen, die das Girokonto des Autoren zwar nicht mit Geld vollfluteten, dennoch klappte es irgendwie. Aber diese Lage als entspannt zu bezeichnen, das wäre übertrieben.

Und jetzt sitzt er hier, will sein fünftes Buch schreiben, weil es irgendwie an der Zeit ist, das zu tun, und es tut sich nichts im Kopf, nichts ist da, kein greifbarer Gedanke, ein Hirn voller Belanglosigkeiten. Kein Stück Denke, das ein Aufschreiben lohnen würde. So fühlt sich dann wohl Schreibblockade an, denkt der Autor und sucht im Internet nach Lösungsansätzen für eine solche. Das Gefühl, das ihn durch diesen dummen Montagnachmittag begleitet, ist wohl das Gefühl, welches hochschwellendes Wasser vor einem Staudamm hat. Aber der scheiß Damm hält und der Autor findet kein Thema.

Das Internet, so fällt es dem Autor auf, ist eine beschissene Besserwissersau, was dieses Thema betrifft. So wird ihm beispielsweise geraten, den Ort zu wechseln. Also probiert er die Orte Toilette, Küchentisch, Couch, Straßencafé und Bushaltestelle aus, kommt aber nur mit einem zerlumpten Mann in Konflikt, dem er keinen Euro wegen Bettelns aus Hilflosigkeit geben mag. Der Autor muss selbst schauen, dass er seine Euros zusammenhält. Weiß Gott, er würde jedem Bettler, der es nötig hat, zu gerne etwas abgeben, aber da er gerade genug Geld hat, um selbst zu überleben, kann er es sich nicht leisten, die unterste Schicht der Unterschicht, die dort, wo sie ist, festgebacken scheint, auch noch mitzufinanzieren. So gern er es würde und so ungern er dieses Elend mitfühlen muss, so sicher ist er sich aber, dass er durch einen weggeschenkten Euro nur minutiös etwas ändern kann.

Der Autor erinnert sich dann an die Zeit, als er angefangen hat mit dem Schreiben. Ja, da wollte er tatsächlich sowas wie die Welt verbessern, zumindest Denkanstöße geben, wie dies vonstatten gehen könnte. Aber im Laufe des Zeitvergehens traf er immer mehr auf verkrustete Denkstrukturen, wo wahrscheinlich Worte das letzte Mittel wären, diese aufzubrechen. Aber da der Autor ein hoffnungsvoller Mensch ist, hat er weitergeschrieben, sein Gewissen wollte es von ihm und auch sein künstlerischer Antrieb stand ihm dabei hilfreich zur Seite.

Irgendwann sitzt er wieder zuhause, ganz traditonell am Schreibtisch, und die Blockade ist immer noch da. Sie scheint sich grad hier ein Nest zu bauen, die scheiß Blockade. Ein guter Freund des Autoren, an den er sich dann beim Betrachten seines überfüllten Mülleimers, in den genau dieser gute Freund einmal während eines überoberoverfantastischen Trinkgelages hineinkotze, sagte mal: »Wenn du nicht weiterkommst mit dem, was du gerade tust, mach etwas, was dir Spaß macht und zwar so lange, bis du es nicht mehr aushältst.« Weil der Autor das für eine gute Denkrichtung hält, entscheidet er sich für eine Radtour durch die Geschmeidigkeit des Universums. Er packt sich eine Flasche Rotwein in seinen Rucksack und das Notizbuch und denkt sich so: »Yo, jetzt geht das Roadmovie los, über das ich schreiben werde, gute Dinge beginnen mit einer Radtour.«

Und dann fährt er einfach los, Richtung Innenstadt und denkt sich so, dass hier eventuell was passieren kann, was ihn zum Schreiben animieren könnte. Irgendwann kommt dann der Autor an einem Stadtpark an, wo sich junge Menschen mit Freizeitspielzeug, selbstgetrommelter Musik, Grillen und mehrsprachigem Anschreien beschäftigen. Hier wittert der Autor eine Chance, vielleicht liegt die Idee hier irgendwo im Gras und will nur wie eine dumme Blume gepflückt werden. Aber der Autor will erst mal etwas tun, was ihm Spaß macht und setzt sich neben sein Fahrrad ins von der Sonne beschienene warme Gras, öffnet die Weinflasche, steckt sich eine Zigarette an und schaut sich das Jungvolk an, welches um ihn herumturnt. Er trinkt und raucht und schaut, und es ist ein wunderbarer Tag, eigentlich viel zu wunderbar, um sich ernsthafte Gedanken zu machen.

Nach einer halben Stunde Wartezeit auf irgendwelche Happenings der besonderen Art, sitzen dann zwei Mädchen bei ihm, die ihn einfach so angesprochen haben. Und als sie nach seinen Beweggründen des Hierseins fragen und der Autor wahrheitsgemäß *Inspirationssuche* antwortet, wird er natürlich interessant gefunden und die Mädchen bieten ihm zunächst von dem Gras und weitaus später von den Pilzen an, die sie mit sich führen. Der Autor kommt dann anschließend gar nicht mehr zum Denken und Sammeln von Eindrücken, sondern nur noch zum Wahrnehmen des Wesentlichen. Wunderbar, wie die Welt um ihn immer weicher wird und mit den beiden Mädchen versteht er sich so gut, dass sie anschließend alle zu seiner Wohnung fahren, dort nochmals von den Pilzen kosten, von irgendwo her kommen plötzlich noch einige Pillen ins Spiel, und der Autor legt abwechselnd Minimal und Punkrock auf, was irgendwann irgendwie das gleiche Geräusch wird. Scheiß auf alle Roadmovies und Bücher dieser Welt, jetzt wird getanzt und irgendwann werden auch noch die Geschlechtsorgane ausgepackt und anständig benutzt. Der Autor kippt auch weiterhin Rotwein auf sein Gemüt und die Schreibblockade ist nicht weg, aber in der Tat momentan hochgradig irrelevant.

Montag,
2. Stock links

Diese Wohnung sieht aus, als hätte sie jemand eingerichtet, der sowas gelernt hat. Individueller Innenausbau sozusagen und alles ist angepasst. Sogar die Möbel passen irgendwie zu den Wandfarben. Es wirkt steril, aber auch wie eine Wohnung, vor der man steht und jemanden, der auch da steht, fragt, ob noch Interesse an einem nächtlichen Kaffee bestünde. Die Küche modern, das Wohnzimmer auch, das Bad weiß gekachelt und großflächig verspiegelt, das Schlafzimmer mit einem Bett ausgestattet, das irgendeine Mischung aus frischbezogen und viel besudelt repräsentiert. Irgendwie wirkt diese Wohnung auch, als sei sie nur für einen flüchtigen Besuch gemacht, Hotelzimmerstyle irgendwie. Die Wohnung eines Nichtfestgelegten auf 60 Quadratmeter stilistisch hochpoliertem Leben.

Manuel, der zuckerschöne Manuel, hat mal wieder einen Frauennamen in seinem Kalender stehen, es ist schon zum zweiten Mal diese eine Frau, die wundergute Simone. Sie haben sich im Biergarten verabredet, am Montagnachmittag. Manuels Medienjob gestattet es ihm, seine Zeit um etwaige Projekte drumherum zu planen, so dass diesem wunderbaren Nachmittagsdate nichts im Wege steht.

Dieser Anzug, dieses Hemd, das Haar minimal mit etwas Gel in Form gebracht, die Zeitung lesen, dann hat man auch was zur aktuellen Lage zu allem was zu sagen und dann ab zur Haltestelle. Eine SMS von Simone trifft ein, sie würde sich um fünf Minuten verspäten. Manuel ist sich sicher, wenn eine Frau sich wegen voraussichtlich fünfminütiger Verspätung im Vorfeld eines Dates entschuldigt, ist sie definitiv an mehr interessiert, als an einem gemeinsamen Kaffee.

Manuel ist einer, der sich nicht entscheiden kann. Immer lauern da launisch Optionen hinter irgendwelchen Wänden, wo man noch nie geschaut hat, was da eigentlich ist. Ein typisches Phänomen junger Menschen. Er will maximal viele Menschen treffen, vielen begegnen, irgendwie alles in sein Leben lassen, was ihm gut tut und das könnte ja eine ganze Menge sein. Und häufig trifft er dann, so wie heute, Frauen, stilvolle Frauen. Die heutige Simone hat er in seinem Job kennengelernt. Bei irgendeiner Messe war sie die Hostesse, hatte schöne Fresse, er konnt sie nicht vergesse, denn lächelte gut und war gepflegt und trotzdem irgendwie obszön im Blick. Am Rande eben dieser Messe, während einer Raucherpause fragte er also nach einem Date. Die wundergute Simone gewährte es ihm. Die erste Begegnung war dann von einer abschätzenden, immer noch distanzierten, aber durchaus Interesse vermittelnden Freundlichkeit geprägt. Heute folgt also das zweite und der zuckerschöne Manuel lächelt jetzt sein Handy an und schreibt, dass es egal sei, ob sie fünf oder zehn Minuten zu spät komme, Hauptsache sei doch, sie komme überhaupt.

Dann essen und trinken sie was und ihre Gesprächsthemen synchronisieren sich zu einem Haufen verträglicher Meinungen. Kino, Musik, Arbeitswelt, irgendwann hat man alles abgeschätzt und jeder hatte auch ein Eis, und Manuel fühlt sich plötzlich wie ein Zwölfjähriger, der dem Mädchen gegenüber einen *multiple choice* Zettel zum Thema *Willst Du mit mir gehen?* zugesteckt hat. Die niveauvolle und durchaus überattraktive wundervolle Simone blickt ebenso schüchtern über den Eisbecherrand, und als dann alles verzehrt ist, tritt ein Schweigen ein, eins, in dem sich die Gedanken drehen.

Es ist ein wirklich unwirklich schöner und eigenartiger Moment, als Simone sich eine Zigarette anzüdet, mit der Hand die Flamme des Einwegfeuerzeugs, auf dem eine nackte, dürre 60er-Jahre Schönheit abgebildet ist, schützt, obwohl hier nirgends ein Wind weht und sie so wunderschön leicht debil schielt, als sei sie ein Mensch mit Assistenzbedarf wegen geistiger Behinderung. Nach dem Eis gab es zauberhaften Espresso, ein klarer, anständiger Zerhackerkaffee, der den Darm in Bewegung bringt, die Darmzotten lieblich umkost, und jetzt will der zuckerschöne Manuel auch rauchen. Ja, er will rauchen, ihr qualmend gegenübersitzen und ihr in die großen Wunderaugen blicken, die, in denen er immer noch nicht lesen kann. Behind blue eyes, was geht da nur vor?

Freier Wille ist manchmal eine der großartigsten Verarschungen überhaupt, genauso wie »freier Künstler« oder »freier Journalist« oder irgendwas sonst mit Freiheit, weil, und Manuel spürt es genau, er sitzt hier nicht mit Simone, weil er frei ist, sondern weil er diesen Mund, der diesen Zigarettenfilter umschmeichelt und umspeichelt küssen möchte. Jetzt. Sofort. Nach diesem Essen. Nach diesem

Kaffee, noch während dieser Zigarette. Irgendwo spielt jemand Klavier in seinem Kopf, eine zauberhaft flirrende Melodie, rhythmisch unterstützt von der bassdrum of his heart, die, so vermutet er, auch sie hören kann. Es ist irgendwas zwischen früh und spät, zwischen laut und leise und Manuel will jetzt nach Hause und Simone und ihn in eine Decke einpacken und so tun als wären sie sich auf einer Polarexpedition befindliche Wissenschaftler, die in einem kleinen Zelt Zuflucht vor der bösen sozialen und auch sonstigen Kälte suchen, die hier überall stattfindet. Wenn das hier nicht verliebt ist, was ist es dann?

Simone raucht und schweigt ein wahnsinnig knisterndes Schweigen in den diesen Biergarten hinein und bläst Rauch in die Luft, durch ihre Lippen, die sie wie ein »O« formt. Ein großes »O« das ertaunlichste »O«, das er jemals gesehen hat, und er will durch diese »O«-Öffnung in sie kriechen. Jetzt sofort. Aber er tut es nicht. Irgendetwas kontrolliert ihn, obwohl es in ihm unkontrollierbar brennt. Sein Herz ist mittlerweile ein Breakbeat und zappelt in ihm wie ein Fisch an der Angel, unlängst aus der Sicherheit eines Flusses gezogen und jetzt dem Tode geweiht. Ja, so zuckt es und er will jetzt über diesen Tisch hier springen und in ihrem Gesicht irgendeinen Unfug mit seiner Zunge anstellen. Schweigen. Rauchen. Herzschlag. *Bumm bumm bada bumm bumm.*

»Piep piep piep«, sagt dann auf einmal Simones Handy, während der zuckerschöne Manuel mit ausgesucht coolen Bewegungen seinen Zigarettenrest dem Aschenbecher überantwortet. Lächelnd zieht sie ihr Handy aus der Strickjackenjackentasche und beginnt, mit filigranen Bewegungen, daran herumzutippen. Sie liest eine SMS und lächelt dabei. Welcher Mensch wagt es, diese Harmonie hier zu zerstören?, will Manuel wissen. Er will ihr plötzlich, aus einer unbestimmten Aggression heraus, das kleine Telefon entreißen, sie von allen anderen Einflüssen frei machen, sich selbst in den Fokus ihres Herzschlags bugsieren, aber er lässt sie in Ruhe zu Ende lesen. Simone antwortet nicht auf die SMS, sondern steckt ihr Handy wieder in die Strickjackenjackentasche und greift erneut zu ihrer Zigarettenschachtel, bietet ihm eine an, durch wortloses Hinhalten derselben und er greift zu, versucht dabei, möglichst cool auszusehen. Sekunden vergehen. Sie reicht ihm Feuer, er berührt kurz und unabsichtlich ihre Hand und will sie festhalten, aber sie verschwindet wieder, die kleine Hand, und zündet auch ihr eine Zigarette an.

Baby, lass uns Superlative sein, super naive Superlative, Superlativlinge, die Superlativdinge tun, denkt Manuel, und die nächsten Minuten verticken einfach so, sind dann weg, die Minuten, Minuten in denen so viele unglaublich große Sachen hätten geschehen können. Er möchte jetzt sofort ihre Hand nehmen, ihren Mund an seinen saugen, sie vom Stuhl hochreißen, dann Hand in Hand losrennen, natürlich ohne zu bezahlen, irre schreiend auf die Straße laufen, irgendwo ein Auto mit laufendem Motor klauen, ans Meer fahren, dort am Strand animalischen Sex mit Simone haben und sie dann drei Wochen oder länger in ein Ferienhaus einsperren und eine Zukunft planen. Vielleicht haben die beiden gar nicht so viel Zeit, bei der Menge an gerauchten Zigaretten während ihres Dates besteht durchaus die Möglichkeit, dass bald einer von ihnen oder vielleicht auch beide an unappetitlichen Nebenwirkungen der

Raucherei stirbt. Manuel wird nervös, aber nach außen hin bleibt seine Fassade cool und unantastbar. Simones Handy sagt schon wieder »piep piep piep« und er schweigt und sie schweigt auch und er blickt sie mit einem Blick an, den man verstohlen nennen könnte und in dem irgendwie die Bitte liegt, doch jetzt mal was Konstruktives zu machen, irgendetwas, was fähig ist, die Situation komplett auf den Kopf zu stellen.

… und dann …

… dann endet dieses Date und es wird Zeit, sich zu verabschieden. Und sofort will Manuel ihr sagen, noch während sie sich umdreht und zur Bushaltestelle läuft, dass er sie sofort wiedersehen möchte. Von vorne. Aber er schweigt, weiß auch nicht, warum, und sie steigt in den Bus, lächelt etwas verspult, winkt und schaut dann auf ihr Handy und der scheiß Bus fährt los. Manuel will ihr seine Gefühle hinterherschreien, dem Bus, die ganze scheiß Stadt soll es meinentwegen erfahren, dass er sich Simone in seiner Nähe wünscht.

Er geht langsam nach Hause und denkt über das Regelwerk der Liebe nach und wer verdammt nochmal dafür verantwortlich ist. Bestimmt so scheiß Magazine wie Neon und dergleichen Lifestylescheißexpertenmeinungspropagandisten. Manuel hasst dieses *Geplänkel*, das ist wie Warmlaufen beim Fußball und nicht eingewechselt werden, das ist wie für die Schule ein beschissenes Gedicht auswendig zu lernen und nicht dran genommen werden, das ist wie vor dem leckersten Buffet stehen und plötzlich und unerwartet beim Essenangucken Magen-

Darm-Grippe bekommen. Er versteht das nicht, er kennt diese Regeln nicht und er verzweifelt an diesen Regeln. Aber wenn er könnte, würde er überhaupt wollen? Auch das fragt er sich, aber die Frage dringt nicht wirklich tief zu ihm durch.

Er will Simone jetzt sofort sehen, am liebsten dem beschissenen Bus hinterher rennen, ihn anhalten und den Fahrer zwingen, an den schönsten aller möglichen Orte in dieser Stadt zu fahren und die beiden da raus zu lassen, damit nur dieses Date weiter geht. »Bsst, bsst, bsst« sagt dann sein Handy, weil es auf *lautlos* gestellt ist und er liest die SMS. Sie ist von Simone und spricht die eindringlichen und eindeutigen Worte: »Es war wunderbar heute, lass uns bald wiedersehen.«

Er antwortet ihr erstmal nicht, denn so einfach soll sie ihn auch nicht kriegen …

Montag,
abgefuckte Dachgeschosswohnung

Und unterm Dach, der ganze Restbestand. Hier sollte eigentlich niemand wohnen, der Wert auf ein gesundes Umfeld legt. Es handelt sich hierbei um eine stark versiffte Einzimmerwohnung, die eher einem Versteck als einer wirklichen *Wohnung* gleicht. Aber, selbst in Verstecken werden manche Menschen glücklich. Es gibt kaum Möbel und nicht einmal eine richtige Küche. Auf einem Regal steht eine Mikrowelle, unter dem Regal so ein zugespackter Minipizzaofen, und in einer anderen Ecke steht eine alte Kühl- und Gefrierkombination. Der Rest, der hier noch rumvegetiert, ist weit davon entfernt, Möbelstück zu sein. Obwohl der Mensch, der hier wohnt, ein wenig wie ein kaputter Beistelltisch wirkt, den man vergessen hat, wegzuschmeißen. Es scheint sich hierbei um Pöbel ohne Möbel zu handeln …

Und in dieser Wohnung lebt der Mann, der nie die Tür öffnet. Warum sollte er auch? Da draußen ist ja nichts, was das Leben vom Mann, der nie die Tür öffnet, irgendwie besser machen könnte. Im Gegenteil. Wenn der Mann, der nie die Tür öffnet, die Tür zur Öffentlichkeit öffnen würde und in eben dieser Öffentlichkeit herumliefe, dann würde er sich wünschen, und alle, die ihm begegnen auch, er hätte nie die Tür geöffnet. Im Dachgeschoss zu wohnen ist nicht das Schlechteste für den Mann, der nie die Tür öffnet. Über den Dingen zu leben. Es ist nicht weit bis zum Dach, das größte Fenster der Welt ist ohnehin der Himmel.

In seinem grünen Adidas Jogginganzug läuft er manchmal unruhig durch seine Wohnung. Wie ein eingesperrtes, hungriges Tier. Manchmal stinkt es. und dann sucht er die Ecken nach der Ursache ab, ob da Essen liegen geblieben ist oder ein Tier verendet oder einfach Schimmel gedeiht. Meistens ist es aber so, dass wenn etwas stinkt, er selbst die Ursache ist. Für wen soll er sich pflegen und vor allem: was genau sollte er an sich pflegen? Da ist nichts, was er an sich lieb hat, und er lässt sich stinken und genießt sein Grundrecht der Eigenverwahrlosung.

Sich ins Gesicht zu sehen und sich selbst nicht zu erkennen, das ist schon hart. Und an Härte gewöhnt man sich. Wer immer auf die Fresse kriegt, wird häufig schmerzunempfindlich. Aber dass das Leben ein ungerechtes ist, sollte doch jeder ab mindestens einem Alter von elf doch wissen. Wenn's gut läuft, weiß man das, wenn überhaupt nicht, dann wird man mit diesem Umstand schon erheblich früher konfrontiert.

Die Mikrowelle sagt *pling*, und das ist manchmal das einzige Geräusch des Tages. Manchmal schweigen sogar Radio- und Fernsehgerät im verständlichen Duett. Der Mann, der nie die Tür öffnet, mag es leise. Manchmal will er sich selbst nicht mehr Geräusche verursachen lassen, aber lebende Körper machen nun mal Geräusche, also macht auch der Mann, der nie die Tür öffnet, weiter Geräusche. Atemzüge, Schritte, Wendegeräusche der Existenz, Essgeräusche, das plumpe Klatschen, wenn Scheiße ins Wasser fällt.

Der Mann, der nie die Tür öffnet, geht zur Mikrowelle hin, denn sein Essen ist warm. Kochen konnte er nie, deswegen rettet ihn das Teil. Essen gehen geht ja auch nicht mehr so ganz, wegen der von ihm verströmten Unappetitlichkeit.

Was für ein Mistschicksal einen treffen kann, wenn man mal ein guter Mensch sein will, dafür ist der Mann, der nie die Tür öffnet, ein gutes Beispiel. Früher hat er gern mal Türen geöffnet, er war ja auch Pförtner. Im Gericht. Damals, vor gut drei Jahren, arbeitete er dort und saß da in seinem kleinen Pförtnerhäuschen. An diesem Tag sollte eine brutale Vergewaltigung verhandelt werden, die sicherlich mehr als nur ein Leben zerstört hat. Dann kam, was nicht hätte kommen müssen. Der Angeklagte, dem schon nahezu die Tat nachgewiesen war nach drei Prozesstagen, wurde von Wachmännern durch eine Seitentür geführt, die der Mann, der heutzutage nie die Tür öffnet, damals zu öffnen hatte. Die Sicherheitsvorkehrungen waren irgendwie an dem Tag nicht so hart und der Angeklagte wurde quer durch den Raum geführt und wurde nur von einem Beamten begleitet, der ihm Handschellen angelegt hatte. Zufällig trug es sich dann so zu, dass das Opfer nebst Familie und Anwalt im Gerichtsfoyer auf irgendetwas wartete. Der damalige Pförtner sah nur den Blick des Opfers den Blick des vermeintlichen Täters treffen und Frau Opfer zog etwas aus ihrer Handtasche. Einen Metallbehälter, in dem sie eine Flüssigkeit mitführte. Diesen Metallbehälter richtete sie dann auf den Herrn Täter und seinen polizeilichen Begleiter. Und der Pförtner sah es als Einziger und sprang aus seinem Kabuff, um einzugreifen und den Beamten, der den Angeklagten mit sich führte, zu warnen oder zu schützen. Leider war der Pförtner scheller als die Opferfrau und als er nach drei Schritten vor den beiden stand und die Frau immer noch an der Dose rumfummelte, da vergingen dann noch zwei Sekunden und sie schüttete eine große Portion hochkonzentrierte Säure auf die Umherstehenden. Leider bekam der Mann, der heutzutage nie die Tür öffnet, einen Großteil der ihm nicht gewidmeten Portion ins Gesicht, und es fühlte sich an, als würden ihm die Augen aus dem Kopf gerissen werden. So mit allem möglichen Bombast.

Dann wurde es lange dunkel und sehr, sehr schmerzvoll. Ein Auge konnte mit 30prozentiger Sehfähigkeit erhalten bleiben, der Rest vom Gesicht wurde in eine Gebirgslandschaft aus vernarbter Haut und Wundfleisch umgestaltet. Irgendjemand stand neben seinem Bett, als er aufwachte und hatte keine Sense, aber ein Stetoskop dabei. Die Medizin, so sagte der Stetoskopträger, hätte jetzt alles geleistet, was zu leisten war. Beim Blick in den Spiegel beschloss der ehemalige Pförtner dann, dass, wo immer er demnächst auch wohnen würde, die Tür sehr selten geöffnet werden würde.

Der Pförtner wurde ein Monster. Und dann ist er mit seiner schmalen Rente als Gesichtsopfer hier eingezogen und ab und zu kommt der Bofrost-Mann, mit dem er ein Abkommen hat, welches besagt, dass unter der Fußmatte eine bestimmte Menge an Bargeld zu liegen hat und Mikrowellenessen vor die Tür positioniert werden soll. Das klappt immer ganz gut.

Mitten in der Stadt vom Leben abgeschieden zu sein ist nicht das Schlechteste. Manchmal aber öffnet der Mann, der eigentlich nie die Tür öffnet, eben doch die Tür und geht aufs Dach. Das tut er in dem Fall, wenn seine Wände ihm zu nahe rücken und ihn zu bedrohen gedenken. Und oben auf dem Dach, da ist eigentlich nie jemand, da geht dann der Mann die Leiter hoch und ist oben und alleine und alles ist gut.

Kürzlich aber war da so ein Mädchen, ein kleines trauriges Ding, und da er diesen Ort oben auf dem Dach gern für sich behalten wollte und mittlerweile vor jeglichem Menschenkontakt Angst hatte, beschloss er, seine Angst an die fünfjährige Lisa weiterzugeben und erzählte ihr, dass er ein Außerirdischer sei und dass ihr Schlimmes widerfahren würde, wenn sie irgendwie mit irgendwem über diese Begegnung auf dem Dach spräche. Er sah damals, dass es funktionierte, die Sache mit dem Angstweitergeben. Als diese kleine Lisa wieder nach unten verschwand, war sich der Mann, der eigentlich nie die Tür öffnete, ziemlich klar darüber, dass sie nichts sagen würde und dass er an Tagen, an denen er sich entscheidet, doch für einen Moment die Tür zu öffnen, sich hier oben herrlich allein fühlen darf.

Dienstag,
Erdgeschoss links

Die Frau starrt ihre Fingernägel an. Brüchige Nägel symbolisieren brüchiges Leben. Ihre Hüfte schmerzt. Das kommt wohl vom langen Stehen. Leicht gebückt steht die Frau am Fenster und starrt auf die Brüchigkeit ihres Lebens. Bald wird es ganz kaputt sein, das gute Leben, und niemand wird sich an einen erinnern. Aber darum geht es der Frau auch gar nicht. Mit dem Tod soll das Leben zu Ende sein, alles andere findet außerhalb von Würde statt. Sie glaubt auch nicht, dass die Leute, die nach ihrem Tod noch gefeiert und verehrt werden, sich das so gewünscht und vorgestellt haben. Im Leben, da hatte man doch die Möglichkeiten, alles so zu machen, wie es sich für sich und für das Universum gut anfühlt. Seit Kurzem macht sich die Frau Gedanken über das Universum und verhält sich daher auch so unglaublich still.

Bald wird es regnen. Die Wolken verhalten sich wie fette, dickbrüstige Weiber im vollgestopften Linienbus und reiben sich aneinander, auf dass es bald vom Himmel hinunterschwitze. Nächster Halt: Scheißleben an der Scheißwetterlage! Der Ausstieg befindet sich da, wo man sich ein Loch aus der Scheiße erträumt. Manchmal ist das Leben aber zu voll gestellt, um an der Scheiße vorbeizuträumen. Bald wird es regnen. Das ist irgendwie gut, weil verlässlich.

Alles fühlt sich derzeit an wie das Warten auf das Ende. Das Universum könnte ja mal Mitleid haben mit einem, denkt sich die Frau, aber das Universum schweigt. Das Universum hat noch nie wem geantwortet. Sowieso, wer soll das eigentlich sein, dieses Universum. Draußen ist der Garten, weiß die Frau, hier drin ist sie und noch einer und ein nahendes Ende. Das ist die Realität, von der man traurig werden kann. Aber das Universum kann da nicht helfen. Auch ein Ende eines Lebens ist nicht allzu abstrakt.

Erste Tropfen wagen sich schüchtern aus dem Gewölk über dem Garten. Es ist ein zartes Trommeln zu hören, auf dem Dach der kleinen Gartenhütte, die ihr Mann, als er hier im Haus noch das Hausmeisteramt inne hatte, dort hingebaut hat. Der Regen gewinnt langsam an Intensität, parallel dazu verliert das Leben der beiden hier im Erdgeschoß dahinvegetierenden Eheleute an Intensität.

Die Frau weiß, wie das aussieht wenn einer gestorben ist. Irgendwie schön und ruhig. Beim Betrachten der toten Leute, die sie in ihrem Leben schon gesehen hat, hatte sie immer das Gefühl, vor einem Ofen zu stehen und einem Kuchen beim Aufgehen zuzusehen. Ein seltsamer Vergleich, aber diese Ruhe in sich ausdehnenden Kuchen, die von Backofenleuchten angestrahlt werden, die ist auch irgendwo im Tod. Sterben ist Kuchen werden. Wenn sie an ihre ersten Backversuche zurückdenkt, bemerkt die Frau, dass auch das Endergebnis manchmal ein Ähnliches ist.

Hartes Material, dass zurückbleibt, unverformbar, ungenießbar. Gibt man dann in den Müll sowas.

Adern schimmern durch Pergamenthaut, bläulich und bedrohlich langsam drängt sich sauerstoffarmes Blut durch ihren Kreislauf. Sie fühlt es kriechen. Schleppend. Das Blutschleppen in ihrem Körper fühlt sich manchmal an, als würde schweres Straßenbaugerät durch ihre Adernwege fahren und eine asphaltierte Straße dort hineinzubauen gedenken. Und dann dieser nicht enden wollende Herzschlag, der all das antreibt. Immer und immer wieder, und jedes Mal wird die Frau müde davon, ihrem eigenen Herz zuzuhören, dass langsam immer langsamer wird. Irgendwann wird es aufhören, das verdammte Herz, wird seine Schlagtätigkeit einstellen und sich endlich mal ausruhen können. Die Frau fasst sich ans Herz, das Herz antwortet leise *bumm*. Nicht mehr, nicht weniger, nur ein halbstummes, volldummes *bumm*.

An Gott wendet sich die Frau nicht, über dessen Nichtexistenz weiß sie Bescheid, das hat nie eine Rolle gespielt, auch oder gerade jetzt nicht, auf den letzten paar Metern, die es noch zu gehen gilt. Aber sie kannte Leute, die sich an Gott gewendet haben in diesem Leben und die glücklich geworden sind, weil sie sich auf die Dummheit der Religion einlassen konnten und in ihrer Blase des begrenzten Glaubens etwas Ruhiges gefunden haben. Es gab auch die anderen, die kurzzeitig religiöse Gefühle in sich vermuteten, dann aber doch auf die Seite der Realität zurückkehrten, weil die einfach mehr mit ihrem Leben zu tun hatte. Wenn die Realität angreift, hat die Spiritualität in den seltensten Fällen eine Chance. Ausflüge in die Selbsterfahrung, nennt man dann sowas wohl. Dergleichen hatte auch die Frau in jungen Jahren. Eine katholische Erziehung; und als sie dann aber eigenständig zu denken beginnen konnte, war da die große Leere und das mächtige *Überhauptmalgarnichts*, und allein die Betrachtung der Welt, wie sie sich der Frau bot, machte Gott überflüssig. Schimpfen würde sie allerdings nie über Gott, denn seine Irrelevanz ist zu groß dafür.

Der Regen wird immer heftiger und die Frau steht am Fenster in Erwartung eines Gewitters. Der Himmel verdunkelt sich, als wäre jetzt der Moment, wo einer von den beiden (oder vielleicht sogar beide) geholt werden. Sterben ist so scheiße anstrengend.

Der Mann auf dem Sofa sitzt da und ist wieder aufgewacht, nachdem er kurz eingeschlafen war. Er wirkt nervös. Die Frau mag nervöse Menschen nicht, weil nervöse Menschen immer auch einen Grund haben, nervös zu sein. Aber der Mann ist nervös und blickt um sich, wirkt wie ein frischgeborenes, unlängst in die Welt geschissenes Ding, das jetzt, nach dem ersten Augenaufschlag, Orientierung in der Gegenwart sucht. Aber die Gegenwart scheint den Mann zu überfordern, obwohl da wenig zu sehen ist, in dieser Gegenwart. Die Frau steht immer noch am Fenster, beschäftigt an Gedanken hängend, wie an Seilen, an denen man sich aufhängt. Der Blick geht immer noch nach draußen, der ungemähte Rasen wird von Wind umspielt. Der Mann räuspert sich und es klingt, wie ein kindlicher Hilferuf. Das Räuspern des Mannes gleicht in etwa dem verzweifelten Weinen eines Kleinkindes, welches ja weiß, dass es dadurch soziale Kontakte erfährt. Irgendjemand kommt schon zum

Kind, wenn es nur weiterheult und der Mann räuspert sich nochmal. Und nochmal. Und dann hustet er und verliert Urin. Klingen so die letzten Geräusche eines ausgleitenden Lebens? Husten und Räuspern, die Stimmbänder befreien vom Morast des Ungesagten? Oder des Unsagbaren. Vielleicht folgt ja jetzt eine wichtige Botschaft, denkt die Frau kurz und will sich schon zum Räuspermann umdrehen, vielleicht kommen jetzt nochmal wichtige Worte durch die Schleuse seiner zerfurchten Fresse, irgendetwas, was dieses Leben hier nochmal zusammenfasst, die ganze Zeit auf den Punkt bringt. Aber die Frau bleibt weiter stur. Starrt ins Grün. Blickt in den Wind, der schon wieder etwas heftiger weht als noch kurz davor. Es zieht ein Unwetter herauf. Die Anzahl der Unwetter, die die Frau noch erleben wird, schätzt sie selbst kleiner als drei ein.

Dienstag,
Erdgeschoss rechts

Irgendwann im Verlauf des Vormittags hat es angefangen zu regnen, und damit hat es auch bis zum Abend nicht wieder aufgehört. Sören hört den Tropfen zu, die an die Scheibe klopfen, als ob es kleine Fäuste von winzigen Menschen wären, die panisch und hilfesuchend an sein Fenster kommen und Einlass begehren, weil sie von irgendwas verfolgt werden. Wie diese Jugendlichen in diesen amerikanischen Horrorfilmen. Die fliehen auch immer vor irgendwas und kommen dann irgendwo an, wo es aber dann nach kurzer Zeit der Ruhe noch schlimmer wird als zuvor … und …

… apropos schlimm …

… immer dienstags, kurz nach der Tagesschau, ist es soweit. Sie klopft an und er weiß, was passieren muss. Es passiert immer und mittlerweile passiert es, weil keiner mehr irgendwas dazu sagt. Wortlos. Wie ein mechanischer, programmierter Ablauf. Dienstagabend, 20 Uhr 16, klopf, klopf. Sören steht auf und sie gehen in das Nebenzimmer. Sören zieht die Hose aus, legt sich aufs Bett. Wartet, fröstelt eigentlich immer. Seine Mutter schläft bei geöffnetem Fenster.

Sören würde gern mehr Würde behalten dürfen. So ein ganz kleines Stück würde schon genügen. Aber hier, an diesem Nebenschauplatz der familiären Verzweiflung, wird er seine Würde los. Wo ein Wille ist, ist noch lange kein Weg. Der Mutterbauch, in dem Sören einst zuhause war, hängt schlaff herab. Ein tiefer Bauchnabel. Die Mutter schaut zur Decke, als ob sie sich selbst schämen würde. Die Schlaffheit des herabhängenden Bauches ist eins der vielen Bilder, die Sören schon so lange kennt.

Sörens Mutter sitzt auf seinen Beinen und reibt ihre Muschi an seiner linken Kniescheibe. Das Stöhnen seiner Mutter klingt, als wenn eine Kuh verenden würde, zumindest stellt sich Sören das genauso vor. Eine Kuh, die krepiert, weil jemand ein Schnitzel haben möchte. Die Mutter ist in Fahrt, heute geht es also schnell. Manchmal vergeht eine halbe Stunde. Heute aber nicht mal fünf Minuten.

Die Mutter schreit zur Decke. Unverständliches Zeug. Die Decke schweigt zurück. Sören schließt die Augen, spürt nur den Bauch der Mutter auf seinen Oberschenkel klatschen, und es klingt wie peinlich berührter Applaus. Also wie wenn einer was dargeboten hat und das Publikum nett sein möchte, obwohl es ihm nicht gefallen hat. Statt harter Buhrufe ein Mitleidsapplaus. Die Mutter lässt sich sinken. Liegt dann neben Sören und atmet schlechte Luft in sein Gesicht. Der traurige Elefant.

Sörens Mutter ist wie die raue stürmische See, unberechenbar, und manchmal fordert sie einen so sehr, dass man glaubt, in ihr zu versinken. Aber was Sören eigentlich sucht, ist eine Insel in Menschenform. Eine Insel wie Marie.

Wenn die Mutter endlich aufsteht, immer noch wortlos, bleibt Sören meistens noch zwei Minuten liegen, um einfach an die Decke zu sehen. Die Struktur der Dachlatten verfolgt er wahrscheinlich deswegen so genau, weil er selbst keine Struktur hat. Manchmal wäre er auch gern eine dieser Deckenbretter, Teil dieser rustikalen Vertäfelung. Oder ein Stück dieser grau-beigen Tapete. Dann könnte die Mutter ihn nicht mehr finden, wenn er ein Stück Tapete wäre. Er würde dann einfach an der Wand stehen und unsichtbar sein und seine Mutter könnte mal gucken, woher sie ein anderes Knie zum Dranreiben herbekommt.

Diese Verwendung des Sohnes, dieses gewaltsame Hernehmen, das hat Historie. Als sein Vater die Familie verließ, wurde Sören so etwas wie ein Vaterersatz für die Mutter. Der Mann im Haus. Er hatte die festsitzenden Marmeladengläser aufzuschrauben, er hatte die Wasserkisten zu schleppen. Und an irgendeinem Dienstag kam dann die Mutter und holte ihn in ihr Zimmer. Es begann damit, dass sie nur bei ihm lag, aber irgendwann kam sie auf die Idee, sich an seinem Knie zu reiben und Sören war einfach zu ratlos, um sie aufzuhalten. Wie auch? Die Mutter kam mit der Autorität einer bewaffneten Armee daher, ganz ohne körperliche Gewalt zwar, aber dafür mit dem Bewusstsein als Mutter die Mächtige zu sein. Alles passierte schweigend. Ab und an, wenn Sören doch mal etwas sagen wollte, sah seine Mutter ihn ernst an und hob den Zeigefinger an die Lippen, für ihn ein mehr als eindeutiges Zeichen, besser zu schweigen und alles geschehen zu lassen, was im Namen familiärer Verbundenheit geschehen sollte.

Sören geht in sein Zimmer. Einzig der Computer macht ein schwaches Licht. Klick, klick. Verdammt sie hat nicht zurückgeschrieben. Sören wird nervös, auch weil das Internet wieder lahmt und hinkt. Er sollte ihr wieder schreiben, wieder zu MC S werden und ihr seine Sehnsüchte darlegen. Sören schreibt, zehn fette Würstchen steppen auf der Tastatur und verbinden den Inhalt seines Kopfes mit dem, was nunmehr auf dem Bildschirm erscheint.

Yo, Marie,

schade, dass Du noch nicht reagiert hast. Alles cool bei Dir? Lass bitte bald mal treffen. Werd demnächst wenig Zeit haben, wenn die Platte erst mal fertig und veröffentlicht ist. Also was sagst Du? Mal ausgehen. Café, Club, gerne auch privat. Anbei noch ein Textauszug. Hab Dir ja gesagt, dass ich über Dich schreibe …

… oh, mann, ich will Dein Lächeln an verregneten Dienstagen

das kann mich zum Grinsen bringen, zerstört Steine im Magen

ich will Dich auf Händen tragen, hör auf das zu hinterfragen

ist die Welt auch mal schwarz-weiß, wenn Du da bist seh ich Farben

Ja, Du bist mein LSD und jede sonstige Droge

Du bist mein favourite Punkrocksong wenn ich ausgelassen poge ach komm und lass die Skepsis, ich werd sonst epileptisch

und zucke superhektisch, weil mein Herz fragt: Can I get this?

Und es zeigt dabei auf Dich und beschleunigt seinen Schlag

und Baby, das ist auch der Grund, warum ich Dich hier jetzt frag

ob Du bitte mit mir ausgehst, am besten nächsten Samstag

weil ich danach nicht mehr weiß, ob ich für Dich Zeit hab …

Ja, so geht es in mir zu, ich will Dich in meiner Nähe, Marie.
Also mach ne Ansage, MC S will nicht ewig warten.

Dein
MC S a.k.a victim of love

Diese englischen, komischen HipHop-Begriffe musste Sören erst googlen. Aber er ist ganz und gar zufrieden mit dem, was er geschrieben hat und mit der Bedeutung, die diesen kleinen Zeilen innewohnt. Klick, klick, die Botschaft geht auf den Weg. Sören fühlt sich etwas besser, er spürt, dass er sich Luft verschafft hat, und die Botschaft, die er Marie geschickt hat, gibt nicht unbedingt die Panik wieder, die in ihm stattfindet, sondern es zeigt einen Grad der Coolness, der gar nicht vorhanden ist.

Schalten Sie auch morgen wieder ein, wenn es heißt: das kaputte Leben des Sören. Wird es eine Rettung geben? Wird

Sören wirklich Tapete? Wird seine Mutter irgendwann damit aufhören, sein Knie zu missbrauchen? Oder wird Marie ihn retten? All das morgen im Untergeschoss auf der rechten Seite.

Dienstag,
1. Stock, links

Wenn man fünf ist, ist es leicht, einem Angst zu machen. Die Welt besteht manchmal nur aus Angst und Nichtangst. Und man ist instabil und wackelt und glaubt, dass das Leben immer neue Abgründe auftun will. Man weiß noch nicht, dass wenn man älter wird, der ganze Scheiß auch schlimmer werden kann. Wer als Mensch von fünf Jahren haltlos abzusacken droht, der kann schon mal in einer Parallelwelt verloren gehen.

Letzte Woche hat Lisa im Kindergarten Jesus kennengelernt und über ihn ist seitens der Pädagogen so drastisch geschwärmt worden, und seine Person, sein heilendes Licht und seine Wunderqualitäten sind so einseitig gut beleuchtet worden, dass sich Lisa in einem stillen Moment direkt mit ihm angefreundet hat. Und jetzt ist er immer da, der Jesus, immer wenn's brenzlig wird, wenn die Eltern oder Dr. Wehrmüllerroffeltraut-Mentalsorg oder auch ein Außerirdischer sie bedrohen, hat sie die Möglichkeit, sich zurückzuziehen und sich mit dem imaginären Heiland zu beratschlagen. Er hat ihr zum Beispiel erzählt, Frau Dr. Wehrmüllerroffeltraut-Mentalsorg äße Ohrenschmalz und hätte Probleme, beim Malen im Malbuch nicht über den

Rand zu malen. Ja, was für ein lustiger, lebensbejahender und drolliger Kerl doch dieser Jesus war. Lisa kennt ihn noch nicht lange, aber der positive Effekt seines imaginären Wirkens funkensprüht bereits alles hell. Er ist der Einzige, mit dem Lisa flüstern mag, weil der Alien, der hat's ja verboten. Jesus meint aber, Aliens gibt's gar nicht und sie solle die Drohung nicht so ernst nehmen.

Zuhause ist manchmal ein Schlachtfeld. Lisas Kinderzimmer ist klein, das Spielzeug irgendwie unsortiert lieblos, und sie als Einzelkind ohnehin allein. Sie ist ein Kind im Kriegszustand. Wenn der Luftangriff kommt, dann ist da ein Bunker, in den sie sich hineinwerfen kann. Was werden soll, fragt sie sich, ohne eine Ahnung zu haben, was überhaupt Zukunft ist. Das ist so ein seltsames Wort: Zukunft. Wenn man gerade fünf geworden ist und der Horizont ein Marmeladenbrot oder ein Ball ist, gegen den man mit Vorliebe tritt, dann ist Zukunft kein Wort, was irgendeine Rolle spielen sollte. Aber die kleine Lisa denkt: Was soll werden? Und das zu denken, diesen Gedanken mit sich rumzuschleppen, das ist wie ständig einen Rucksack aufzuhaben, in dem sich schwere Steine tummeln. Loswerden will man den scheiß Rucksack, weil weder die Steine noch das Herumschleppen irgendeinen erkennbaren Sinn ergeben. Aber die Gurte des unsichtbaren Rucksacks sind mit den Schultern verwachsen. Er müsste abgeschnitten, amputiert werden, aber Lisa weiß auch, dass man nichts amputieren kann, was man nicht sehen kann, und fragt sich immer wieder in die gefühlte Unerheblichkeit ihrer eigenen Existenz hinein: Was soll werden?

Immer wenn das Gebrüll losgeht, und das passiert eigentlich täglich, immer dann kriecht Lisa unters Bett. Sie legt sich dann auf den Rücken und ihr Blick verliert sich in den Holz- und Metallelementen, aus denen ihr Bett gebaut wurde. Die vielen kleinen Schrauben, die machen ein wenig Ruhe. Lisa weiß, dass die Schrauben wichtig sind für die Stabilität des Bettes, und so strahlen sie tatsächlich so etwas wie Ruhe aus. Die Kinderhände presst sie auf die Ohren, ganz fest, bloß kein Ton soll durchkommen. Es ist schön dunkel und kühl unter dem Bett, denkt sich Lisa und fühlt sich ein bisschen sicherer als zuvor. Hier ist so ein Winkel, so ein Verschlag, so ein Fluchtpunkt, wo man hin kann, wenn schlimm. Und schlimm ist oft und Lisa bestaunt die Schrauben und freut sich, dass so wenig Material so viel Wirkung haben kann.

Draußen im Flur, in der Küche und im Schlafzimmer herrscht Krieg. Da rollen Panzer und zerstören aus Gründen der Wohnlichkeit hingestellte Dinge, Geschosse fliegen, Bomben fallen, Flugzeuge surren, alles passiert der Zerstörung wegen und Schreie, die Schmerz und Aggression, aber auch Wut, Trauer und soziales Unvermögen ausdrücken, kann man hören. Will man aber nicht. Lisa will nichts hören vom Krieg, all dem ausgeliefert zu sein, das macht sie schwach, das rüttelt am kleinen Körper und am sich entwickelnden Gehirn, das sich immer wieder Schmerz- und Angstaugenblicke merkt, die mit den Eltern zusammenhängen, die als Soldaten da draußen eine Schlacht kämpfen, die Lisa nicht versteht. Sie weiß, dass der Frieden, den es manchmal gibt, nur ein Vorwand ist, damit sich der Krieg wieder erholen kann, um umso brutaler zuzuschlagen.

Unter dem Bett liegt heute auch Jesus, Lisas einziger Freund und vertrauenswürdiger Verbündeter in diesem Krieg. Der liegt manchmal da, ganz so, als ob er unter dem Bett warten würde. Nur Lisa kann Jesus sehen, ist ja auch sonst niemand hier, unter dem Bett im Bunker. Für jeden sonst ist Lisas Jesus unsichtbar. »Gut, dass du da bist, Jesus«, sagt Lisa und Jesus antwortet mit seiner ihm eigenen Gelassenheit: »Klar, Lisa, ich helfe dir. Du mußt nur aufpassen, dass dich die Kugeln nicht treffen.« »Ich weiß, Jesus, ich weiß. Hast du dein Gewehr dabei? Wir müssen uns verteidigen.« Jesus zeigt ihr ein blitzblankes Maschinengewehr, das fast so groß wie Lisa selbst ist und verdammt schwer aussieht. »Damit können wir unsere Feinde erledigen, Lisa. Aber lass uns vorerst hier im Bunker bleiben, hier sind wir sicher.« Jesus lächelt und strahlt und wuschelt durch Lisas Haare, was ab und zu auch ihr Vater bei ihr macht, wenn ihm danach ist. Die Mutter macht sowas schon lange nicht mehr, immer häufiger scheint sie das Velangen zu haben, nach ihr zu langen. Leider ist Lisas Vater auch nicht so oft danach. Aber bei Jesus fühlt es sich richtig gut an. Lisas Vater streichelt eher wie jemand streichelt, der sich schuldig fühlt. Schnell und kurz, am Streicheln von Jesus aber merkt Lisa, dass dieser sich Zeit nimmt für jede einzelne Streicheleinheit.

Jesus wirkt wie jemand, der solange bleiben wird, wie es nötig ist, dass da jemand bleibt. »Ich glaube, die Schlacht ist vorbei, Lisa«, sagt Jesus, der immer noch wie ein haarwuschelsüchtiger Nettmensch in Lisas Frisur unterwegs ist. »Ich muss auch los jetzt, mach's gut und pass auf dich auf.« »Alles klar Jesus. Grüß Gott von mir«, flüstert Lisa und nimmt ihre Hände von den Ohren. Tatsächlich ist der Schlachtlärm vorbei, aber dass der Krieg noch lange nicht zuende ist, weiß Lisa ebenso.

Als sie dann ihre geschützte Stellung unter dem Bett verlässt, steht sie verunsichert in der Mitte ihres Zimmers. Geht dann zur Tür. Öffnet sie ein wenig und schleicht sich katzenartig durch diesen Spalt. Lisa geht zur Wohnungstür. In der Wohnung ist es kalt und so unglaublich leise. Irgendwo wimmert eine Mutter, irgendwo anders schweigt ein Vater. Nirgendwo bemerkt man das langsame Verschwinden eines Kindes.

Sie geht nach oben, will zum Dach, einfach nur weil es gut ist, auf dem Dach zu sein, wenn unter einem ein Krieg tobt, der aus einer Mischung aus viel zu lauten Geräuschen und viel zu eindringlichem Schweigen besteht. Was soll man damit, wenn man fünf Jahre alt ist, dann versteht man den Krieg nicht, aber man sieht und spürt seine verheerenden Konsequenzen, die mit aller Dramatik auf die Leben der Beteiligten und Unbeteiligten einprügeln.

Also ab nach oben, und dann steht sie vor dieser Tür ohne Namensschild und Jesus ist plötzlich wieder da, geht neben Lisa die Treppen hoch und meint: »Klingel da mal!« Und Lisa weiß nicht, warum sie das tun sollte, sie weiß nicht, wer hinter der Tür wohnt. Es riecht nach schwer verbrauchtem Leben hinter der Tür. Nach Essen, das dick macht, und nach Ungewaschenheit mindestens einer Person. »Na komm«, meint Jesus nochmal, »ich glaub, dahinter ist Hilfe.« »Hilfe?« Lisa ist unsicher, aber Jesus guckt diesen Blick, den nur er gucken kann, diesen durchdringenden Happy-Heiland-Blick, mit dem er seinen Willen in jedes Herz rammen kann. Lisa dreht sich um und betätigt mit zitterndem Finger den Klingelknopf. Sie weiß nicht mal, was sie sagen soll, wenn sie gleich irgendein Gesicht sieht. Am besten weiterschweigen, wie es der Außerirdische befohlen hat. Langsam öffnet sich die Tür …

Dienstag,
1. Stock mitte

Sibylle in der Stille. Das Leben ist ein verseuchter Fluss und trotzdem stehen alle am Rand und angeln wie die Doofen. Sonst hat man ja nichts. Da ist ja sonst nichts, wovon man sich ernähren könnte. Und das Leben hat es eilig. Die ganze Kacke, die wir aus dem Fluss ziehen, die bereiten wir uns schönstmöglich auf, aber die Dinge bleiben, was sie sind, marinierte, getunte, aufbereitete Scheiße. Und wir fressen sie, täglich fressen wir das uns Dargelegte, aus Mangel an Möglichkeiten. Wir krallen uns an Jobs und an Ideen, nur, um nicht in diese brutale Leere zu fallen. Da ist nämlich eine Falltür unter jedermanns Leben und die geht immer auf, wenn man zu oft drübergeht. Sibylle aus der Stille heraus. Hinein in etwas anderes. Da wartet so ein Arbeitsplatz.

Manche Tage wollen nicht viel von einem, weiß Sibylle. An irgendeinem Zeitpunkt so eines Tages fragt man sich dann, warum er überhaupt angefangen hat, dieser Tag. Und seit man wach ist, beschallt einen dieser Tag mit seinen irre machenden und arhythmischen Geräuschen, beispielsweise mit dem Geräusch *piep*. Und wenn das Geräusch *piep* erfolgt ist, folgt darauf normalerweise die Tätigkeit *schieb*. Der große Kreislauf aus piepen und schieben, hier findet er täglich statt, als millionenfache Wiederholung, als endlose Serie einer stumpfmachenden, wahnsinnsbeschleunigenden Bewusstseinsfressermaschine, die sich auch von Leuten wie Sibylle ernährt. Das Schlimme daran ist aber, dass jeder Tag dem letzten, sowie auch dem nächsten gleicht, und die Möglichkeit aus dieser Tristesse auszubrechen in etwas der Wahrscheinlichkeit gleichkommt, dass irgendwann ein Typ, der von Beruf Prinz ist, hier vor dem Supermarkt sein Pferd anbindet, durch die Gänge stolziert, eine Packung Kaugummi auf das Warenband legt und im überzeugten Ton posaunenartig verlautbart: »So lassen Sie uns nun einander ehelichen, erbärmliches Scannerpennerweib, die armen Jahre sind vorbei, wohlan, holde Maid, aufgesattelt, mitgeritten und glücklich geworden. Auf, auf, auf …« In jedem dieser Tagträume ist Sibylle dann aufgestanden und ist mit dem Prinz gegangen und dann ist sie wieder aufgewacht und das einzige, was real geblieben ist, war lediglich *schieb* und *piep*.

Sie ist nur ein Ding, eine kleine unerhebliche Schraube in der Werkzeugkiste des Kapitalismus. Wenn die Schraube irgendwann rostet oder ihr Gewinde zerstört wird oder sie einfach nicht mehr der Belastung standhält, wird sie einfach gegen eine andere ausgetauscht. Das geht manchmal schneller als man *piep schieb* machen oder sagen kann. Manchmal bricht von den Leuten hier einfach mal so die Fähigkeit zu funktionieren ab und dann kommen sie in die Tonne, in die Anstalt oder auf den Müll. Denn wer hier nicht funktioniert, der hat auch sonst keine Chance, denkt der Supermarkt und kratzt sich an den Äpfeln und Bio-Eiern. Manche Leben hier wackeln wie Milchzähne im Kinderkiefer, das kann man deutlich spüren, wenn man sich die Mühe gibt, genau hinzufühlen.

Als dieser nun stattfindende Tag schon wieder so tut, als sei er lediglich eine Aneinanderreihung zufälliger, böser Ereignisse und sich vor Sibylle aufbaut, als wolle er nichts Gutes von ihr, steht da auf einmal einer am Band, von dem Dinge abstrahlen, die Sibylle für eine gute Mischung aus Verwegenheit und einer guten Dosis Bodenständigkeit hält. Gleich ist er dran, denkt sie, gleich steht er vor ihr und sie sieht seinen Einkauf und es handelt sich um Bier und Tabakwaren, was seinen Verwegenheitsfaktor ein wenig verstärkt, aber hey, abenteuert ihr kleines Leben und sagt, dass die Einlassungsfähigkeit, die so etwas möglich machen könnte, ihre sozialen Möglichkeiten vielleicht sogar übersteigen würde. Der Mann guckt komisch, so ernst irgendwie, ganz so, als hätte er ein sehr persönliches Anliegen, das er gleich zum Vortrag bringen möchte. Seine Brust ist breit, sein Haar ist voll, wahrscheinlich einer, der sich in der Welt auskennt, der Sibylle Wege aus ihrer Unlust zu leben zeigen kann.

Piep schieb. Piep schieb. Piep schieb. Die Sekunden quälen sich staubtrocken durch den Tag. Die Gesichter der Kunden wirken alle wie freundliche Masken, unter denen sich Wahnsinnige verstecken. Die Frau, die jetzt dran ist, hat Dinge aus den Regalen des Supermarktes gepflückt, die man im Allgemeinen als Luxusgüter bezeichnet. Deodorant für sportliche Frauen, Weißwein ohne Alkohol, Raumspraylufterfrischungspumpen für neutrales, chemisches Duften nach der Darmentleerung, Mikrofaserwischlappen, die laut Artikelverpackung dem Staub lauthals die Meinung sagen, dekorativer Duftkerzenscheiß, der aus gutbürgerlichen Wohnzimmern angeblich gut riechende macht, und Toilettenpapier mit Kamilleduft, der das Arschloch nicht nur säubert, sondern gleichermaßen pflegt. *Piep schieb. Piep schieb. Piep schieb.* Nichts davon braucht man doch wirklich, denkt sich Sibylle, nichts davon braucht man, wenn man innerlich von sowas wie Liebe flambiert zufrieden ist. Aber es ist ja auch beruhigend, sich mit Dingen zu umgeben, die man nicht braucht. Sibylle stellt sich die Wohnung der Frau vor, die sie nach dem Einkauf betritt, und in eine Einsamkeit gerät, wie Sibylle selbst eine hat. Die Einsamkeit hat an der Tür gewartet, umarmt die Frau, bis diese fast erstickt, und dann darf sie die Sachen in ihre Wohnung tragen und ihr unerträgliches Dasein mit diesen hingestellten Dingen verschönern. Und wenn sie kackt und es stinkt, wird sie auf die Raumspraylufterfrischungspumpe drücken und sich anschließend ihren Arsch mit Kamille pflegen und merken, dass dieser ganze Scheiß sinnlos ist und keinerlei Lebensqualität beinhaltet, und sie wird kacken und dann vielleicht weinen und auf ein besseres, gesünderes Leben warten, dass aber aus irgendwelchen Gründen nicht mehr den Weg zu ihr findet.

Als die Frau abkassiert ist, steht da eine andere, sehr alte Frau, die nur ein Päckchen Vogelfutter kaufen mag, und dahinter der bodenständige Verwegene. Piep schieb. Vorbei. Die Vogelfutteralte humpelt von dannen, ihren Sittichen Körner aufzutischen. Jetzt steht er da und hat schöne glänzend schwarze Haare auf seinen feingliedrigen Händen und lächelt. Kurz treffen sich die Augenpaare von Sibylle und dem Mann, und Sibylle schwört, dass da was in der Luft knistert. Er macht ein konstantes Geräusch, ein Luftknistern, eine verdammte Spannung ist das und die macht Erwartungen und Sibylle kommt sich vor wie ein naives Mädchen, als sie in Zeitlupe drei Bierflaschen und den Tabakbeutel über den Scanner zieht und es *piep* macht und sie *schieb* macht und sie die Zeit anhalten möchte, weil sich das hier wie ein guter Moment anfühlt, der erste und einzige heute. Sag was, schöner fremder Mann, irgendwas Verbindliches, schallt es hinter Sibylles Stirn, doch der Mann steht nur da und lächelt und Sibylle sitzt hinter ihrer Kasse wie ein ausgestopftes Tier, zu keinerlei menschlicher Regung imstande. Vielleicht ist der Mann ja stumm oder gar nicht so verwegen, wie er jetzt rüberkommt, oder verheiratet, schwul, mit Tieren liiert oder suizidgefährdet. Kann ja alles sein, denkt sich Sibylle und stellt sich vor, wie der Mann gleich in der Dämmerung eine Autobahnbrücke aufsucht, dort oben, romantisch verwegen wie er ist, die drei Bierflaschen und ein paar Selbstgedrehte konsumiert und sich die vorbeirasenden Autos anschaut und sich irgendwann dafür entscheidet, sich in diesen Verkehr zu stürzen. Liebeskummer oder Ähnliches, denn Sibylle gesteht dem Mann ein großes Herz und romantische Gefühle zu. Er fliegt vor die Front eines großen Biertransporters, der Bauch geht auf, der Kopf auch, die Innereien über die Fahrbahn, schöne Sauerei mit dem Darm, der sich entfaltet und auch mit dem ganzen Leben, das sich nun nicht mehr entfaltet. Mann tot, Leben geht weiter.

Robotergleich, als wäre da ein Tonband in ihr, nennt Sibylle dem Mann eine Summe, die für seinen Einkauf auf dem Display der elektronischen Kasse abgebildet wird, und er zückt ein Lederportemonnaie aus seiner rechten Arschtasche und kramt mit filigranen Bewegungen im Kleingeldbereich herum. Das war es dann wohl, denkt sich Sibylle, der Mann wird gleich wieder seines Weges gehen, das Bier und den Tabak mit irgendwelchen viel verwegeneren Frauen teilen, als sie jemals sich eine verwegene Frau vorzustellen imstande ist, und sie wird in seinen Gedanken keine Rolle mehr spielen. Tatsächlich ergreift er dann sein Zeug, aber er sieht sich nochmal um zu Sibylle und setzt ein Lächeln auf, das man glaubt aus Hollywoodfilmen zu kennen, fast würde man denken, das Lächeln ist falsch, weil es ja keinen Grund zum Lächeln gibt, weil da ja nur Sibylle sitzt. Die lächelt jetzt aber auch und das Gesicht tut ein wenig weh, weil die Muskeln, die zur Bildung eines erkennbaren Lächelns zuständig sind, ziemlich lange einfach mal nichts gemacht haben. Ich bin Wachs, wo sind deine Hände, argumentiert die blöde Sehnsucht. Halt die Fresse, blöde Sehnsucht, versucht Sibylle zu beschwichtigen. In einer halben Stunde ist Feierabend, weiß sie und würde dann gerne mit diesem Lächeln und dem Mann, der da dran hängt, schlafen gehen. Aber der Mann geht, mit ihm seine Verwegenheit.

Der Resttag wirkt wie ein gelangweiltes Kind, das alleine an einem regnerischen Oktoberfreitagnachmittag auf der Hälfte einer Wippe sitzt und auf ein Gegengewicht wartet, das aber definitiv heute nicht mehr zum Spielen rauskommt. Der Tag plätschert seine ganze Sinnlosigkeit in Sibylles Bewusstsein. Zwischen einem wie immer klingenden *Piep* und einem ohne nachzudenken ausgeführtem *Schieb* fragt sie sich, ob sie hier Zeit vertut, die sie woanders besser verbringen könnte. Leider fällt ihr kein Ort ein, wo das möglich wäre, und so stürzt sie weiter in den gefühllosen Zustand eines zum Piepen und Schieben programmierten Roboters, der unreflektiert die Dinge tut, die ihn weder interessieren, noch etwas angehen. Sich wie ein Apparat fühlen, so schön leer von Eigenemotion, das ist manchmal nicht das Schlechteste, denkt Sibylle.

Und als dann der Abend kommt und der Apparat mit dem Namen Sibylle langsam langsamer wird vom dauernden

Funktionieren, da will sie fast kaum nach Hause gehen. Die Leere, die Langeweile und die Gewöhnlichkeit, die da herrschen, dagegen wärmt keine Heizung der Welt. Und wie sehr wünscht sie sich, als sie über den Supermarktparkplatz läuft, dass da jetzt der Mann stünde, der mit dem Bier und mit dem Tabak. Steht aber keiner da.

Dienstag,
1. Stock rechts

Am gestrigen Abend, nachdem sie Paul und Malte in ihre Betten und Marie in ihr Zimmer, mit der Aussage, nicht mehr zu lange am Computer zu verbringen, verstaut hatte, hat Isabell versucht, Justus ihre Gefühle zu erklären. Sie lagen in ihrem Ehebett, sie links, er rechts und nachdem er fertig war, von seinem immergleichen Büroalltag zu erzählen, hat Isabell versucht, ihren am Vormittag aufkeimenden Wahnsinn zu erklären. »... und dann war da plötzlich jemand in meinem Kopf, weißt du, so ein richtiger Typ, und der hat mir die Frage nach dem Grad meiner Bescheuertheit gestellt und es gab nur die Skala eins bis zehn und ich hab ihn angeschrien, dass ich eine verdammte Zwölf bin, verstehst du, eine verdammte Zwölf ...« Da war auch ein wenig Panik in ihren Augen. Justus blickte sie ernst an, aber da war auch eine Spur Langeweile in seinem Blick. Dann kam Sprache aus seinem Gesicht. »Die Kinder haben erzählt, du hast geraucht? Wir haben doch gesagt, nicht vor den Kindern, wir wollen doch Vorbilder sein, gute Eltern, so haben wir das doch abgemacht, Isabell.« »Sag mal, verstehst du mich nicht? Da war ein Typ in meinem Kopf, ein fremder Mann, und ich hab die Kinder angeschrien deswegen.« Daraufhin kam ihr Justus sehr nahe, umarmte sie und flüsterte oberflächlichen Trost in sie hinein, der wirkungslos blieb. Irgendwie und irgendwann ginge das schon vorbei und die Schlimmheit des Ganzen würde von ihrer Liebe doch locker übertönt werden.

Dann wurde seine Umarmung heftiger, sein Penis reagierte auf den Umstand weiblicher Nähe und Isabell reagierte erstmal gar nicht, denn die Situation war für sie noch nicht gelöst, und sie dachte daran, sich aus der Umarmung zu befreien und noch über ihre schlechten Gefühle zu sprechen, aber im Laufe dieser Überlegung überlegten Justus' Hände, sich an ihren Brüsten und an ihrem Geschlechtsteil zu schaffen zu machen. Er machte es immer auf die gleiche Weise, wie ein unkreativer Bauarbeiter, der einem bestimmten Ablauf zu folgen hat. Isabell dachte aber immer noch nach, da war kein Gefühl für das, was Justus da vorhatte. Aber sie war skeptisch, denn vielleicht hatte ihr Mann ja recht und es war nur eine kleine Phase der Über- oder Unterforderung und das Leben wird sich schon wieder einkriegen und der Kopf wird schon Ruhe geben und das Leben wieder ein ruhiger Fluss werden, an dessen Ufer man entspannt seinen Klappstuhl der Mittelmäßigkeit ausklappen kann. Sie schliefen dann miteinander, aber für Isabell war es nur eine Art Pflichterfüllung, ein diplomatischer Akt der Eskalationsvermeidung.

Als Justus fertig war und anschließend mit einem jungenhaften Lächeln einschlief, da dachte Isabell tatsächlich mehrere Augenblicke hintereinander, dass jetzt wirklich alles gut werden würde und sie stellte sich ein Haus vor, das sie bauen würden, und sie schloss dann die Augen und sah Justus und sie mit ihren Kindern auf einer Veranda sitzen und alles war wunderbar und auch die Natur war in der Nähe und winkte mit Zierblumen und selbstgesetzten Erdbeerpflanzen. Was für eine wunderbare Vorstellung von Bürgerlichkeit. Plötzlich aber, nachdem Isabell im Traum kurz die Augen geschlossen hatte, war sie allein auf der Veranda. Nirgends auch nur ein Bruchteil ihrer Famlie zu sehen. Stattdessen, verpeilt und aggressionsbereit am Gartentor wartend, eine Rotte Zombies, unter denen sich auch Justus, Malte und Marie tummelten. Sogar der kleine Paul war da und seltsamerweise war sein Kopf auf einem kleinen Hundekörper drapiert, eine Art Pudel mit dem Gesicht ihres Sohnes, aber alles in maximal zerrissener Zombieoptik.

Isabell selbst saß auf ihren Klappstuhl auf der Veranda, als die Horde untoter Gesellen sie erspähte und im typisch verpeilten Zombiewalk auf sie zuwankte. Sie sahen alle schrecklich aus, aufgeschlissene Gesichter, irgendwo hingen ein paar Meter Dickdarm aus einer Bauchdecke und die Allgegenwärtigkeit von absolut leeren Blicken ängstige sie. Isabell wollte aufstehen, bemerkte aber, dass ihr Stuhl einbetoniert war und nicht nur ihr Stuhl, sondern auch ihre Füße. Auf dem Tisch lag neben einer Illustrierten, die Isabell gerne las, auch eine Handkreissäge. Isabell erkannte sofort den Zusammenhang. Sich auffressen lassen oder sich selbst die Füße amputieren und versuchen in Sicherheit zu krabbeln. Mit dieser Entscheidung ließ sie der Traum allein, und schweißgebadet wachte sie auf. Es fiel ihr schwer, wieder einzuschlafen, der Restschlaf war dünn und breiig, aber immerhin traumlos und unbrutal.

Dann beim morgendlichen Aufwachen bemerkt Isabell, dass man diesen Scheiß, den sie da hat, nicht wegwischen kann wie Staub von der Fensterbank, sondern dass der Scheiß eine ernste Bedrohung ist. Standardisiert werden die Kinder und der Mann weggeschickt, in Schul- und Arbeitstage verabschiedet und in Kinderhochsitzen vergessen. Der kleine Paul beschwert sich nicht, ihm ist noch zu viel egal und unbewusst, aber er hätte auf alles eine Antwort, aber wer fragt schon jemanden, der in einem Kindersitz festgemacht ist, ernsthaft nach Problemlösungen für Familienkonflikte?

Heute putzt Isabell nichts, sondern sie sitzt in der Küche, sieht, wie sich ihr Leben als Welle vor ihr auftürmt und raucht, als würde das was nützen. Nützt aber nichts, und Isabell spürt, wie so gegen zehn Uhr, die Wände immer näher rücken, und um viertel nach zehn stehen die Wände bereits neben dem Küchentisch und erzeugen eine Enge, die ihr den Atem zu rauben scheint. Auch die Decke kommt immer näher, und Isabell sitzt bald in einem Raum, der begrenzt auf die Ausmaße des Küchentisches ist. Und sie knuspern schon am Rand des Tisches, mit dem unbedingten Willen ausgestattet, diesen Tisch und alles daran und darauf stattfindende Leben zu zermalmen. Da hilft nur noch Flucht. Ihr Kleinkind, das ebenfalls am Tisch sitzt, wohnt dem Fluchtversuch stumm bei. Was soll es sonst auch tun, als sich diesem Schicksal zu fügen?

Der Weg zur Haustür ist noch frei, und Sibylle flüchtet aus ihrer Wohnung, als würde diese lichterloh in Flammen stehen. Ihre Gedanken sind nur noch grauer Matsch, weswegen sie einfach nach oben rennt, ein Stockwerk höher, da, wo diese beiden alleinstehenden Männer Tür an Tür wohnen, und als sie den Zwischenflur hinter sich gebracht hat, fällt sie einfach um. Mit absolut unterrepräsentiertem Gehirn liegt sie also da zwischen zwei fremden Haustüren und plötzlich öffnet sich eine und gibt einen jungen Mann frei, der ihr aufhilft und sie in seine Wohnung begleitet. Dort macht er Kaffee oder Tee und etwas Verhängnisvolles möchte beginnen und setzt sich schließlich durch.

Dienstag,
2. Stock, rechts

Der Autor findet, als er auf dem Weg in seine Küche ist, einen roten Damenslip. Im ersten Moment ist er verwirrt, nimmt das Teil vom Fußboden auf, riecht daran, und es schließen sich ein paar Synapsen, die wegen Drogenkonsum und Endorphinausschüttung etwas außer Kontrolle geraten waren. Süße Glücksgefühle durchflattern ihn wie kokaingetränkte Halogen-Glühwürmchen. Dann flammt Erinnerung auf und ja, es war ein guter Abend. Wobei die Floskel *guter Abend* nicht annähernd die wunderbaren Zufälle beschreiben kann, die dem Autor widerfahren sind. Er stolpert in die Küche, bedient seinen Kaffeeautomaten, der ihn freundlich surrend begrüßt und ihn mit einem koffeinhaltigen Heißgetränk aus der Aufwachphase in ein bewussteres Leben zu entführen gedenkt.

Sich in angenehmer Gesellschaft kultivierter Drogendamen befunden zu haben, ist aber kein Thema, über das er schreiben möchte, das haben schon ganz andere erheblich besser gemacht. Und so denkt der Autor wieder an Text, zu verfassenden Text, ist aber aufgrund des Verlaufs des gestrigen Abends mehr als gechillt und trägt tänzelnd seine Kaffeetasse zum Schreibtisch, wo er seinen Laptop sieht. Erstmal kein TEXT, erstmal LEBEN!

Vorher noch vorbei an der Stereoanlage. Musikauflegen. Dem Morgen die Geräusche zufügen, die er verdient hat. Die Lieblingsband des Autors ist die Lieblingsband vieler Autoren, denkt der Autor und legt aber was ganz anderes auf. Das ist so ein Ritual, das der Autor manchmal anwendet, um sich im Kopf und im Herz frisch und fit zu halten. Voll Bock auf die Lieblingsband zu haben, dann aber erstmal was anderes aufzulegen, ist wie eine herankriechende Orgasmuswelle aufzuhalten oder einen Staudamm zu bauen. Es passiert sowieso, es ist unvermeidlich, aber das Herauszögern des Schönen macht das Schöne noch schöner, findet der Autor. Trockener, britischer Indierock weht also erstmal durch die gute Stube. Entspannte Gitarrenarbeit, Texte zwischen *being a hooligan* und *being so smart*, stets mit einer Attitüde versehen, die an Kaugummikauen und Ramoneshören gemahnt. So kann doch ein Tag gut starten, denkt der Autor und startet sein Emailprogramm zur Morgenzigarette. Lesungsanfrage von einem Jugendzentrum mit Festgage, geil, gibt es doch einen Gott? Penisverlängerungsemail, gelöscht, Penisverlängerungsemail, gelöscht, Viagraangebot, gelöscht. Die Liebesbekundung eines weiblichen Fans bezüglich einer Kurzgeschichte, die ihr echt mal über den Berg geholfen zu haben scheint, denn ihr Leben sei ein krisenhaftes und arg zerrüttetes, dann aber kam die rettende Hand in Form der Literatur des Autors und diese habe sie smart und gelassen ans Ufer der Überlebbarkeit gewuchtet und eben dafür wollte sie ihren Dank durch den virtuellen Raum blasen. Der Autor schreibt ihr zurück, dass sie seine Schriften nicht so ernst nehmen solle, lieber das Leben als solches in die Hand nehmen und losrennen möchte, weil das Leben in seiner Unglaublichkeit immer wieder Krisen auf schöne Dinge und umgekehrt zu stapeln weiß und da gelte es, sich in diesen Haufen hineinfallen zu lassen. Viagraangebot gelöscht. Penisverlängerungsemail gelöscht. Eine Mail des Verlegers mit der Aussage, dass die Buchverkäufe im letzten Monat rapide abgesackt wären und wenn denn nicht bald was Neues käme, der Autor sich seiner Vergessenheit bewusst werden solle. Der Verleger äußert ebenso den Wunsch, bis zum Wochenende ein knackiges Exposé geliefert zu bekommen, weil er sonst die weitere Zusammenarbeit und die Erfolgsaussichten, überhaupt noch mit Büchern des Autors mehr als einen warmen Teller Suppe abzustauben, stark in Frage gestellt sieht.

Bäm, das sitzt erstmal und der Autor erstarrt in einer Art Schockstarre und sieht sich in kalten Fußgängerzonen herumkrauchen, eine Unterschenkelamputation simulierend und eine Dose für Münzgelderhalt bettelnd herumscheppern. Oder eine schlimmere Vision erzählt ihm vom achtstündigen Sitzen in einem Großraumbüro, wirtschaftlich verwertbare Arbeit leistend und einen Stundenlohn von 6,80 Euro kassierend und dann daheim in eine Müdigkeitsohnmacht fallend, die jegliche Kreativität für immer ausschließt. Dies gilt es auf jeden Fall zu vermeiden und so schreibt er dem Verleger eine Email, dass er spätestens bis Freitag ein Exposé im Postfach haben werde, dass ihm gründlich die Fresse poliert. Der Verleger schreibt auch sogleich zurück, dass er da aber mal gespannt sei, und dann sitzt der Autor wieder da in dieser Schockstarre und traut sich nicht, Bewegungen machen.

Immer noch scheppert Durchschnittsmusik durch seine Räumlichkeiten. Glücklicherweise zerreißt dann das Telefonsurren des Handys die Festgefahrenheit der Gedanken, und ein guter Freund ist dran, ebenfalls Autor. »Ich wollte dich nur kurz daran erinnern, dass wir am Samstag zusammen lesen, du weißt schon, dass du das zugesagt hast oder?« »Eh, natürlich«, gibt der Autor zu Protokoll, obwohl er sich grad an nichts erinnern kann, was den Samstag betrifft, »Wieviel Kohle gibt's da nochmal?« »Hunni für jeden. Sag mal, hast du schon was Neues geschrieben? Oder läufst du wieder mit deinem alten Kram auf?« Der Autor ist leicht angepisst aufgrund dieser Frage des werten Kollegen, denn er hält seine eigenen Texte für qualitativ so hochwertig, dass er sie auch mehrmals zum Vortrag bringen kann. »Ja, ich schreib grad was, wahnsinnig gutes Zeug, bring ich Samstag mit.« »Dann ist die Schreibblockade also vorbei, von der du mir kürzlich wimmernd erzähltest? Hast du also meine Tipps beherzigt, Kollegenfreund?« Der Autor überlegt kurz, einfach aufzulegen, um sich wieder seinem Selbstmitleid des Im-Moment-nicht-Schreiben-Könnens zuzuwenden, wittert aber eine Chance, Sinnvolles zu erfahren. »Eh, ich erinnere mich nur noch an den Hinweis mit dem Scheißen, Alter. Also Abführmittel, und dann mit Notizblock scheißen gehen, weil scheißen ja immer auch Leermachen bedeutet, genauso wie Schreiben, und wenn dann der Kot ins Becken rauscht, dann würden auch die passablen Ideen vorbei kommen, richtig, das war doch von dir, oder?« Am anderen Handy wird gelacht. »Genau, Mann, schon ausprobiert?« »Ja, war auch ganz gut, aber ich hab nur zwei Kurzgeschichten ausgeschissen, für einen Roman hat es nicht gereicht.« »Jau, Alter, pass auf, ein weiterer Hinweis ist es, seine Bude aufzuräumen und zwar so, wie es die gute Hausfrau tut. Stell dir vor, du wärst deine Mutter und betrittst deine Wohnung.« Der Autor stellt sich genau das vor und ein seltsames Entsetzen packt ihn. »Ja, beim Aufräumen eines Zimmers, in dem du lebst, räumst du auch gleichzeitig einen Teil deiner spirituellen Kraft auf und manchmal findest du ja unter dem Müll des Alltags noch energiespendendes Material, und nur der aufgeräumte Geist ist ein zur Kreativität fähiger Geist.« »Okay, probier ich mal aus, obwohl mir das echt ein wenig seltsam erscheint, Mann.« »Du wirst sehen, Alter, Räume räumen bringt's, Platz schaffen ist das neue und viel gesündere Amphetamine ziehen, haha.«

Es wird wieder gelacht und dem Autor ist nicht nach Lachen, sondern nach Handeln und irgendwie komischerweise nach Putzen. So beginnt er also, Eimer mit heißem Wasser zu füllen, Böden zu schrubben, Kackreste aus der Toilette zu knibbeln, Essensreste zu entsorgen, Geschirr zu spülen und wartet auf eine Eingebung, die aber zunächst mal ausbleibt. Und so schrubbt er weiter, entfernt Haare aus der Bürste, abgelaufenen Käse aus dem Kühlschrank, gefüllte Kondome vom Teppichboden. Er putzt den ganzen Tag, und langsam fühlt er sich tatsächlich ein wenig besser, denn endlich ist da auch mal wieder Frischluft in seiner Wohnung, weil er die Fenster auch von außen putzt. Dabei erinnert er sich an einen Spruch seiner Mutter, so eine halbernstgemeinte Weisheit, die sie sagte, als sie Fenster putzte. *Lehn dich nie zu weit aus dem Fenster, Junge, es sei denn, du willst es putzen.* Jaja, die mütterliche Weisheit hat die Frau an ein Leben befestigt, dass so einbetoniert ist, wie ein Leben nur einbetoniert sein kann. Genau diese von ihr mehrfach ausgestossene Weisheit bestätigt dem Autor, auf einem guten Weg zu sein, denn er lehnt sich ganz selten aus dem Fenster, um es zu putzen, sondern wenn er das tut, dann will er einen neueren, schöneren Blick auf die Dinge haben. Der Autor merkt, wie er wieder locker wird, wie er vielleicht einen Roman über zwei Autoren schreiben können wird, wobei dem einen immer Weisheiten aus dem Gesicht fallen, an die sich der andere dann hält und dann passiert was und dann noch was und am Ende muss was Gewaltiges passieren, sonst ist die Scheiße wieder nicht spannend genug.

Mit drei prall gefüllten Müllsäcken will der Autor nun durch seine Wohnungstür dringen, hat natürlich keine Hand mehr frei und versucht, die Türklinge per gut platziertem Karatekick zu öffnen, was auch gelingt, und der Autor denkt plötzlich so cooles Zeug wie *Ich bin eine Mischung aus Karate Kid und Charakter Kid*, und er freut sich über so überzeugende Sätze und weiß, dass er gleich den Romananfang seines Lebens in die Tastatur zimmern wird, sobald er wieder oben am Schreibtisch sitzt. Die Tür ist offen und der Autor stürmt hinaus, mit Müll bepackt und auf dem Weg in ein schreibwütiges Leben. Dann, zack, legt er sich auf die Fresse, weil direkt vor seiner Wohnungstür eine Person liegt. Die Müllsäcke entgleiten ihm und einer platzt sogar auf und kontaminiert das Treppenhaus mit seinem muffigen Inhalt. Joghurtbecher, Bierdosen und Nahrungsmittelverpackungen ergeben gemischt mit Zigarettenkippen, kleinteiligem Plastikmüll, den Schalen roter Zwiebeln und etwaigen zusammengeknüllten Papierblättern eine Müllinstallation, wie man sie häufig in Singlehaushalten kreativer Menschen findet.

Scheiße, denkt der Autor und will sich nach dem Aufraffen eigentlich schnell verpissen und die Person wieder hier alleine lassen, doch dann kommen da so Gefühle, die man hat, wenn man durch ein Tierheim voller jaulender Welpen geht, wobei sich jedes Jaulen jedes einzelnen Welpen wie ein verzweifelter Schrei nach der Mutter anhört, aka Mitleid. Der Autor rüttelt an der Person, die mit weit aufgerissenen Augen auf dem Fußboden liegt und ihre Mimik nicht verändert. »Hallo«, sagt der Autor, und die Person auf dem Boden schweigt und starrt. Peinlich ist es ihm jetzt, dass er die hier liegende, nicht ansprechbare Person gefunden hat, und er entschließt sich, die Person, die übrigens eine attraktive, aber im Moment sehr leer blickende Frau von Ende 30 zu sein scheint, in seine Wohnung zu zerren. Er packt sie unter den Armen und schleift sie wie unlängst im Wald erlegtes Jagdwild in seinen Flur. Der Autor zerrt die Person weiter ins Innere seiner Wohnung und setzt sie auf einen Sessel. Dort sieht er sich die Mitgebrachte noch einmal an, die wirkt, als sei sie ein kleines Mädchen, welches sich im Kaufhaus der Gefühle verlaufen hat und nun nur noch diesen einen Blick zustande bringt. Diese seltsam subtile Mischung aus Hilflosigkeit und einer eigenartigen, sehr reifen Erotik versprüht eine überaus mystische Stimmung.

Der Autor sieht sie sich noch einmal an und entscheidet sich dann dafür, aus der Küche ein Glas Wasser zu holen. Das hat er bereits in diversen Filmen gesehen, Verstörte, Ohnmächtige, Gestresste und Frauen im Allgemeinen reagieren gut auf Wasser. Die Frau sitzt nur da, als sei ihr Unglaubliches passiert, und der Autor macht sich also auf in die Küche und als er dann zurück kommt, hat die Frau immer noch diesen einen Blick in ihrem Gesicht, nur keinen einzigen Fetzen Textil mehr an ihrem Körper, was den Autor dann doch etwas verstört. Aber anstatt Verarschung, versteckte Kamera und sonst irgendwas Abstraktes zu wittern, stellt er das Wasser auf seinen Schreibtisch und nähert sich der Frau, die jetzt auch ihren Blick etwas gelockert hat und eine Geilheit verströmt, die den ganzen Raum ausfüllt. Sie schweigt weiter, aber die Sprache ihrer Körperbewegung ist unmissverständlich.

Von Schmusekuschelblümchensex ist nicht die Rede, als sich die beiden Körper duellieren. Es ist wie hassficken, weil keiner auf den anderen achtet, irgendwie sind die beiden hier Agierenden und sich hier Abreagierenden wie Feinde, die den Gegenüberkörper mit der eigenen Geilheit bombardieren und ihn gleichzeitig kaputt machen wollen. Sie ficken sich wie Leute, die sich eigentlich zerstören wollen. Sessel, Bett, Fußboden und Küchentisch sind dann die Plätze, an denen der Autor die Unbekannte nudelt. Sie dreht sich um seinen Schwanz, als sei sie eine Nymphomanin, die gerade erst aus dem Eis aufgetaut wurde und nun 8000 Jahre verlorengegangenen Sex an einem Vormittag ausleben muss. Ja, sie fickt tatsächlich, wie eine Neandertalerin und als ginge es um den Fortbestand ihres Lebens.

Es tut schließlich irgendwann sogar weh in der Geschlechtszone, als sie wieder schweigend in ihre Klamotten hüpft und wortlos zur Tür hinaus geht. Der Autor sitzt rückstandslos sexuell gesättigt auf dem Sessel, auf den er eben noch die hilflose Frau gehievt hat, und er will keine Fragen stellen. Wo sie her kommt, wo sie hingeht, all das ist ihm gerade egal. Es waren der Moment und das gute, durchdringend positive Gefühl, mit jemandem sexuell so verfeindet zu sein. Jetzt ist die Frau weg und der Autor tiefenentspannt. Nach kurzer Überlegung bemerkt er, dass Schreiben über das, was ihm wirklich manchmal passiert, so unglaubwürdig und ausgedacht wie Fabeln mit sprechenden Hamstern und Kühen wirkt.

Den Rest des Tages verbringt der Autor damit, über sein seltsames Leben nachzudenken und sich darüber zu freuen, dass er überhaupt soviel Zeit für Zufälle hat. Gesterns und Heutes Zufallsakrobatik war schon eine Präsentation von positiven Zufällen, wie sie eigentlich nur ein glückliches Leben zustande bringen kann. Deswegen stellt der Autor lieber keine Fragen mehr, den Müll draußen hat er auch vergessen und er freut sich über seine frische Wohnung und die schönen Zufälle in seinem Leben.

Dienstag,
2. Stock links

Der zuckerschöne Manuel hat heute schon wieder einen Namen in seinem Kalender stehen. *Svenja* steht da, daneben steht das Wort *Essen*, und weil der zuckerschöne Manuel ein Romantiker ist, hat er ein Herz zwischen die Worte *Svenja* und *Essen* gezeichnet. Als er dann auf dem Weg zu Svenja die Tür durchschreitet, liegen da drei Müllsäcke, von denen einer seinen Inhalt fast bis ins Erdgeschoss freigegeben hat. Nun ja, denkt Manuel, das soll ihn nicht aufhalten, einen guten Abend zu haben.

Er geht dann ein paar Meter, dort hält sich ein sogenannter Spätkauf auf, der Zigaretten, Getränke und dergleichen feilbietet, und Manuel will sich noch mit einigen Dingen für sein Date ausrüsten. Ein Mann, ungefähr Mitte 40, kommt rein, streckt der Bedienung sein Mobiltelefon ins Gesicht und brüllt »Einmal aufladen bitte!« Die Frau hinter dem Tresen ist neu hier im Laden und verstört und fragt verstört nach dem Netzbetreiber, worauf der Mann nochmal brüllt »Einmal aufladen bitte« und die Frau wird hektisch und es wirkt nahezu wie ein Überfall, in den Manuel irgendwie reingeraten ist, und dann steckt er die Stöpsel wieder in die Ohren und verlässt den kleinen Kiosk.

... jetzt auf der Straße. In seinem Gehörgang veranstaltet das, was er so Lieblingsmusik nennt, einen angenehmen Tumult. Kauft er sich halt seinen Wein woanders. Svenja wollte Weißwein. Heute ist ihr erstes Date bei ihr zuhause und sie kocht und am Telefon fragte er, was es denn gäbe, und sie sagte: »Lass dich überraschen, aber Weißwein passt dazu.« Es kribbelt überall, wenn er an die schöne Svenja denkt, die jetzt über irgendwelche Töpfen gebückt eine Mahlzeit zaubert, die vielleicht ein Vorspiel ist ...

... vor zwei Wochen im Club. Sie spielten »Creep« von Radiohead, und Manuel war mit einem Freund da, der aber schon gegangen war. Und viel zu besoffen zum Nichttanzen tanzte er die ernüchternden Worte »... I don't belong here ...«, wie jemand, der hier einfach nicht hingehörte, weil das hier der Platz für Leute war, die » ... I don't belong here ...« sangen und trotzdem irgendwie dazu gehörten. Viele Leute trugen Brillen, obwohl sie nicht sehbehindert waren. Und die Hemden von kanadischen Holzarbeitern. Manuel tanzte, als ginge es um sein Leben, als sei so ein Lied die letzte Möglichkeit sich auszudrücken ...

... jetzt auf der Straße kommt da diese Aufregung. Was ist, wenn sie es ist, also, wenn sie echt mal die ist, die sich wie ein fehlendes Puzzleteil in sein Leben einfügen kann? Was ist, wenn sie jenseits ihrer sexy Coolness noch sowas wie Gefühle versteckt hat? Wird er damit umgehen können? Er kennt sie seit zwei Wochen und es knistert in allen Eventualitäten, und sie schicken sich Nachrichten und telefonieren, und im Kino waren sie auch schon ...

… aber zunächst mal ist er vor zwei Wochen aus diesem Club rausgestolpert, und da saß sie auf dem Bürgersteig und er sah nur verwaschene Blondheit, aber dann hob sie ihr Gesicht vom Asphalt auf und fixierte ihn durch seine Augen ins Gehirn und von da aus wurde ein kurzer Herzstillstand ausgelöst. »Ich hab dich tanzen sehen«, sagte sie mit einer Stimme zwischen Melancholie und Hoffnung, »und ich bin keine von denen, die nur gefickt werden wollen, merk dir das. Setz dich zu mir und wir reden.« Er war genau in dem Zustand, in dem man zu besoffen ist, um wegzurennen und gerade besoffen genug, um etwas in die Wege zu leiten, nicht allein zu bleiben in dieser Nacht. Sie redeten, bis der erste Bus kam, und sie sagte: »Du bist imstande mich zu sehen, wie mich noch nie jemand zuvor gesehen hat. Wir sehen uns wieder.« Und Svenjas Augen leuchteten wie atommüllbelagerte Sterne. Sie hatte ihm ihre Nummer mit Filzstift auf den Arm geschrieben. Ziemlich kitschig irgendwie, aber diese Scheiße machte ihn stolz.

»Einmal den Weißwein und ne Schachtel American Spirit.« »Die Grünen?« »Nee, die Orangenen, bitte.« Freundlichkeit und etwas hinterhältige Angst bestimmen seine Tonlage. Die Tankstelle am frühen Samstagabend gehört den Hoffnungsvollen, denen, die noch eine Schlacht zu schlagen haben und genau hier ihre Waffen und ihre Munition kaufen. In den frühen Morgenstunden kommen einige vielleicht wieder, niedergeschlagen von einer Nacht, die nicht ihr Tag war. Aber jedes Mal ziehen sie erneut in den Krieg.

Letzte Woche waren sie im Kino und guckten sentimentales Kunstfilmzeug aus Skandinavien, und anschließend gingen sie in ein kleines Café und zerredeten die Minuten, als wäre die Zeit ein weißes Blatt Papier und Svenja und Manuel zwei Kindergartenkinder, die mit stumpfen Scheren das Blatt so kleinteilig wie möglich verarbeiteten. Jeder Schnipsel Zeit wurde von ihnen wertgeschätzt, und es machte ihnen Angst und sie ebenso froh, dass Svenja die Bücher mag, die Manuel liest, die Filme schaut, die er liebt, die Musik kennt, die er für maximal tanzbar erachtet und den Fußballclub toleriert, den er vergöttert. Es war schon fast seltsam. Sie war wie er, nur herzstabiler und kopfsicherer.

… jetzt auf der Straße geht er einige Schritte. An der Tanke riecht es irgendwie immer gut. Nach Leben und Diesel. Die Stadt bereitet sich vor, eine Sommernacht kriecht durch alle Fensterritzen und macht die Menschen irre. Ein BMW hält neben Manuel an der Ampel. Die mit dem schlechtesten Musikgeschmack haben immer noch die lautesten Anlagen im Auto. Er muss sich eingestehen, Angst vor Perfektionismus zu haben, weil der nichts mit seinem Leben zu tun hat. Er geht langsamer, bleibt stehen, denkt an Svenja und welche Möglichkeiten bei ihr wohnen, fängt wieder an zu laufen, geht wieder schneller. Raucht und hält angenehm gekühlten Wein in seiner Hand. Hin zu ihr und vielleicht in eine Zukunft, die unaufhaltsam auf die beiden zurast und in deren Mitte sie vielleicht zu einander sagen können: »Hey, wir beiden haben eine der größten Lieben dieses Universums gehabt und es hat nicht funktioniert, obwohl wir es bis aufs Blut versucht haben …« Es bis aufs Blut versuchen, Manuel wünscht sich einfach, dass er da mal irgendwann wieder können wird …

Als er sie damals nach Hause brachte, nach Kino- und Cafébesuch, stieß er beim Verlassen ihres Wohnhauses auf eine kleine Gruppe Menschen. Eine müde aussehende halbalte Frau zeigte auf die Haustür neben Svenjas Haustür und krähte: »Und hier bin ich dann immer zum Psychiater gegangen.« Verrückte Welt. Sein Gehirn sagte damals: »Jetzt such schon den verdammten Fehler, du bist so nah dran, vielleicht glücklich zu werden, also wo ist der beschissene Fehler?« Manuel antwortete seinem Gehirn nicht und tänzelte den Heimweg entlang.

Es gibt ein wunderbares Curry-Reis-Gericht, in dem sich asiatisches Gemüse aufhält und enorm ausgelassen auf seinen Geschmacksnerven tanzt. »Super Essen«, sagt er, und Svenja schenkt noch Wein nach und setzt sich zu ihm auf die Couch in ihrer Wohlfühlhose und ihre Wohlfühlaugen schauen Wohlfühlblicke. Er kann diese Blicke kaum ertragen, so schön und rein sind sie. Und er weiß, dass er diesen Wohlfühlmund im Laufe dieses Wohlfühlabends küssen wird und der Mund lacht und erzählt ihm Wohlfühlworte. Und er ist froh, den Mut gehabt zu haben, anwesend zu sein.

Es ist kalt geworden im Park. Er schnippt die letzte Zigarette durch die Nacht, die wie ein irres Glühwürmchen durch die Atmosphäre tanzt und im hohen Gras versinkt. Die Phantasie eines Abends, der so nie stattfand, sondern der da endete, als ein junger Mann namens Manuel mit dem Finger bereits Kontakt zum Klingelknopf aufgebaut hatte, dann aber eine Angst in ihn fuhr, die ihn dazu zwang, den Wein allein zu kippen und die Kippen allein zu rauchen, hier, in diesem Naherholungsgebiet. Kippen und Wein sind mittlerweile durch, er steht auf wie der alte Mann, für den er sich mittlerweile selbst hält und geht langsam nach Hause. Die Kälte lässt ihn ein wenig zittern. Manuel weiß, dass die Kälte überwiegend von innen kommt. Er schaut auf sein Handy. Neun Anrufe in Abwesenheit. Alle von Svenja. Ein paar SMS dazu. Die letzte sagt: »Na dann halt nicht, Arschloch.«

Als er nach Hause kommt, liegt da immer noch dieser Müll vor seiner Tür. Bedächtig schließt er die Tür. Irgendwie versucht er, ein Geräusch zu vermeiden. Müll vor der Tür zu haben, ist kein gutes Zeichen, denkt er und schleicht, so leise es ihm möglich ist, zum Kühlschrank, in dessen Bauch sich noch einige leckere Dinge aufhalten, die Manuel zur Vermeidung von zuviel Leere herunterschluckt.

Bindungsunfähigkeit, sagte mal eine und auch eine andere und auch eine ganz andere, und als er dann da sitzt in seiner Bude und sich die letzte Kippe aus seiner Schachtel ansteckt, da weiß er, woran es liegt, er wusste eigentlich immer, woran es liegt, und obwohl es schon so lange her ist, dass er mit zwei gebrochenen Armen und zerschreddertem Herzen in einem Krankenhaus aufwachte. Da war diese eine, die er wollte, und er hat sie bis zum Selbstverschleiß und bis zum ultimativen Herzknisterpunkt geliebt. Sie hingegen hatte sich für einen anderen entschieden. Vor seinen Augen. Er hat sie erwischt, damals, in dieser kleinen Dachgeschosswohnung, und sein Herz stand für mindestens sieben verzweifelte Sekunden still, aber anstatt dann sie oder zumindest ihn anzuschreien oder irgendwie zurück zu verletzten, rannte er in die Nacht, knallte sich mit Jägermeister zu und stand irgendwann vor einem Garagentor, vor das er seine Arme schlug, solange, bis ziemlich viel Knochenmaterial innerhalb seiner Arme zerscheppert war und stellenweise sogar aus der Haut herauslugte. Aber das tat nicht so sehr weh wie der Anblick der Frau, die man liebt und die wegen wem anders Lustlaute durchs Wohnzimmer brüllt.

Manuel wurde gefunden, in ein Krankenhaus gebracht. Die Frau, die ihm das angetan hat, die die Schuld an seinem Vertrauensverlust und seiner Gefühlsabspaltung hat, sah er nie wieder. Aber an Abenden wie diesen, an denen er sich nicht traut, den Sprung in die Gefahr anderer Arme zu unternehmen, keimt doch eine seltsame Mordlust auf. Drei Jahre ist das jetzt her und der Therapeut bekommt es nicht hingebogen, ihn auf eine selbstbewusste Schiene zu bringen. Dazu dieses abgefuckte Selbstmitleid. Wegen diesem blöden Mädchen, das ihn wahrscheinlich schon komplett vergessen hat. Er wünscht sich ja selbst so sehr, dass es mal endlich wieder ernst werden kann mit ihm und der Liebe, und deswegen trifft er auch dauernd diese Mädchen, zu denen er dann maximal charmant ist, doch wenn die Mädchen dann zurückcharmanzen, bekommt Manuel es mit dieser Angst zu tun, die Angst, die ihn lähmt. Die Angst, wieder zu diesem Tier zu werden, das der Liebe wegen ausrastet.

Häufig denkt er sich, wie schön es aber wäre, ein Tier zu sein. Manuel hätte gern nur den Trieb, zu fressen und sich fortzupflanzen, alles andere am Menschsein ist ihm häufig zu viel. Reduktion auf das Wesentliche. Alles andere ist ihm zu anstrengend. Das ganze Menschsein, dieses »Wer-ficken-will-muss-freundlich-sein«-Getue und hintenraus springt nur die volle Ladung Schmerz und Demütigung. Wie soll man sich denn da vernünftig entwickeln können. Manuel ist wie eine Schnecke, die sich ständig wieder in ihr Haus verziehen muss, weil sie draußen dauernd angestupst wird von diesen angeblich so wichtigen und wahren Gefühlen, die die Menschen meinen, in sich zu beherbergen. Stimmt aber nicht, nichts von dem stimmt, weiß Manuel.

Aber das alles hier ist ja kein Wunschkonzert. Manuel kann sich hier kein Lied wünschen, spielt nur ab und zu eine Single an, die ihm vielleicht gefallen könnte, und nach zwei Takten wird das Lied schon wieder langweilig. Und ständig sind da die Dinge, die dieses seltsame Gefühl auslösen, Glück nennt man das, glaubt Manuel, aber diese Gefühle sind so selten, dass man sie nicht mal erkennt, selbst wenn sie einem ins Gesicht schlagen.

Frustriert geht er dann schlafen und denkt an Auslöser und Wirkungen seiner kleinen, dummen Tragödie und weiß, dass dies echt mal ein Luxusproblem zu sein scheint. Aber auch Luxusprobleme sind Probleme und Leid immer und immer wieder das Individuellste, was man erfahren kann. Er fühlt sich in seiner kleinen Tragödie so gefangen, dass ihm das, was sein Leben sein soll, wie eine Gefängniszelle vorkommt. Essen und Trinken und etwas verbrauchte, aber immerhin atembare Luft sind vorhanden, den Rest der Luxusausstattung, die so ein Leben satt und schön machen könnten, sucht er vergebens.

Morgen kommt übrigens Martina, wie fast jeden Mittwoch. Diese eine Martina kommt und sie ist eine, die vorbei kommt, um einfach nur stumpfen Sex zu haben. Das kann zwischendurch glücklich machen, weiß Manuel, aber wirklich innere Erfüllung bringt es nicht. Aber die Mittwochsmartina bringt ein bißchen Ruhe in seinen Kopf, sie strahlt etwas Verlässliches aus, ein Körper, der gefickt wird, dann schweigt, sich sauber macht und sonst nichts fordert. Wie lange kann sowas gutgehen? Wie lange kann so ein wackeliges, instabiles Leben wie seins bestehen, bevor es einfach umfällt oder zusammenklappt? Diese Frage stellt er sich aber nicht, denn die Antwort wäre mit Sicherheit beunruhigend.

Dienstag,
abgefuckte Dachgeschosswohnung

Draußen prasselt seit Stunden Regen nieder, und wem könnte das mehr egal sein als jemandem, der seine wackelige Existenz in der Außenwelt gegen ein sehr stabiles Leben im Inneren einer der wunderbarsten Gottverlassenheiten eingetauscht hat. Hier drin, unter dem stinkenden Dach, hat es mehr Lebensqualität als irgendwo sonst. Das Störende an der Menschheit wurde einfach durch die Selbstbestimmung wegrationalisiert.

Der gesichtslose Alien im grünen Sportanzug lebt größtenteils wie ein Tier auf dem Boden. Und er macht nie die Tür auf, deswegen ist es auch egal, wie er lebt. Leben ist doch eh nur die Summe der Atemzüge. Da draußen, so weiß es der Mann, der nie die Tür öffnet, ist doch eh jede menschliche Regung gespielt, alles ein mit Scheiße gefüllter Luftballon, der irgendwann über allem und jedem schwebend angepiekt wird, und Kot wird sich wie Regen verhalten und alles wird zugekackt werden. Der Mann, der nie die Tür öffnet, ist froh, nicht mehr solchen sinnfreien Dialogen beiwohnen zu müssen, wie er es damals noch in seinem Pförtnerjob erleben musste.

Ankommende Frau trifft fortgehenden Mann!

Ankommende Frau: Grüß Gott. Passen Sie bitte auf, draußen hat es ein Wetter, dass nicht mehr schön ist.

Fortgehender Mann: Ja, das seh ich. Aber wir können froh sein, dass wir überhaupt noch Wetter haben.

Ankommende Frau: Na, da haben Sie auch wieder Recht. Ohne Wetter liefe ja selbst die Tagesschau ins Leere.

Fortgehender Mann: Genau. Ohne Wetter wäre die letzte Nachricht des Tages immer eine Katastrophe. Das Wetter beruhigt jeden, egal wie mies es ist. Ich habe nun Feierabend, also behelligen Sie mich nicht mit ihren richtungslosen Gedanken, sie verdunkeln mir meine Freizeit.

Ankommende Frau: Ich liebe Sie auch.

Abgang beide!

Diesen Dialog hat sich der gesichtslose Mann nur ausgedacht, aber Gesprächen ähnlicher mangelhafter Niveautiefe ist er schon sehr häufig begegnet. Die Ehrlichen, das waren immer nur die Wenigen. Der gesichtslose Alien ist froh, nur noch sich selbst gegenüber ehrlich sein zu müssen. Was interessiert einen der Rest, wenn sich der Rest nicht für einen interessiert. Wenn sie nicht mal wissen, dass es einen gibt, kann man einfach ganz entspannt hier oben vor sich hin schimmeln und welken. Die störenden Einwirkungen von außen und diese angebliche Ehrlichkeit, die sie da draußen vor sich herschieben, wie Angehörige ihre immobilienbesitzenden Verwandten in Rollstühlen, das muss man nicht mitmachen, wenn man einen Rückzugsort wie diesen hat.

Einmal saß er in der Bahn und neben ihm ein hübsches Mädchen. Etwas weiter hinten im Wagen versuchte ein eher nicht ganz so hübsches Mädchen, durch Winken die Aufmerksamkeit der Schönen zu erregen. Jeder sah, dass das neben dem Mann sitzende, hübsche Mädchen gemeint war. Sie versuchte, sich durchs Gedränge zu ihnen durchzuschlagen und rief dauernd den Namen des hübschen Mädchens, dass, soweit sich der gesichtsbehinderte Mann erinnert, Magdalena hieß. Aber Magdalena reagierte nicht, obwohl sie die Ruferin hätte sehen und hören müssen. Irgendwann stiegen alle drei an der selben Haltestelle aus, Magdalena, die kleine Hässliche, die tatsächlich mit jedem weiteren Schritt mehr Hässlichkeit offenbarte, und der Mann ebenso. Das hässliche Mädchen klopfte dann auf Magdalenas schöne schmale Schultern und sagte: »Hallo, Magdalena, ich dachte grad schon, du hast mich nicht gesehen.« »Doch, ich hab dich gesehen«, sagte dann Magdalena und ging wortlos und vor allem schnell weg. Deutlichkeit geht genau so.

Der Mann, der nie die Tür öffnet, könnte ein Leben mit etwaigen Haustieren führen, um die er sich kümmern könnte, aber er hat keine Lust auf Verantwortung und außerdem eine sehr stabile Niedlichkeitsphobie. Er könnte im Internet nach asiatischen Frauen recherchieren, die ihm Gesellschaft bei der Einsamkeit leisten, aber er fragt sich, wozu das gut sein soll. Wenn da jemand wäre, aus welchem Gefühl wäre dieser Jemand bei ihm? Was würde dieser Jemand von ihm erwarten?

Vom Karussell der menschlichen Regungen ist der Mann, der nie die Tür öffnet, aber sowas von abgestiegen. Da unten, da dreht es sich weiter und verheißt Spannung ohne Ende. Der Mann, der nie die Tür öffnet, erinnert sich dann manchmal an ein Leben vor der Gesichtslosigkeit und bemerkt dann aber, dass es auch nicht viel besser war. Man hatte diese sozialen Zwänge wie die Erhaltung eines Arbeitsplatzes, das Erfüllen freundschaftlicher und libidinöser Beziehungen, eine Menge Stress im Freizeitbereich und die Möglichkeit, sich frei zu entfalten, und genau daran verrückt zu werden. Erst durch die Minimalisierung seiner Lebensumstände hat der Mann, der nie die Tür öffnet, gemerkt, dass das Leben mit Gesicht auch nicht unbedingt schön war. Dauernd hatte man aus einer Vielzahl verstörender Elemente auszuwählen, was immer auch mit Nachteilen versehen war. Weisheit gab es in den geringsten Fällen.

Sehr oft sitzt er heute mit dem Rücken an der Heizung, isst ein Mikrowellengericht von einem Teller aus seinem Schoß und liest in irgendeinem bei einem Versandhandel bestellten Buch. Dass der Mensch ein soziales Wesen sei, wird vielerortes behauptet, trifft für ihn aber nicht zu. Der Mann, der nie die Tür öffnet, fragt sich, ob, wenn er noch Restgefühle hätte, da auch ein Gefühl von Einsamkeit dazwischen läge. Er antwortet sich mit einem kurzen Nein und widmet sich dann wieder einem Buch oder einem Gedanken oder immer häufiger auch dem völligen Nichts.

An Nichts zu denken, den Kopf so wunderbar leer zu haben, das mag der Mann, der nie die Tür öffnet. Sein mittlerweile seit drei Jahren ungewaschener grüner Adidas Jogginganzug leistet ihm dabei Gesellschaft. Der Mann stinkt, was aber egal ist, weil er wunderbar allein ist. Er hat keinen Menschen mehr nötig, auch die Notwendigkeit von Gesprächen außerhalb des eigenen Selbst besteht nicht. Der Mann ohne Gesicht hängt professionell und absolut leidenschaftslos ab.

Ein Geräusch macht die schöne Stille kaputt, in der er mit einer Gemüsepfanne und einem Buch von Hermann Hesse an der Heizung sitzt. Die verdammte Türklingel, die wollte er eigentlich schon längst abgestellt haben, nun aber zerreißt das Ding die Stille. Und wenn die Stille einmal zerrissen ist, wird sie so schnell auch nicht wieder ganz, weiß der Mann, der nie die Tür öffnet. Er stellt leise seinen Teller beiseite und klappt mit aller ihm zur Verfügung stehenden Sanftheit das Buch zu. Den Satz, den er sogerade gelesen hat, der hallt noch nach, als er sich entscheidet aufzustehen.

»Wie ein schüchternes Mädchen blieb er sitzen und wartete, ob einer käme ihn zu holen, ein Stärkerer und Mutigerer als er, der ihn mitrisse und zum Glücklichsein zwänge.«

Langsam richtet er sich auf, um zumindest durch den Türspion einen Blick auf die Störungsquelle werfen zu können. Er schleicht zur Tür, versucht, kein Geräusch zu machen, und blickt dann durch den Spion und glotzt in die völlige Leere. Da ist nichts. Vielleicht hat aber einer ihm ein Geschenk vor die Tür gelegt, brüllt es plötzlich im nie die Tür öffnenden Mann und er lässt sich hinreißen und drückt die Klinke herunter und da steht dann dieses Mädchen, das er letztens auf dem Dach traf und ihn jetzt wortlos anstarrt. Etwas Angst ist auch dabei. Nein, jetzt ist da sogar so viel Angst, dass die Augen des Mädchens sich stark erweitern, dass sie drohen, den Rahmen des kleinen Gesichts zu sprengen. Bevor das passiert und der Mann, der ansonsten nie die Tür öffnet, dann hier vor einem wegen Angst zersprengten Kinderkopf steht und die Sauerei wegzumachen hat, winkt er es lieber in seine Wohnung. Er denkt sich auch nichts sonderbar seltsames dabei, als das Mädchen ihn fragt, ob der Herr Jesus auch mit hineinkommen könne. Platz sei genug, sagt der Mann und schließt hinter dem Mädchen und dem unsichtbaren Herrn Jesus die Tür.

Mittwoch,
Erdgeschoss links

Die Frau ist heute nicht aufgestanden, weil sie in der Nacht verstorben ist. Sie liegt immer noch im Bett und der Mann liegt dicht daneben und hat Hunger. Er hat sich, seit sie miteinander in einem Bett schlafen, immer nach ihr orientiert. Immer wenn sie aufstand, hat er gewartet, bis sie in der Küche ihren ersten morgendlichen Verrichtungen nachkam, wie dem Anschalten der Kaffeemaschine und dem Abschneiden grober Stücke von Brot, Käse und Wurst und erst dann hat er sich auch in den Tag hinein orientiert. Aber heute steht sie nicht auf und er traut sich auch nicht, sie anzusprechen, weil er ja eigentlich weiß, wie es um ihren unveränderlichen Zustand bestellt ist.

Da liegt sie also, auf dem Rücken, wie ein Standbild ihrer selbst. Die eingefrorene Frau. Ein Foto aus Fleisch. Blaurote Adern, überall diese blauroten Adern. Und ein bißchen grau ist sie auch schon geworden. Der Mann hält ab und zu, so alle zwei Minuten etwa, die Hand über den offenen Mund der Frau, in der Hoffnung, sie werde doch noch irgendwie atmen. Aber nichts da. Kein Atem. Weder ein noch aus. Null. Die Schlichtheit des eingetretenen Todes überrascht den Mann ein wenig. Er hatte etwas Erhabeneres erwartet, als das bloße Vorfinden einer Leiche. Das Getrappel der Pferdehufe der apokalyptischen Reiter etwa oder zumindest sowas wie ein Stöhnen im Todeskampf. Aber nix da. Kein Laut, kein Geräusch. Sterben ist so unglaublich leise.

Immer noch hat er die Hoffnung, dass die Frau nur verschlafen hat. Wieder die Hand vor den Mund. Wieder kein Lüftchen. Jetzt wird es Zeit zu verstehen, dass da nur noch ein Haufen labberiges Fleisch im Bett liegt und diese Erkenntnis lässt den Mann sich wie ein verlorengegangenenes Kind im riesigen Kaufhaus fühlen. Der Mann sagt leise den Namen der Frau und fasst ihr an die Schulter, um sie ein bißchen zu bewegen. Dabei bemerkt er, dass sie nicht nur labberiges, sondern auch mittlerweile schon arg runtergekühltes Fleisch ist. Fleisch, das man niemandem mehr anbieten kann.

Von der Dummheit, Einfältigkeit und Unspektakularität des Todes enttäuscht dreht sich der Mann auf den Rücken und starrt an die Decke. Und es wird ihm als liefen da Filme ab, an der weißgestrichenen Decke, Filme, die Mann und Frau als junge schüchterne Leute zeigen, wie sie auf einem Fest tanzen, ein Auto kaufen, wie der Mann eine Arbeit annimmt, später wieder verliert und die Frau daraufhin arbeiten geht. Dann versuchen sie ein wenig, Kinder zu machen, und plötzlich sind da zwei. Und ein Hund. Dann hat auch der Mann wieder Arbeit und der Hund beißt einem Mädchen ins Gesicht und wird eingeschläfert und die Kinder weinen, nicht wegen des Mädchens, nur wegen des Hundes. Die Kinder dann groß gemacht, ihnen die Studierfähigkeit ermöglicht, sie weggehen sehen. Ihnen angesehen, dass Elternbesuche seltsam gefühlsfreie Zwangsmaßnahmen sind, die man macht, weil da ein wenig Nostalgie ist. Ein Besuch im Elternhaus ist manchmal wie der Besuch im Museum seiner eigenen Kindheit. Die Kinder dann immer weniger häufig kommen wollen sehen. Die Frau etwas krank werden sehen. Den Mann in Frührente gehen sehen. Sich selbst das letzte Mal im Leben umziehen sehen, mit der Gewissheit im Kopf, nein, diese Seniorenheime werden uns ganz bestimmt nicht verschlucken. Die Frau am Fenster stehen sehen. Den Mann auf dem Sofa sitzen sehen. Alle beide immer weniger sprechen fühlen, weil man bemerkt, dass alles Wichtige schon gesagt ist. Die Frau neben einem tot finden. Diesen blöden Film gucken müssen. Weinen. Aber nur kurz. Dann versuchen, die Frau zu wecken. Hunger haben. Verdammte Scheiße. Der Rücken tut weh, die Beine kaum noch spürbar. Sich erheben, die tote Frau keines Blickes mehr würdigen. Sich denken, was ihr denn einfällt, einfach so zu sterben, ohne ihren Scheiß hier zu Ende gemacht zu haben. Sich Gedanken über Liebe machen. Genau daran scheitern. Der Mann macht sich letztendlich selbst ein Brot und einen Kaffee und setzt sich auf das Sofa. Schaltet den Fernseher an und denkt, dass der Tag nicht unbedingt gut anfing mit dem Feststellenmüssen des Todes der Frau. Nein, überhaupt nicht gut, denkt sich der Mann. Jetzt, so alleine, in dem Alter, da kann ja Gott weiß was passieren …

Mittwoch,
Erdgeschoss rechts

Lange hat Sören in der letzten Nacht noch vor dem Computer gesessen und gewartet, dass sich irgendetwas in seiner Beziehung zu Marie aktualisiert. Dass sich überhaupt *irgendetwas* aktualisiert. Aber alles ist so geblieben. Die stumpfe, undurchdringbare Fläche des Bildschirms hat nur weiter sein mattleuchtendes Gesicht angestrahlt und Sören hat ständig das Profil von MC S aktualisiert.

Irgendwann ist er aber so müde geworden und hat an diese beschissenen Kartons gedacht, die am nächsten Morgen auf ihn warten, und er hat einfach so einen Teller und ein Glas vom Schreibtisch gefegt und innerhalb einer halben Minute stand seine Mutter mitten im Raum und fragte nach der Wutursache. »Computer ist kaputt, Mama«, war das Einzige, was Sören hervorbringen konnte. Die Mutter holte dann ein Kehrblech und einen Handfeger und wischte die Scherben zusammen und als sie da zu seinen Füßen ihren hauswirtschaftlichen Verrichtungen des Scherbeneinsammelns nachging, dachte Sören daran, wie es aussähe, wenn ihr der Bildschirm auf den Kopf fiele. Einfach so. Es wäre mit wenig Aufwand verbunden, das am Boden kriechende Muttertier zur Strecke zu bringen. Sören zitterte, aber letztendlich ließ er es bleiben, aus Angst, sie nur halb zu erwischen und auch das Blut, das aus dem tumben Mutterkopf käme, ängstige ihn und so ließ er es bleiben und sagte weiter stumpf in ihre Kehrarbeiten hinein, dass sein Computer kaputt sei. »Jaja, is ja gut«, erwiderte dann die Mutter immerzu auf sein monotones Wehklagen. Mein Computer ist kaputt, sört Sören und meint eigentlich irgendwas in ihm, was sich auch irreparabel anfühlt. Seinem Computer geht es ja gut, ein bisschen langsam ist er vielleicht.

Die Mutter ging dann mit dem Kehrblech voller Scherben wieder hinaus, tätschelte noch den Sohnkopf, dann saß er wieder da und aktualisierte alle zehn Sekunden das Profil von MC S. Nichts. Keine Marie. Die Kartons warten immer und die Mutter wartet auch immer und Sören fühlte sich mit dieser Erkenntnis wie ein Hundephobiker auf der Rottweilerausstellung. Irgendwann schlief er doch ein, aber da war keine Erholung, nichts, was ihn beruhigen konnte, was die Achterbahnfahrt seines sehnsuchtsinfiltrierten Kopfes bremsen konnte. Unruhig schlief er ein und verhielt sich traumlos.

Sören wacht dann auf, nach dünnem Schlaf, und hört bereits wieder seine Mutter in der Küche sehr laut irgendwelche Geschirrdinge aufeinanderstapeln. Sein Computer ist noch an und die ersten tappsigen Schritte führen ihn zum durchgewetzten, alten Bürostuhl und er aktualisiert sein Profil und plötzlich taucht das Bild von Marie auf und ja, ja, ja, sie hat in der Tat geantwortet. Sören zittert, ähnlich wie beim geplanten Zusammentreffen von Mutterkopf und Bildschirm, aber es ist ein anderes Zittern, es ist eins, dessen Ursprung radikaler Frohsinn ist. Und dieser breitet sich aus, macht den Herzschlag schneller und lässt das Blut auf seinem Verlauf durch seine Adern nahezu entgleisen. Klick, klick, Nachricht offen.

Hey MC S,

sorry, dass ich mich nicht gemeldet hab, hatte ein bisschen Stress at home. Meine parents, speziell meine Ma, sind ein wenig ausgerastet, irgendwie psychisch am Abfallen, die Gute, weiß nicht, was da los ist. Aber ich will Dich nicht mit derlei uninteresting facts nerven. Family ist immer ein krasses problem, überall, glaub ich, außer bei Leuten, die in afrikanischen Lehmhütten zusammen mit Schafen, Schweinen und Omas wohnen, ich glaube, da ist manchmal alles cool. Oft will ich einfach abhaun, verstehste? Weg aus dieser family, was Eigenes haben.
Ey, und gerne, gerne, gerne mal ausgehen, wie wärs mit Samstag, Café Romanov, ist direkt bei mir umme Ecke. Ich hoffe das Recordrecording ist nicht zu stressig.
♥, dein Text für mich war wundervoll, danke!!!!
Meld Dich bald, dann können wir uns sehen, freu mich, wenn es klappt.

Deine Marie

Sören liest diese Nachricht einmal, dann dreimal, seine Mutter kommt rein, er lässt sich nicht stören, der Sören, liest sie das neunte Mal und sie steht neben ihm und schreit ihn an, dass er zu spät zur Arbeit komme, aber Sören liest Maries herzliches Buchstabengeflecht zum fünfzehnten Mal, saugt jede Silbe in seinen Kopf und dreht sich zu seiner Mutter um, die mit Bluthochdruckkopf und entsprechend schallendem Geschrei den Sören zum Funktionieren bringen will, und schaut dann wieder zum Computerbildschirm und seine Mutter wird dadurch angestachelt und ihr Gebrüll immer dominanter. »Fass mich an und ich zerbreche dich an der Wand meines Zimmers«, denkt Sören dann noch und die Mutter wahrt die körperliche Distanz, versucht immer noch, ihren Sohn mit Gezeter und hasserfülltem Gekeife zum Aufstehen zu bewegen, aber Sören bleibt, wo er ist, in der Gemütlichkeit seines Bürostuhls, und Maries Profilbild lächelt ihn an, wie ein Profilbild nur jemanden anlächeln kann.

Die Mutter merkt nicht, wie sie langsam entmächtigt wird und ihr Geschrei in die vollkommene Leere driftet. Sören dreht sich nach dem einundzwanzigsten Lesen ganz sachte zu ihr um, eigentlich dreht er nur seinen Kopf um 90 Grad und hebt seinen Blick etwas an und er sieht seiner Mutter für die Dauer von zehn langen Sekunden in die Augen. Das, was da in seinem Blick sichtbar ist, könnte man für Entschlossenheit halten. Ein Blick ist das, in dem Abscheu und Gleichgültigkeit gemeinsam aus Sörens Kopf zu schleichen scheinen. »Ich muss das hier noch zu Ende machen, Mama, geh du doch schon mal in die Küche.« Nach diesem klaren Satz, der dann einfach so im Raum liegt und irgendeine Reaktion der Mutter fordert, liest Sören weiter diese eine Nachricht, die auf seinem Bildschirm funkelt, als sei sie das elfte Gebot, das Moses ihm per Email zugesendet hat. Die verbal außer Gefecht gesetzte Mutter verlässt dann Sörens Zimmer, knallt theatralisch die Tür zu und beginnt davor ein jämmerliches Weinen, und die Weinende wünscht sich nichts außer Mitleid und Verständnis, aber das ist heute mal aus. Soll sie was anderes fressen, ich bin zu glücklich, um gefressen zu werden, denkt sich Sören und dehnt seine wurstigen Finger, um Marie die Antwort zu geben, die ihr gebührt.

Yoyoyo, Marie,

komm grad rein von nem krassen Fest, wir haben unser Album fertig und haben darauf hart gefeiert. Es wird den wunderbaren Titel »Woran glaubt eigentlich Gott?« tragen und auf unserem eigenen Label erscheinen.

Das mit deinen Eltern tut mir leid. Meine Mutter ist ja bereits tot. Sie hatte mal einen Unfall und ihr sind so fette Steine ins brain geregnet. Dann lag sie lange im Koma, ist dann wieder aufgewacht, war aber extrem behindert danach. Ich hab sie dann immer gepflegt, so voll 2 Jahre lang. Dann ist ihr hier beim Putzen ein Computerbildschirm ins Gesicht gefallen und hat den Rest ihres Lebens beendet. Voll tragic. Also Baby, sei froh noch ne Mum zu haben, auch wenn sie schon mal finster drauf ist, wird sie doch irgendwo noch Liebe für dich haben. Hatte meine Mum auch immer, auch in ihrer Behindertenphase.

Ey, und dass Du mich treffen willst, ist ja echt voll paradise, Baby. Samstag, acht Uhr, Romanov, Perfektion. Ich werd dich erkennen, weil du strahlst, Baby. Und hier noch ein paar Zeilen für Dich, weil ich mich grad gut fühl. Ey, voll die high emotions …

… wenn ich meine Gedanken um dich verdichte und Nebel
durch mein Zimmer raucht

dichte ich für dich verdichtete Geschichte, die noch ein gutes Ende braucht

und manchmal geht es eben schneller und das Licht wird heller

Ich bestell mir Lyrik Pita und dann noch nen Storyteller

meine Worte tanzen um dich, wie die Motten um die Lichter

meine Punchlines graben sich tief in dein Gesicht, yeah

und wenn du sprichst, yeah, dann hat jedes Wort Gewicht, yeah

denn ich bin ein Gedichtheber und mein Plattentellerdreher

dreht die Scheiben und die Beats klopfen an wie Patienten

und ich weiß nicht wo es endet, aber es soll noch nicht enden …

Sowas mach ich grad, werden super Tracks allesamt. Yo, freu mich fett auf Samstag,

Dein
MC S

Sören lächelt, plötzlich lächelt er und dann kommt doch wieder so ein bisschen Wut. Denn was denkt er sich eigentlich? Dass Marie so einen wie ihn anstatt so einen wie

MC S akzeptiert? So wie er aussieht, denkt sich Sören, da wird Marie kurz einen Blick auf das Schlachtfeld verbrauchten menschlichen Materials werfen und sich dann verpissen, denn Betrug, merkt Sören, Betrug fällt immer stark auf, wenn der Betrüger so dumm ist wie er. Die Wut geht ein bisschen weiter, gräbt sich tiefer in Sören hinein, vorbei an MC S, und breitet sich aus, geht irgendwie nicht weg, die Wut. Und nur weil er er ist und sein *Erselbstsein* ihn derart aufregt, dass die Wut einfach drin bleibt. Keinen Kanal findet diese Scheißwut und dann hört er seine Mutter rufen, dass er gleich mal den Bus verpasse, für Frühstück wäre jetzt eh keine Zeit mehr und Sören sieht sein stinkendes Leben, in seinem stinkenden Zimmer, dessen Mittelpunkt dieser langsame Computer ist, und fügt sich wieder in sein anderes Leben. MC S hat ein wenig Angst und Sören versucht, ihn zu beruhigen, was dann auch klappt, und gemeinsam wissen sie, dass sie irgendwie eine Person sind und irgendwie weder cool noch zerstört genug sind, um wirklich den Grad von Coolness oder Kaputtheit zu haben, den es nötig hat, um Maries Herz zu erobern oder um für seine absolute Bekloppheit und sein zerrissenes Hirn und zu plumpes Herz eingesperrt zu werden.

Draußen steht dann die Mutter, mit abwesenden Blicken aus tränengefüllten Augen. Ganz so, als ob sie die Welt nicht verstünde. Sie muss der Welt auch mal zuhören, dann versteht sie sie auch, denkt Sören, geht an ihr vorbei in seiner ganzen Ungewaschenheit und völligen inneren Zerstörtheit und denkt nur ein großes, buntes, blödes, lautes BITCH!

Mittwoch,
1. Stock links

Lisa ist weg, bemerkt die Mutter und sucht sie. Kinderzimmer leer. Küche leer. Das schweigende Kind ist ihr abhanden gekommen. Wie doof ist das denn jetzt? Ihr Tagesablauf ist dadurch arg gestört. Wie jetzt sich verhalten, bei abhandengekommenem Kind?

Mütterliche Unruhe durchfährt sie und sie sieht sich und ihren Mann schon vor Fernsehkameras heulen und die bösen, wahrscheinlich arabischstämmigen Entführer bitten, der kleinen leisen Lisa nichts zu tun. Fernsehkameras, denkt die Mutter, wie geil ist das denn? Und Medienteams hätte man dann im Haus und die Polizei und viel Wichtigkeit und da kämen dann auch Leute, die ihr Mikrofone unters Gesicht halten würden und in diese Mikrofone würde sie über die Ungerechtigkeit der Welt reden und über den Umstand, dass kleine, schweigende Lisas ganz dringend in die Obhut ihrer Mütter gehörten und nicht in die Hände messerwetzender arabischstämmiger Entführer, die dann Tag für Tag Teile von Lisa in kleinen Briefumschlägen und später dann größere Teile per Paketdienst schicken würden. Und bei jedem per Post gelieferten Teil von Töchterchen Lisa würde sich das Medieninteresse mehren und mehren und alles wäre voll, das ganze Haus voller Leute von Wichtigkeit. Irgendwann würde dann Lisas abgetrennter Kopf per UPS geliefert werden und die Mutter würde ein wenig weinen und zum Trost des Kindsverlusts wegen würde sie eine eigene Fernsehsendung bekommen. Einfach so, weil sie ja da schon seit Wochen im Medienkarussell mitgefahren ist und ihr Gesicht nunmehr aus dem Fernseher nicht mehr wegzudenken wäre.

Applaus brandet auf und auch immer ein wenig Mitleid, wenn die Mutter die Bühne betritt. Menschen, die es von Herzen gut meinen, sitzen im Publikum und rufen den Namen von Lisas Mutter und sie schämt sich ein wenig, freut sich aber insgeheim über diesen Zuspruch. Zu Gast hätte sie Menschen von Welt, Menschen, die etwas zu sagen haben. Strickmuster, Kochrezepte, Buchtipps, sowas halt und immer auch Prominente, richtig gute, bekannte Prominente würden auch in ihre Fernsehsendung kommen, irgendwas erzählen, was sie gerade so tun, woran sie gerade arbeiten und Lisas Mutter würde nicken und am Ende jeder Sendung wäre sie nahezu die beste Freundin von den Prominenten.

Sie würde dann endlich ihren Mann verlassen, auch das würde in der Zeitung stehen, unter der Kategorie: *Sehr wichtige Neuigkeit*. So ein Leben in der Öffentlichkeit, das wäre was, denkt die Mutter und dann klingelt es an der Tür und vielleicht sind das schon die Polizisten, die beruhigend auf sie einwirken wollen, weil man die stummgewordene Lisa bereits kleinteilig im Wald vorgefunden hat. Als sie am Spiegel im Flur vorbei geht, lächelt sie in ihr möglichkeitenloses, mittelaltes Frauengesicht hinein, bleibt dann kurz vor der Tür stehen, um noch einmal vor der schlimmen

Nachricht durchzuatmen, und ist schwer enttäuscht, als sie die Tür öffnet, denn da steht die stumme Lisa selbst.

Wut überkommt die Mutter, die auf die Frage, wo sie gewesen sei, nur ein Schulterzucken bekommt, worauf die kleine Lisa eine gelangt bekommt. »Du Mistkind«, schreit sie noch und das angebliche Mistkind scheint davon erst mal unberührt. *Klatsch* macht die Hand der Mutter auf Lisas Wange. Und nochmal *klatsch, klatsch.* Dann überlegt sie, wie oft sie ihr Kind noch schlagen muss, damit es medienwirksam wegrennt. Das unterlässt sie aber, das könnte sie unter Umständen ihre Fernsehshow kosten, denn Gewalt an Kindern, so oft sie auch allerortens pädagogisch produktiv angewendet wird, ist immer noch sehr verpönt und verachtet in Deutschland. Heute hat man andere Mittel, beispielsweise Reden, Spielen und anderen langweiligen Mist. Jedoch fühlt sich die Mutter trotzdem im Recht, sich auf der Haut der kleinen Lisa auszutoben, ihr bei Fernbleiben oder Missfälligkeit ihres Verhaltens mal kräftig eine zu langen, weil, die Lisa redet ja nicht zurück. Da kommt einfach kein Wort mehr durch ihre Lippen, kein freundliches »Du bist die beste Mama der Welt« oder ähnlich Bescheuertes, was Kinder nun mal so sagen. Also wird die Lisa ins Gesicht gehaun und dann wird sie ins Zimmer geschickt. Die Tür wird zugemacht und die Mutter widmet sich wieder ihrer Medienwelt.

Hinter der Tür des Zimmers aber, da lächelt ein kleiner Mensch selbstbewusst in seinen gedeihenden Wahnsinn hinein. Lisa war heute schon das zweite Mal oben, beim Alien. Der gute Herr Jesus war auch immer mit und gemeinsam saß man dann oben beim Alien und zerredete die

Welt in ihre Einzelteile. Der Alien war nämlich eigentlich ein freundlicher Alien, der wirklich nur Angst davor hat, von den Menschen erkannt und dann eventuell vertrieben zu werden. Daher versteckt sich dieser Alien allein in seiner Dachgeschosswohnung. Das findet Lisa einleuchtend. Der Alien hat noch viel erzählt, von seinem Leben im Weltraum und dass er da bald mal wieder hinmöchte. Er hat Lisa seinen Planeten beschrieben. Ein sehr kindgerechter Planet war das und Lisa entwickelte im Verlauf dieses Gesprächs den Wunsch zu diesem Planeten zu reisen. Einfach so hier auf der Erde alles zurücklassen und *up and away*, auf und davon sozusagen. Der gute Herr Jesus sang dazu passend ein Lied der Dancefloorlegende Mr. President, welches zufällig grad beim Alien im Radio lief. Da heißt es: »... up'n away, we need a place to hide (gonna get up), Up'n away, we gonna fly so high (gonna get up), I wanna get away, wanna get up and get away, I wanna get away, gonna get up! Gonna get up! Up'n away ...« Man schunkelte ein wenig im Takt und der Alien machte sogar das Radio lauter. Seltsamerweise konnte er auch den Rap-Part des Liedes mitsprechen, was auf einen sehr nerdigen Charakter seitens des Aliens schließen lassen konnte, aber Lisa wusste, dass es sich eben um einen Alien handelte und die Fähigkeiten eines solchen sind zunächst einmal grenzenlos. Und wer Mr. President Raptexte kennt, hat eigentlich kein gutes Leben, aber der Alien sagte, komplett synchron zur Radiobeschallung: »... Second to minutes minutes form us hours, from days all the way up to weeks, dying from the crime of time, slipping down through the hour glass as I speak ...« Selbst dem guten Herrn Jesus fiel dabei auf, dass 90er-Jahre Dancefloor-Lyrics teilweise echt mal unterschätzt sind. »Zwei Millionen Kilometer über DJ

Bobo Niveau«, grunzte dann der Alien und die Lisa wusste nicht, wovon er sprach, was auch egal war, denn die Stimmung war gut, auch für ein verstörtes Kind wie Lisa spürbar. Irgendwann sagte der Alien gestern: »Dinge, die dich stören, musst du aus dem Weg räumen, das Leben ist so einfach, wenn man es einfach nur lebt, Frollein.«

Lisa schaute in das Gesicht des Aliens, in dem man nicht erkennen konnte, ob er lachte oder ernst schaute, aber dieser Satz meißelte sich mit Präzision in ihre Hirnrinde. Eigentlich war es auch egal, wie der Alien den Satz meinte, denn er war sowohl tragisch, als auch vollkommen lebensbejahend.

Mittwoch,
1. Stock, mitte

Es ist wieder so ein Abend eines Tages, der eventuell nicht hätte stattfinden sollen. Sibylle und die Frauenzeitschrift und die Couch und auch das Fernsehen. Alle öffnen ihre Kanäle, um irgendwas zu meinen. Das Magazin ist der Meinung, Sibylle sei zu fett und schlägt vor, ob sie nicht mal ein Buch kaufen mag, eins von einem dieser mageren Fernsehstars. Die hat wohl mit Fischen experimentiert, dadurch erheblich viele Kilogramm Bauch- und Beinfett verloren und dann ein Buch gemacht, das den klangvollen Namen *Die wunderschnelle Lachs- und Kaviardiät* heißt. Sibylle findet aber alles Fischige ekelig und das soll alles in den Gewässern bleiben, wo es geboren wurde. Fischiges ist ihr suspekt, sie mag keine Dinge essen, die in einem Meer oder Fluss oder See unterwegs waren, wo andere Lebewesen reingepisst haben.

Sibylle greift nach der Dose mit den Gummitieren, die da immer stehen, um den bestehenden Frust weg zu essen. Der kommt gern am Abend vorbei, dieser Frust, und setzt sich ungebeten zu Sibylle auf die Couch, um ihr ein paar Zukunftsängste mitzubringen. Fett und tumb sitzt der Frust dann neben ihr, liest ihr aus dem Frauenjournal vor oder zappt durch die Kanäle, um den Eindruck einer Welt entstehen zu lassen, die sich da draußen aufhält, die aber unerreichbar für Sibylle ist. Diese Welt wird immer kurz angeblasen, um anschließend sofort wieder die Luft entweichen zu lassen. Hält nie lange vor, das alles, meint der Frust und hat leider Recht. Sibylle klebt auf der Couch, schaufelt einhändig Gummitiere, während sie mit der anderen Hand wie ein Roboter agiert, der zur Abnutzung einer Fernbedienung programmiert wurde.

Da sind dann Dinge zu sehen, ähnlich, wie sie in ihrem Frauenjournal propagiert werden. Das TV-Gerät verhält sich über seinen Verhältnissen, schreit rum, als hätte es eine aufklärende Relevanz, ist aber eigentlich nur ein Möbelstück. Menschen, sagt das TV-Gerät, liebe, gute Menschen, seid schön, seid hip, seid bloß nicht fett und dumm, sondern macht was aus der Zeit, die ihr habt. Ich bin ja so begrenzt, schreit die Zeit und korrespondiert mit dem TV-Gerät auf erschreckend unsubtile Weise. (... widersprüchlich, wie dieses verdammte Möbel aber nun mal ist, sagt es im Subtext: Aber schaut weiter in mich rein, ihr verpasst sonst Teile eures Lebens, die ihr besser nicht verpasst hättet ...)

Die kommt jetzt übrigens rein, die Zeit, setzt sich zwischen Frust und Sibylle auf die Couch und bittet darum, totgeschlagen zu werden. Sieht wieder suizidgefährdet aus, die Zeit. Sie vergeht und verkommt und sie ist immer unterwegs, die alte Uhrenhure. Sibylle greift sich Gummitiere und überführt sie in ihr Gesicht. Den Gummitieren ist das egal, was Frust, Sibylle oder die Zeit, die gerne tot wäre, von ihnen wollen. Sie sind einfach bunt und süß und machen Frust weg, lassen Zeit vergehen, Geschmack entstehen und mit Speichel vermengt machen sie komische Schmatzgeräusche. Ein Gummiteufel unterhält sich mit einer Gummicolaflasche über Sibylles Leben und anschließend lachen beide, als sie sich in ihrem Magen wiederfinden, angedaut und in Nachbarschaft eines reifenden Geschwüres. Das Geschwür sagt nichts, hockt nur cool rum, angelehnt an die Magenwand und spürt in die Umgebung hinein. Immer wenn ein wenig Frust kommt, und das kann das Geschwür an den Gummitieren erkennen, die hier in letzter Zeit immer häufiger in den verschiedensten Farben und Formen runterfallen, immer dann darf es sich nämlich ein wenig ausdehnen. Darf sich ausstrecken und es sich in Sibylles Magen gemütlich machen. Es ist noch nicht sehr groß, Sibylle kann es noch nicht spüren, aber es ist auf dem Weg.

Das ungelebte Leben, die ganzen ungenutzten Möglichkeiten, Chancen, die nicht wiederkommen, das alles sitzt hier unten im Magen und feiert eine triste Party. So eine, wo die ganze Zeit Joy Divison läuft und alles irgendwie schwarzweiß aussieht, so wie Fernsehen Ende der Siebziger Jahre. So eine, auf der sich alle Gäste insgeheim hassen und fremd sind und nur aus sozialen Funktionsaspekten einander Nettigkeiten äußern. Es ist so ein Fest, dass nur scheiße aufhören kann, weil es scheiße angefangen hat. So eine Party ist Sibylles Magen und das Geschwür will wachsen, will, wenn es groß ist, unbedingt Krebs werden.

Sibylles Illustrierte sind angefüllt mit Vorschlägen zur Steigerung der Schönheit, und wenn das jeder täte, denkt Sibylle noch, sähen am Ende alle gleich aus. Und ja, es scheint irgendeinen Sinn zu machen für irgendwen, dass am Ende alle gleich aussehen, die gleiche Musik hören, die gleichen Bücher lesen und identische sexuelle Vorlieben haben. Irgendwer hat was davon, und das blöde Magazin, das Sibylle nur oberflächlich liest, übt Druck aus. Den Druck, dass man, wenn man bestimmte Regeln irgendeines verdammten Spiels, welches *soziale Integrität* zu heißen scheint, nicht mitmacht, draußen ist. Weit draußen. Und je weiter man raus gerät, um so schwieriger ist es, wieder rein zu kommen. Und wenn man irgendwann mit nassgepinkelter Hose mitten in der Pfütze seines Leben steht, weil alles einfach zu viel ist, dann kümmern sich die Psychiatrien um einen, weiß Sibylle. Aber Sätze wie *Es gibt für alles eine Lösung* und *Zeit heilt alle Wunden* beschleunigen Krebs, weiß sie. Daher sagt sie sie nicht zu sich selbst.

Irgendwie hat sich eine große Leere wie ein stinkende Pferdedecke über ihrem Leben ausgebreitet. Wer sie dahin gelegt hat, vermag Sibylle nicht mehr zu sagen, nur dass sie verdammt schwer ist und sie einfach an Abenden wie diesen, an denen Gummitiere ihre besten Freunde sind, zu schwer wiegt, um darunter sowas wie Entspannung zu finden.

Frust, Zeit und Gummitiere haben es sich also bei der ungemütlichen Sibylle gemütlich gemacht und jetzt kommt noch jemand durch die Tür. Die gute, alte Angst. Angst weiß mit altersgerechten Statistiken aufzuwarten und meint, wenn Sibylle nicht bald irgendwas findet, was sie deutlicher am Leben erhält, als es derzeit irgendetwas tut, na dann sei man wohl auf Talfahrt. Sentimen*tal*fahrt. Angst meint, dass unverheiratete Frauen über 30 ziemlich schnell und manchmal sogar ohne irgendeine Vorwarnung an diese Grenze kommen, wo sie sich irgendwann Gummitiere inhalierend vor einem dummmachenden Fernsehprogramm aufgegeben haben oder aber noch einmal aufstehen, um den Mut zu fassen, es noch einmal allen zu zeigen, dass man verdammt nochmal nicht bereits gestorben ist. Angst eröffnet die Möglichkeit, vom Leben und von der Liebe einfach so vergessen zu werden, irgendwann in einer stinkenden Wohnung unter Gammel, Schimmel und anderen unschönen Partikeln der Gegenwart von Putz- und Aufräumunlust und des sich auf allen Ebenen Gehenlassens gefunden zu werden und einer dieser herzlosen Tageszeitungsartikel zu werden. Da steht dann, dass wieder eine fette, verwahrloste Frau unter den Trümmern ihres Lebens gefunden wurde, Spuren von Verwesung schon am Leib, Nachbarn haben das bemerkt, weil es so stank, und wieder fragen sich so Leute, wie denn sowas passieren kann, dass eine einfach so verloren geht, in keiner Statistik mehr vorkommt und einfach so sich selbst überlassen dahin vegetieren muss. Scheiße, denken dann die Leute, die sowas lesen und sind für die nächsten drei Minuten extrem nett zu umherstehendem Volk, damit man bloß nicht unter Verdacht gerät, man selbst könne wer sein, der Leute vergisst. Und man selbst will ja auch nicht in diesem Zustand gefunden werden.

Da sitzen sie also; Angst, Frust, Zeit und nur noch wenige Gummitiere und haben einen beschissenen Abend und fragen sich, wo verdammt noch mal zu beginnen sei mit der Veränderung von all dem. Und Sibylle fühlt sich wie eine angeschossene, in die Enge getriebene Wildsau, die die verdammten Jäger kommen hört, Geäst knackt am Boden, sie kreisen die Sau ein, sie kommen, kommen, kommen. Und sie alle haben Waffen, Waffen die mit gelingenden Leben und absoluter Schönheit geladen sind.

Sibylle zappt ein wenig durch die Kanäle und siehe da, etwas im Fernseher vermag ihr Innenleben zu symbolisieren; ein schöner Krieg auf N24.

Mittwoch,
1. Stock, rechts

Meine Frau ist verrückt geworden, denkt Justus und was er verdammt nochmal mit einer verrückten Frau soll. Isabell sitzt in der Küche und heult schon ganz schön lange vor sich hin. Zwischendurch stammelt sie Unverständliches in den Raum hinein und Justus hat es mit Zärtlichkeit und Umarmungen und etwas später mit Anschreien und am Arm zerren versucht. Isabell ist einfach sitzen geblieben, ungerührt von der Fremdeinwirkung und sogar als die Kinder kamen, ihre heulende Mutter am Arm zu berührten, irgendwie hilflos Trost aussendend, da machte Isabell einfach weiter mit dem Sitzen und dem Heulen. Justus sagt dann einen für seine Verhältnisse sehr klugen Satz: »Schatz, ich glaube dir geht's nicht gut ...« Und Isabell flennt weiter, heult und zittert. Sieht aus wie ein trauriger, autoaggressiver Epileptiker. Über Schlafmangel bestätigende Augenränder rollen Tränen. Nicht so gut. Aber dafür sehr.

Isabell möchte jetzt ihren Mann und ihre Kinder anschreien, von ganz innen heraus, dass ihr das hier alles zu viel wird. Dieser Haushalt, die Kindererziehung, diese sich täglich wiederholenden Abläufe, das herannahende Selbstbauhaus als Ruhestätte für die Ewigkeit. Und dann würde sie gerne noch sagen, dass sie ihre letzte Geburt für einen Fehler hält, dass das Kind nicht hätte entstehen dürfen, weil es so sehr viel Energie trinkt, wie keine Mutter auf der Welt haben kann. Und dann das immerwährende Gefühl, sich selbst und ihre Liebe aufspalten zu müssen, in vier gleichgroße Teile, und wenn einer mal mehr bekommt, sind die anderen böse, und es ist schwer auszuhalten, wenn Leute, die man doch zu lieben hat, auf einen böse sind. Und wenn sie ihre Liebe in vier gleichgroße Teile spaltet, dann ist sie selbst noch nicht mal mitinbegriffen. Ihr Leben sei entgleist, würde Isabell gerne sagen und es auch gerne ihren Kindern erklären. Ganz tief drinnen spürt sie auch das aufkeimende Wissen, den falschen Mann geheiratet zu haben, einen auf Dauer immer langweiliger werdenden Versicherungsfuzzi, der ihr Leben in ein langweiliges Einfamilienhaus am Stadtrand mit Garten hineinzubetonieren gedenkt, und Isabell selbst fühlt sich auf dieser Stufe von Bürgerlichkeit so unwohl wie ein Funsportler, dem in der Sekunde des Absprungs klar wird, dass sein Bungeeseil zu lang ist. Der Boden der Todsachen kommt immer näher und es wird *klatsch* machen, auf jeden Fall wird es derbe *klatsch* machen, und irgendjemand muss wieder die Reste fegen.

Aber Isabell traut sich nicht, diese ganzen Dinge zu verbalisieren. Würde sie das tun, es wäre, als würde man ein kleines Vogelnest, welches randvoll mit Liebe und Heimat gefüllt ist, mit einer Ladung Dynamit wegbomben. Sie erinnert sich während sie die Tränenfassade und dadurch auch ihre Unansprechbarkeit aufrecht erhält, an einen Sommer ihrer Kindheit, als sie so ungefähr zehn Jahre alt gewesen sein muss.

Es war ein Samstagnachmittag, wie es viele Samstagnachmittage gab. Sie stand da an diesem Loch, mit einem Spaten in der Hand, die Sonne strahlte ungebremst auf ihr Kinderhirn. Das Loch war sehr klein, fünf Zentimeter durchmaß es allerhöchstens und unerwünschte Wühlmäuse hatten es in den väterlichen Rasen gegraben. Dem Vater missfiel der wühlmäuseunterwanderte Rasen. Da er sich aber für schlau hielt, durchsuchte er die ganze Rasenfläche nach diesen Löchern, fand ungefähr sieben vor, gab auf fünf davon schwere Steine und in eins einen Gartenschlauch. Vor dem siebten Loch wartete nun Isabell, um allem herausgespültem Getier durch gezielte Schläge mit einem handlichen Spaten den Garaus zu machen. Der Vater hielt sich dann also am anderen Gartenende auf, winkte mit dem Gartenschlauch, den er dann penibel in ein Loch gleiten ließ, um ihn anschließend aufzudrehen. Isabell wusste ungefähr, was gleich geschehen würde, und ja, es geschah einfach so. Die erste absolut durchnässte, komplett orientierungslos wirkende Maus wurde aus dem Loch gewirbelt und als Isabell sie sah, kannte sie weder Mitleid noch Angst, sondern ließ den Spaten der Realität sausen, auch um das Glück und die Zuneigung ihres Vaters weiterhin zu gewährleisten. Die Maus zerplatzte mit einem schmatzenden Geräusch an der Unterfläche des Spatens. Ihr Vater hob den Daumen, als er seine Tocher agieren sah.

Weitere Tiere wurden angespült, orientierunglos und nass und Isabell ließ den Spaten weiter sausen. Fünfmal, sechsmal, neunmal, einmal sogar zerteilte sie ein Tier mit der Spatenspitze und hatte den Eindruck, der Vorderteil würde versuchen wegzurennen und Isabell hatte mittlerweile eine Mörderroutine entwickelt und hatte noch die Zeit, dem vermeintlich flüchtenden, abgetrennten Vorderteil der Maus, so wie auch dem verbleibenden und blutigen Hinterteil derselben noch jeweils einen platten Schlag zu versetzen.

Sechszehn kleine, nasse und haarige Kadaver lagen schon zu ihren Füßen. Mindestens sieben Minuten waren seit dem letzten Schlag vergangen und ihr Vater drehte das Wasser ab und kam zu ihr gelaufen. Er strahlte vor Stolz über das ganze Gesicht. Isabell dachte Wörter wie *Liebe* und *Taschengelderhöhung*. Es waren die verdammten Achtziger Jahre, da dachten Kinder tatsächlich in diesen Kategorien. Als der Vater dann das Opferloch erreichte, presste sich noch ein weiteres nasses Geschöpf an die Oberfläche. Ein Maulwurf war das, mindestens vier mal so groß wie die winzigen Mäuse, und er kroch mit wasserdurchtränktem Fell durch die für ihn viel zu enge Öffnung an die Grasoberfläche. »Bastardsau!«, brüllte der Vater und sein Kopf errötete sich und er musste nach Luft schappen. Der Maulwurf blickte Isabell an, ja er hatte tatsächlich Augen, die sie fixierten, und in diesem einen Maulwurfblick lag die ganze Jämmerlichkeit der Existenz von allem. Wahrscheinlich wusste er um seine Vergänglichkeit, schließlich trat er aus der Dunkelheit hervor und wurde mit einem Feld, auf dem 16 zerstampfte Leichen lagen konfrontiert. Und der Maulwurf blickte Isabell an und sie blickte ihn an und der Vater schrie »Schlag zu, Mädchen, schlag zu!« Isabell aber wurde starr, ihr Herz schlug zwar bis in ihr Hirn hinein, aber sie bemerkte nicht mal mehr, wie der Vater ihr den Spaten aus den Kinderhänden riss und den Maulwurf dumpf mit der Unterseite des Spatens konfrontierte. Sieben oder acht Mal. *Bastardsau* und andere Unflätigkeiten ausstoßend. Zurück blieb ein Haufen Maulwurfmatsch und eine Kinderseele in ähnlicher Konsistenz.

Dann ging er einfach weg, der Vater, und ließ die starre Isabell am Mäuseopferloch stehen, inmitten dieses Leichenfeldes, das sie selbst zu verantworten hatte, und dann kam die große Scham. Ja, Isabell schämte sich, schämte sich so sehr, dass ihr kleiner Kindermagen anfing zu rebellieren, und sie schwor sich, nie wieder Dinge zu tun, die ihr derart widerstreben wie das Beenden kleiner Mäuseleben mit dem Spaten.

Sie wurde dann Vegetarierin, hielt sich in linkspolitischen Gruppen auf, bildete sich humanistisch und fand das auch alles gut und richtig. Isabell formte sich heraus aus der bürgerlichen Existenz, die ihr von ihrem Elternhaus angedacht war, sie wurde ein ganz eigener Mensch, und der Massenmord, den sie begangen hatte, hatte definitiv damit zu tun, dass sie wurde, wie sie wurde.

Sie probierte dann mehrere Männer aus, bis einer kam, der ihr Herz erst voll und ganz einfing, um es dann kurzfristig zu flambieren, aber nur um es dann wie alte Kartoffeln zu pürieren. Da lag dann ihr Kartoffelpüreeherz am Boden der Unwiedergutmachbarkeit und dann kam Justus. Der war nicht sehr alternativ, aber er wusste, wo er hinwollte, und seine Liebe, so spürte es Isabell, die war echt. Und so fing sie an, sich selbst mit ihm zu betrügen, und plötzlich war da dieser Alltag, auf einmal waren da diese Kinder und Isabell in einem Leben gefangen, das sich so ähnlich anfühlte wie das Tötenmüssen kleiner Wühlmäuse.

Meine Frau ist verrückt geworden, denkt Justus immer noch und was er verdammt nochmal mit so einer verrückten Frau überhaupt soll. Er stellt sich dann vor, wie dieses Sofa, auf dem die beiden sitzen und wie am Leben unbeteiligte Benachteiligte in verschiedene Richtungen blicken, dass dieses Sofa seine Frau einfach verschlucken würde. Das Sofa würde dann Schmatzgeräusche von sich geben und die traurige, irgendwie verhaltensgestörte und vor allem formal unpassende Frau langsam und genüsslich zerkauen. Wenn das Sofa damit fertig wäre, würde eine neue Frau aus der Sofaritze gekrochen kommen, eine lustige Blumenpflückerliesel wäre das, so eine wie die Isabell früher immer gewesen ist, als sie noch gesünder war. Und diese neue Frau Blumenpflückerliesel würde dann die neue Isabell sein, die Kinder würden sich bestimmt schnell umgewöhnen und man würde endlich dieses Haus bauen, denkt Justus, dieses Haus, in dem alles ein gutes Ende fände. So ist der drauf, der Justus, der jetzt kurz die Augen schließt und sich während der Geschlossenheit seiner Augen wünscht, dass gleich die Frau verschwunden ist. Dann macht er die Augen wieder auf und er schaut sich seine Frau an, seine triste, von unnachvollziehbaren Gedanken heimgesuchte, kränkliche Frau, die sich Fertigbeton des hingestellten Lebens zu rütteln traut.

Die Kinder sind in ihren Betten und Zimmern (Paul träumt entsprechend seiner kindlichen Feinfühligkeit von Dunkelheit und einer möglichen Rückkehr in den Uterus von Isabell, Malte noch relativ normal von der Überforderung seines Mathematikunterrichts und einer seltsamen Wette, die ihn dazu zwingen wird, aus dem dritten Stockwerk der Schule zu klettern und einmal auf einer ungesicherten Balustrade um das Schuldach herumzubalancieren, weil es da so ein Mädchen gibt, das er mag, und er weiß, dass Gefahr interessant macht und Marie träumt von MC S und wie sie einen Kinderwagen durch Parkanlagen schiebt, in dem ein rappendes Baby liegt, und neben ihr läuft einer, den man aus dem Fernseher kennt, und man wird angestarrt, tut genervt, obwohl man es genießt ...).

Abends liegen dann Isabell und Justus so rum. So wie sie jeden Abend so rum liegen. Tschaikowsky-Tristesse klebt überall, obwohl nirgends auch nur ein Ton Musik zu hören ist. Da liegt sie also, die verrückte Frau, weint nun nicht mehr, starrt aber leidenschaftslos an die Decke und spricht kein Wort. »Bitte werd wieder normal«, denkt Justus und sagt »Jetzt reiß dich aber mal zusammen!« Isabell schweigt weiter, die Decke schweigt auch. Isabell weiß lediglich, dass wenn man sich auch nur ein einziges Mal als der verrückte Mensch, der eigentlich in einem wohnt, präsentiert hat, es dann immer weniger Mechanismen in einem gibt, die einen wieder funktionsfähig machen können für das, was die Leute *den gewöhnlichen Lauf der Dinge* nennen. Bist du einmal öffentlich verrückt, bist du erst mal offiziell entartet.

Isabell wird irgendwann müde und ihr fällt auf, dass sie die Geschichte der totgemachten Mäuse ihrem Mann noch nie erzählt hat, und ganz tief in sich spürt sie die Gewissheit, dass er sie eh nicht verstehen würde, dass das Gefühl der Schuld einfach wie ein Fahrradkurier in der Rushhour an ihm vorbeifahren würde.

Mittwoch,
2. Stock, rechts

Extra früh aufgestanden ist er heute, der Autor, um eventuell die Verrücktheiten der letzten zwei Tage frisch aus dem Kopf zu dokumentieren. Sich leerschreiben. Vielleicht kommt dadurch ja eine Idee zustande, die zu etwas Langfristigem taugt. Eventuell kann diese zufällige Aufreihung von Begebenheiten, die der Autor selbst *Leben* nennt, ja tatsächlich *Literatur* werden. Literatur ist ja immer auch der Versuch, mit den Verhältnissen klarzukommen, ohne auszurasten und sich oder andere (Schwerpunkt andere) umzubringen. Was Literatur können muss,ist dem Autor mittlerweile klar und er versucht sich vorzustellen, dass andere das auch wissen, und er versucht zu imaginieren, wie die, die wissen, was Literatur können muss, damit umgehen, und er versucht zu definieren, wie es den Leuten mit diesem Wissen geht und warum sie dann trotzdem alle belanglosen, einfältigen und uninteressanten Mist zwischen ihre Buchdeckel drucken lassen.

Er überlegt kurz, ein Buch zu schreiben, in dem es um Autoren geht, die sich schlecht fühlen, aus irgendeinem Grund, die plötzlich die Belanglosigkeit von allem erkennen, überfallen werden vom großen Wahnsinn des Desinteresses ihrer eigenen

Gedanken und die deswegen, wie er jetzt auch schon seit geraumer Zeit, vor ihrem Computer dahinrotten. Es könnte so eine Art Ratgeberbuch werden, in dem der Autor das Problem des Kunstmachens an sich dem *Kunstmachenmüssen* aus finanziellen Gründen gegenüberstellt. Verleger, Leser, Literaturkritiker, sie alle warten auf irgendwas, sie alle stellen Forderungen und dann kommen Banken, Versicherungen und Vermieter und stellen ganz andere Forderungen und innerhalb dieser Forderungen soll mal einer Kunst machen, die sich auf einem Level abseits dieses zwanghaften Lebens bewegt. Diese Aufgabe kann einen tagelang *Computeranstarren* machen, weiß der Autor und starrt seinen Computer an. Er verwirft dann die Idee des Ratgeberbuchs für Autoren, weil er seine Gedanken nach kurzer Zeit des Überdenkens für belanglosen Scheiß und er sich selbst auf keinen Fall für einen ratgebertauglichen Autor hält.

Er öffnet ein Dokument, starrt rauchend auf das digitale Weiß und schaut sich dann diverse Interviews von Menschen, die er mag, auf *Youtube* an. Von ihm selbst gibt es da wenige Interviews, was manchmal wohl daran liegt, dass er gerne andere Leute, selten aber sich selbst gerne reden hört. Er fühlt sich schon als jemand, der wichtige Dinge zum Alltagsgeschehen und Meinungen zu speziellen Debatten absondern könnte, aber er *muss* das ja nicht tun, denn diese ganzen Meinungshaufen, die überall abgesondert werden, die machen die Welt auch nicht zu einem besseren Ort. Und dem Autor ist außerdem im medialen Wettstreit der Meinungsabsonderei aufgefallen, dass je lauter angebliche Menschen von angeblicher Wichtigkeit ach so aufgedunsene Slogans vor sich herbrüllen, desto weniger verändert sich irgendwas in genau diesem Punkt.

Die öffentliche Meinung ist hart irrelevant geworden, weil diese ja auch nicht mehr von den Leuten selbst entwickelt wird, sondern weil sie durch angeblich gut aufgeklärte und partei- und lobbylose Medien in vor sich herwabernde Flachbildschirmgehirne gegossen wird, fällt dem Autor auf und hört jemandem zu, der über die zerstörenswerte Architektur von Zürich spricht. Auch interessant. Und der Typ meint das wirklich ernst, er will die Niedlichkeit dieser Schweizer Metropole mit ein wenig Bombenwerk zersetzen, weil er das, was er da erlebt, für viel zu eng hält, um es gut finden zu können.

Kaffee, Kippen, Emails, irgendein alter Keks, der noch so rumlag und noch so zu schmecken imstande ist, wie man es ihm optisch nicht mehr zutraute, ach, das Leben ist schön, denkt sich der Autor und prokrastiniert sich im Internet ein Versteck vor der Wichtigkeit der Dinge zurecht. Und die wichtigen Dinge, allen voran die gute Idee für den brillianten Roman, der noch demnächst zu schreiben sein wird, kreisen um ihn wie apokalyptische Reiter.

Da sind Rechnungen zu bezahlen, da sind Verträge einzuhalten, da sind bürokratische und finanzielle Aspekte zu berücksichtigen, weiß der Autor, all dieser Scheiß, der zu tun ist, der lenkt von wirklich gutem Sprachgebrauch ab.

Eine halbe Stunde, vier Zigaretten und zwei Tassen Kaffee später ist dem Autor immer noch nichts eingefallen, was sich lohnen würde, aufgeschriebener Gedanke zu werden, und so nimmt er seine Jacke, steckt Kippen und Schlüssel ein und geht spazieren. Ja, die frische Luft, die vielgepriesene, die tut erstmal gut, und der Autor raucht. Der erste

Zug einer frisch entflammten Kippe ist immer der Schönste. Er läuft, ohne wirklich zu wissen, warum, sein Kopf ist voll von destruktiver Belanglosigkeit und der Autor lässt die Gedanken schweifen.

Er sieht einen bettelnden Obdachlosen ohne Zähne und Zukunft und denkt *Oben ist immer noch unten genug*. Er sieht einen studentischen Aushilfshipster im Straßencafé sein Macbook volltexten und denkt *Jede Form von Kunst soll ja den Künstler in eine bessere Fickausgangsposition bringen.* Er sieht eine Horde besoffener Punks sich noch besoffener machen und denkt *Der Autor von Mein Kampf und sein leicht zu begeisterndes Publikum.* Er geht an einem weiteren Straßencafé vorbei und aus den Boxen läuft da diese Musik, die den Mittelstandskids die vermaledeite Sehnsucht in die Herzen pflanzt aus einer miesen Gegend zu kommen oder zumindest eine schlechte Kindheit gehabt zu haben oder zumindest jemanden zu kennen, der eine solche vorweisen kann. Er sieht hippe Werbefuzzis in Telefone kryptisches Zeug labernd aus Agenturen hetzen und denkt das Wort *Designawarddesigner*. Irgendjemand muss ja auch sowas machen.

Dann steht er irgendwann vor einem Buchladen, so einem von einer großen Kette, und da er sich grad ein wenig vom Leben erniedrigt fühlt, will er gucken, ob seine Bücher in diesem Laden vorhanden sind. Eigentlich stehen die Chancen dafür nicht sehr gut, denn diese großen Buchhandelsketten halten für gewöhnlich nicht viel von diesen kleinauflagigen Independentproduktionen, die der Autor abliefert. Er geht durch die Glastür, Bücherregale glotzen ihn an, er glotzt zurück, lässt das irrelevante Bestsellerregal links liegen und taumelt zum Regal, auf dem *Taschenbücher A–Z* steht.

Außerdem ist mal wieder Zeit für das Aufkleberspiel. Viele im Buchladen herumliegende Dinge, die tun, als wären sie von hochgradiger Kulturrelevanz sind mit entsprechenden Aufklebern gekennzeichnet. Da steht dann *Kultbestseller, Joschka Fischer empfiehlt* oder *Ich hab mich schlappgelacht, Hera Lind* drauf. Diese Aufkleber sammelt der Autor, klebt sie auf seine Geldbörse, um sie nach Hause mitzunehmen. Andere widerrum klebt er auf andere Bücher, die ihm persönlich als wichtig erscheinen. Er entdeckt seine eigenen Bücher, hat schon zwei gesammelte Aufkleber, auf denen *Harry Rowohlt sagt: GEILER SCHEISS* und *Das beste deutsche Gegenwartsliteraturbuch seit es Gegenwart gibt.* Er platziert sie auf das Cover seiner Bücher, auf denen für gewöhnlich kein einziger Aufkleber auftaucht. Immerhin aber steht sein Buch im Regal, um in Konkurrenz mit dem anderen Kulturdreck zu stehen. Das stimmt den Autor fröhlich und ein gar lustges Lied pfeifend geht er in die dröhnende Stadt.

Und ja, und wie die Stadt dröhnt, sie dröhnt so sehr, dass sie sich vor jeder möglichen Inspiration sträubt. Über die Stadt zu schreiben kommt dem Autor vor, wie die Definition eines unförmigen Monsters, das bedrückt von Krankheiten und Kummergedanken einfach so daliegt, in einer Ecke, und demjenigen, der in ihr wohnen will, Sehnsucht verkauft. Das ist alles so abstrakt. Diese Stadt ist ein Dschungel und das Leben darin irgendwie unnatürlich, findet der Autor. Ein Monster, das nie schläft, immer hat es mindestens ein Auge auf und immer hofft es auf Möglichkeiten.

Der Autor geht in den nahegelegenen Park, zuvor hat er sich zwei Dosen Bier und zwei Brötchen am Kiosk gekauft.

Ein lächelndes Mädchen geht mit einem Hund an der Leine vorbei und das Bier schmeckt vorzüglich. Was ist dies doch für ein goldener, unbeschwerter Tag. Ein schmuddeliger Pfandflaschensammler schleicht, einen Einkaufswagen voller gesammelter Dinge vor sich herschiebend, vorbei. Der Autor grüßt, der Mann hält an, kommt zur Bank gelaufen, erzählt seine Lebensgeschichte während des zweiten Bieres, darf dafür beide Dosen mitnehmen. Typischer Absturz, denkt der Autor, nicht für einen Roman geeignet. Welche Geschichten eignen sich überhaupt zum Aufschreiben? Was ist relevant, was vollkommen unwichtig? Aus welcher Perspektive kommt das Leben am besten aus Buchseiten gekrochen? Soll man jemanden erzählen lassen oder soll man über jemanden erzählen? Der Autor spürt ein wenig Druck in der Magengegend, wenn er daran denkt, ein Exposé abliefern zu müssen, das seinen kritischen Verleger überzeugt. Irgendwo in der Welt lauern doch Geschichten, denkt der Autor und nimmt sich vor, diesen Tag so lange zu trinken und zu rauchen, bis die passende Geschichte sich selbst aus der Welt herausschält, zu ihm kommt, sich in seine Hände begibt und innerhalb der nächsten Wochen geschmeidig in seine Tastatur fließen kann.

Der zottelige Pfandsammler zieht weiter, nimmt noch zwei Zigaretten mit und macht sich auf den Weg zum nächsten Mülleimer. Wie kaputt die Welt doch ist, denkt sich der Autor, da kommt also ein ehemaliger städtischer Verwaltungsangestellter in einen kleinen Spielsuchttrieb, erkennt nicht seinen Hilfebedarf, verliert die Frau, die die Kinder mitzerrt, verliert dann sein Haus und die Sucht hat sich erst von selbst geheilt, so sagte er, als gar nichts mehr da war. Da hat er die Sinnlosigkeit der angeblichen Wichtigkeit erst gecheckt, hat er gesagt, der Mann und des Autoren Zigaretten weggedampft. Eine schöne Geschichte, und wäre der Autor jemand, der fremde Gesichten in sich aufsaugt und daraus Schicksalsromane schreibt, er hätte sich die Geschichte irgendwo hinnotiert und daraus eine Geschichte gemacht. Der Autor steht auf, geht in die andere Richtung, in die der Pfandflaschenmann gegangen ist, umsehen, mehr Bier kaufen, auf Ideen warten, irgendwas muss doch passieren.

Handyvibrationsalarm. SMS von Dethmar. »Wortschwein. Heute saufen? Es ist ein guter Tag, die Willkür von seinem Leib kosten zu lassen.« Dethmar, auch so ein Lebenskünstler. Der Autor kennt ihn seit ungefähr sieben Jahren. Saufbekanntschaft. Seitdem geht man regelmäßig irgendwo trinken und jubiliert, wenn man einander begegnet. Kurz vor einer wirklichen Freundschaft biegt man aber immer wieder ab, weil der jeweils andere dann doch zu unverständlich ist und zuviel Unsicherheit in das eigene Leben brächte, würde man ihn in alles, was einen so bewegt, hinein ziehen. Dethmar ist Musiker, Gitarrist in einer antifaschistischen Hardcoreband. Sowieso ist an Dethmar so gut wie alles politisch. Aber auch irgendwie klug. Dethmar ist nicht sehr hübsch, ihm fehlt ein Vorderzahn und seine Kopfform und Gesichtsoberfläche lassen eine Tür Richtung *Downsyndrom* offen. Aber Dethmar ist klug, er ist gehirnmäßig stark in der Menschheitsgeschichte involviert, kennt sich in der Historie von Europa maximal gut aus, ist kunstaffin, weiß, wie Musik zu klingen hat, um ihr das Prädikat zeitlos an die Plattenhülle zu tackern, und ist auch sonst gern lebendig. Ab und zu prügelt er sich, wenn ihm jemand quer kommt. Meist sind es Neonazis, Sexisten und Leute, die denken, sie hätten jemanden zum leichten Prügelspaß gefunden, die er mit seiner Faust aufspaltet. Dethmar kann irgendeine Art von asiatischem Kampfsport, welche genau, hat der Autor vergessen.

Eine Stunde später ist man bereits dabei, in rasantem Tempo gemeinsam das dritte Bier zu leeren. Gut, dass man in dieser Bar rauchen darf, also rauchen sich Dethmar und der Autor locker die Existenz kürzer. Hausfrauentreffs, Kegelclubassis, Golffahrer, Fleischereifachangestellte, Studenten, Punks und in einer Ecke sitzen drei Typen, die aussehen, als würden sie für gewöhnlich ihr Bierglas gleich mitessen, wenn sie saufen gehen.

Dethmar erzählt von einem Gig mit seiner Band. Kürzlich waren sie auf Osteuropatour durch Polen, Rumänien, Ungarn, Slowenien, Bulgarien und Tschechien. »25 Gigs in 30 Tagen«, sagt Dethmar zwischendurch immer wieder, weil er langsam immer besoffener wird. Und die Leute, die er da getroffen hat, die wären so wundervoll, gibt Dethmar zu Protokoll, so hart wundervoll wären die und so dankbar, dass mal einer kommt und ihnen die Barracken mit Hardcorepunk zupflastert. »25 Gigs in 30 Tagen«. Hoch die Tassen. Verdammt, kann so ein Leben Qualität haben.

Dethmar bestellt dem Autor und sich Schnaps, so einer, der den Magen in Brand setzt, trotzdem aber stimmungsaufhellende und beruhigende Wirkung mit sich bringt. Autor und Dethmar trinken weiter und tauschen ihre Leben aus. Dann: Geschrei. Herkunft: irgendwo in der Ecke, wo diese harten Kirmesprolls abhängen und sich in rasantem Tempo zusaufen. Bellinda, die afrodeutsche Kellerin, stolpert verstört durch den Raum. Direkt auf Dethmar zu. In der betreffenden Ecke tierisches Geschrei, das mit Worten wie *Niggerbraut* und anderem rassistischen Durchfallgedanken gedüngt ist. Bellinda und Dethmar umarmen sich kurz und der Autor sieht, wie sie ihm etwas ins Ohr flüstert, woraufhin sich sein Gesicht animalisch verfinstert. Umgehend steht er vom Barhocker auf, und ich weiß, was jetzt kommt.

Dethmar zeigt auf einen der Typen, einfach nur mit dem ausgestreckten Zeigefinger. »Bist du scheiße, Typ? Geh aus der Lampe«, krakeelt der, auf den der Finger deutet. Der Typ wirkt, als sei er professioneller Entbeiner in einem Schlachtbetrieb. Sein Körper scheint aus Mett und Wurst zu bestehen und sein rotes Pfannkuchenspeckgesicht schließt die Sache auch nicht mit einem positiven Ergebnis ab. Der von Dethmar mit dem Finger Bezeigte steht dann auf und geht zu ihm, ganz langsam, in einer Hand hält er einen Bierkrug. »Entschuldigen Sie«, sagt Dethmar leise, aber immer noch so laut, dass auch ich ihn verstehen kann, »haben Sie eben diese Frau dort drüben *(er deutet auf Bellinda)* mit rassistischen Äußerungen belegt?« Der Typ ist fast einen Kopf größer als Dethmar und baut sich schrankwandartig vor ihm auf. »Was hab ich belegt?« Der Entbeiner hebt seinen Bierkrug auf Höhe von Dethmars Kopf, schaut ihn angewidert an und trinkt einen Schluck. »Sag mal, Typ, willst du Ärger machen, nur weil ich der Niggerschlampe gesagt hab, sie soll sich mal mit dem Bierbringen beeilen?« Dethmar lächelt. Bellinda steht neben mir und hat eine Hand auf mein Knie gelegt. »Das is voll der Nazifreak«, flüstert sie und der Autor nimmt ihre Hand und drückt sie sanft. »Da scheint aber etwas in ihrer Bildung schiefgelaufen zu sein«, sagt Dethmar bestimmt, »das Wort *Niggerschlampe* ist nicht lustig, es ist eine rassistische Beleidigung, die ich keinesfalls bereit bin zu dulden.«

Immer wenn Dethmar so spricht, wie er jetzt spricht, dann hat er diese Ruhe in sich, weiß der Autor, nimmt einen Schluck von seinem Bier und genießt die Show. »Ey, halt die Fresse, Typ, oder ich ramm dich in Boden!« brüllt Dethmars Gegenüber schwer gereizt und begibt sich in eine Art Kampfstellung. Seinen Bierkrug hält er immer noch fest. Dethmar schüttelt den Kopf. »Sie und Ihre Dummheit machen mir keine Angst. Aufgrund ihrer Unfähigkeit, Rassismus von gesunden Gedanken zu unterscheiden und aufgrund meiner gründlich durchdachten Grundaggression, die ich gegenüber tendenziös faschistischen Geschöpfen wie ihnen pflege, bin ich nunmehr gezwungen, ihnen Verletzungen zuzufügen, die sie zwar nicht umbringen werden, aber von dadurch transparent gemachten Schmerzen erhoffe ich mir zumindest ein Überdenken Ihrer und meiner Position.«

Ob der Typ dann seinen Bierkrug eigenmotiviert fallen lässt oder ob das passiert, weil Dethmar mit zwei bis drei Schlägen, die wie ästhetisches Kung Fu aussehen, auf ihn einwirkt, ist in der Geschwindigkeit der Schlagabfolge nicht auszumachen. Der Autor sieht nur, wie der Typ plötzlich unter Dethmar liegt, der ihm den rechten Arm in einem schmerzverstärkendem Winkel auf den Rücken dreht. Dann macht Dethmar irgendwas mit den Fingern des am Boden liegenden Hilflosen und es hallt kurz ein Geräusch durch den Barraum, das wie das Zerbrechen kleiner Äste klingt, und der Typ schreit vor Schmerz schrill und mädchenhaft auf. Dethmar drückt ihm gleichzeitig sein Knie in den Rücken. Die anderen Prolls sind aufgestanden, trauen sich aber nicht einzugreifen. Man sieht ihr Zögern in den Augen, ihre Angst vor Schmerz, ihren eigentlichen, unartikulierten Weltschmerz, und ihre aufkeimende Angst ist zu Gast in irre blinzelnden Augen, die in Gesichtern sitzen, die sich einen Restgrad an Coolness wünschen. »Sie und Ihre Kameraden werden jetzt dieses Lokal hier verlassen«, sagt Dethmar eindringlich auf den wimmernden Fleischberg herunter, auf dem er kniet und nochmal dessen Arm anzieht. »Jaja, is ja gut«, wimmert der Typ.

Die Gäste in der Bar haben einen Halbkreis um den Konfliktherd auf dem Boden gebildet und Dethmar lässt langsam von dem Nazifreak ab. Bellinda hat sich immer näher an den Autor gedrückt, der jetzt ihre Hüfte umarmt. Der am Boden Liegende rafft sich langsam auf, Tränen füllen seine Schweinsaugen. »Das wird ein Nachspiel haben, Drecksau«, sagt er und deutet mit der Hand, an der ihm keine drei Finger angebrochen wurden, auf den grinsenden Dethmar. Die Typen schleichen jetzt aus ihrer Ecke, legen Bargeld auf den Tisch und verpissen sich langsam durch die Bartür. Dethmar kommt zum Autor und Bellinda und umarmt beide kurz, bestellt drei Schnäpse, die sich der Autor, Dethmar und Bellinda schweigend reinziehen. »Was ist, wenn Nazifreak draußen wartet?«, will Bellinda wissen. Sie klebt immer noch am Autoren, der es genießt, für einen antifaschistischen Schutzwall gehalten zu werden. Dethmar winkt ab. »Nee, das Rotzpack ist weg, davon geh ich aus.« Sie trinken weiter, als ob es diesen Vorfall nie gegeben hätte, so als sei Dethmar kurz auf dem Balkon rauchen gewesen oder als ob er Müll vor die Tür gebracht hätte, was der Autor für eine weitaus treffendere Metapher hält.

Eine Durchschnittsperson verbringt zwei Wochen ihres Lebens mit Küssen. Der Autor mag es, Statistiken zu überbieten. Bellinda auch. Ihre Zunge wickelt sich um das Gesicht das Autoren und Dethmar beginnt nach sieben Wodka innerhalb von fünf Minuten wieder auszusehen wie etwas angeschossenes Abgeschossenes, und dann dreht er sich auf dem Barhocker um und brüllt: ICH HABE EINE SUCHTERKRANKUNG – ASOZIALE DRUCKBETANKUNG …« Es klingt, als brülle er einen ernstgemeinten politischen Slogan, der sein Umfeld von seiner Meinung überzeugen soll.

Als der Autor am nächsten Morgen mit dem Kopf auf Bellindas Arsch erwacht, ist er irgendwie glücklich. Drei Kondome liegen auf dem Bett, nur zwei davon wurden benutzt, irgendwann forderten die harte Nacht und der Alkohol ihren Tribut am Körper des Autoren, und er schlief einfach ein. Sofort nach dem Aufwachen denkt er aber an den zu verfassenden Text, vielleicht ein antifaschistisches Heldenepos über so einen guten Menschen wie Dethmar. Diesem Mann sollte er tatsächlich ein Denkmal setzen, überlegt der Autor. Eines, das so hoch ist, das jeder Scheißtyp es sieht, und die ganze Schlechtigkeit wird mit der Macht dieses Denkmals aus der Menschheit gebürstet wie Dreck aus Pferdehaaren. Ja, so ein Denkmal wäre das, ein alles überstrahlendes Glanzbild eines ganz besonderen Kämpfers und Trinkers.

Bellinda schläft auf dem Bauch. Sie atmet gleichförmige flache Züge. In ihrem weichen, kissenförmigen Arsch, ein Gesichtsabdruck des Autors. Es vergehen ein paar schöne

Augenblicke und alles ist irgendwie konstant wunderbar. Man hat sich geeinigt, sich hier zusammenzufinden, ein paar äußerst glückliche und vor allem unkomplizierte Momente aufzureihen und dann durch den offiziellen Ausgang ins gewöhnliche Leben zurückzukehren.

Der Autor spielt mit Bellindas Haaren und ist glücklich darüber, so ein Leben, wie er es führt, führen zu können. Wieviele da draußen werden doch von ihren Leben geführt, ja vorgeführt gar, wie ein paar passive Brocken Fleisch in der Metzgereiauslage. Und wenn man wie der Autor die Zeit hat, sich Zeit zu nehmen, dann sollte man das tun und den Tag mit dem Verwuseln fremder Haare beginnen.

Mittwoch,
2. Stock, links

Jajaja. Sie kommt. Es klingelt. Martina. So wie jeden Mittwoch. 18 Uhr. Martinas Pünktlichkeit fasziniert ihn jedes Mal erneut.

Eigentlich ist da eine Menge Hass, der aber von einer Menge Geilheit aufgewogen wird. Es wird nicht viel geredet, warum auch? Und worüber? Übers Wetter oder über das vor sich hindümpelnde Leben? Martina ist niemand, mit dem man spricht. Martina ist jemand, mit dem man fickt. Und zwar nicht auf diese ausgelassene, fröhliche, schöne Tour, sondern auf eine, die lediglich dem schnellstmöglichen Verlust von Samen im Unterleib einer Frau dient.

Manuel öffnet die Tür. Seine dankenswerterweise vorhandene Zuckerschönheit steht ihm hilfreich zur Seite. Er guckt aus leicht verquollenen Augen zur Tür heraus und sieht das geilheitsversprechende Geschöpf, welches er sogleich durch die Tür zieht. Martina ist etwas langsam. Mit einer Drehung bugsiert Manuel sie auf das Sofa, wo sie sich sofort die Stiefel auszieht. Nein, es sind keine Stiefel, nur ausgelatsche Sneakers, egal. Ihr die Hose von den Beinen zu zerren macht immer Mühe. Martina trägt immer enge

Hosen. Nachdem das erledigt ist, lässt er zunächst seinen Kopf auf ihren Oberschenkel fallen. Hass und Selbstekel steigen auf. Geilheit aber kontrolliert die Szene und auch er schält sich aus seiner Jeans. Martina atmet schwer und Manuel schließt die Augen. Er will sie gar nicht sehen, will sogar, dass sie verschwindet, will diese Peinlichkeit nicht, wenn sie nach ihm greift und ihre rauen Hände auf ihm zum Erliegen kommen. Raue Hände findet Manuel wirklich schlimm, und er gibt Martina, die für diesen Zweck auf dem Beistelltisch gelagerte Handcreme. Sie reibt sich ihre Hände damit ein, dann beginnt sie, seinen Schwanz zu stimulieren. Der *Handjob* fühlt sich wirklich wie Arbeit an, zumindest für ihn, den Bedienten. Manuel fühlt inzwischen mehr Peinlichkeit als Geilheit, aber die Konsequenz der Stimulanz lässt sein Geschlechtsorgan in einer Art und Weise reagieren, wie es für einen bevor stehenden Sexualakt von Nutzen wäre. Plötzlich aber …

… hört Martina auf mit dem Penisgeschiebe, macht große Kuhaugen, gibt gleichzeitig ihrem Gesicht eine entenartige Form, jedoch mit unrhythmisch zuckendem Schnabel, und lässt ein paar Tränen da. Blubb, blubb, blubb, da kommt das Salzwasser aus ihrem Gesichtshaufen getröpfelt, erst ganz langsam und dann weint sie immer schneller. Manuel hört nur ihr leise aufkeimendes Geschluchze, das langsam zu einem konstanten Geweine wird, dann wird es immer lauter und heftiger, und Manuel, der im Moment kein Gefühl außer Ekel, Peinlichkeit und das nicht Vorhandenseinwollen seiner Selbst fühlt, weiß, was jetzt nötig wäre, um sie zu beruhigen. Er könnte sie umarmen. Ja, das könnte er tun, ihr Leid durch vorgeheuchelte Nähe mildern. Was aber sollte das jetzt bringen? Und vor allem: wie falsch wäre das? Manuel ist genervt, sieht Martina in die verwässerten Augen und weiß keine Worte, die diese Situation zu etwas Unpeinlichem umgestalten könnten. »Ich ... ich ... ich kann das nicht mehr«, röchelt Martina durch die Tränenfront, »nicht mehr so ohne Gefühl ...« Manuel weiß genau, was sie meint, er lässt von ihr ab, mental lebt er eh schon auf einem anderen Planeten, aber jetzt distanziert er sich auch körperlich und sieht sich das an, was da vor ihm hosenlos in der Sofaecke kauert.

... und dann schält sich die verdammte Wahrheit aus der eigentlichen Verblendung ... Martina wiegt mindestens 150 Kilo, sie schwitzt, ihre Gliedmaßen sind zu kurz, sie macht einen komplett grotesken Eindruck, und diese Frau in dieser offensichtlichen Hässlich- und nicht zu übersehenden Unförmigkeit, die wagt es nun, *ihn* zu verprellen. Für Manuel geht das gar nicht klar. Er sucht Worte, findet nur Hass, am meisten auf sich selbst. Also sagt er lieber nichts, weil er merkt, wie er emotional wackelt, weil ein augenscheinlich viel schwächerer Mensch ihm den Laufpass gibt. Martina zieht sich langsam an, Manuel schweigt weiter, weiß nicht mehr, wohin, weiß nicht mehr, was zu sagen ist, hält einfach die Fresse und daran fest, dass es anschließend irgendwie weitergeht. Wenn sie erstmal weg ist, wird sich schon ein Weg zeigen, irgendwo wird sich eine Lücke auftun, wenn Martina erstmal verschwindet, die liebgewonnene (und trotzdem hart verhasste) Mittwochsnummer mit der dicken Frau wird er schon irgendwie kompensieren können. »Zieh dich an«, sagt er dann, so sanft, wie es ihm möglich erscheint. Eigentlich schreit er es durch den Raum, dass sogar der stummen Lisa, die unter ihm wohnt, ein spontanes »Hä?« aus dem Gesicht fällt.

Martina schleppt sich dann, wohl noch in Erwartung irgendwelcher zu äußernden Restgefühle, zur Wohnungstür, und zwar so langsam es geht. Sie wirkt wie ein angeschossenes Nilpferd und dann geht die Käfigtür auf und sie ist fast froh, als sie durch die Tür nach draußen gehen kann und den jämmerlichsten Haufen Mensch zurücklässt, den jemals irgendwer zurücklassen können wird.

Manuel will weinen. Klappt aber nicht, weil da nichts ist, was die Tränen rausdrücken könnte. So bleiben sie im Kopf die verdammten Tränen und machen ihn schwer. Und die Schwere setzt sich in ihm fest. Will bleiben. Wie macht man sie weg, die Schwere, fragt sich Manuel, mitten in der Güllegrube stehend, die er sein Leben zu nennen hat. Er fühlt sich wie etwas, das langsam im Sumpf versinkt und gleichzeitig wie ein Playmobilmännchen in der Mikrowelle, das langsam vor sich hinschmilzt.

Mittwoch,
abgefuckte Dachgeschosswohnung

Und der Mann kratzt sich da, wo mal sein Gesicht war, und die Mikrowelle sagt *pling* und so ein bisschen fällt wieder sein Herz aus, zumindest für einen Schlag bleibt es auf der Strecke, weil der Mann, der nie die Tür öffnet, seit kurzem doch ein wenig Einsamkeit empfindet.

Vorhin stand da auf einmal dieses Mädchen vor der Tür, die kleine Lisa von unten, die er einst auf dem Dach traf und der er gesagt hatte, sie solle nie wieder sprechen, weil Sprechen doch eines der missverständlichsten Dinge auf der Welt sei. Ja, eigentlich hat er damit geholfen, das Mädchen Lisa nicht an der Welt derer, die an der Welt vorbei reden teilhaben zu lassen. Dann war das Mädchen bei ihm in der Wohnung und irgendein imaginärer Freund von ihr namens Jesus, den der Mann, der nie die Tür öffnet, nicht unbedingt mochte, weil er sich zwischen das Mädchen und ihn drängte. Hilfesuchend starrte die kleine Lisa ab und an ins Leere, und dieser Jesus-Typ schien ihr zu antworten, oder sie zu beruhigen. Aber alles in allem hatten sie doch einen wunderbaren Nachmittag. Und dann hat er wieder diese Dancefloor-Musik aus den 90ern angemacht und war dann eine Spur zu glücklich für sein Empfinden.

Jetzt aber sitzt der Mann, der nie die Tür öffnet, da und vermisst was. Dieses Ding mit der Gesellschaft, dessen er sich jetzt jahrelang verschlossen hatte, das könnte ruhig wieder passieren. Aber dann befühlt er seine Gesichtsruine und merkt, dass da keiner mehr reingucken mag, zumindest keiner, der sich anschließend freuen möchte. Der Mann, der eigentlich nie die Tür öffnet, steckt sich Mikrowellenessen in seine verätzte Gesichtsimitation und kaut und sinniert und sinniert und kaut. Das Mädchen hat ihm Mut gemacht, ja, es hat etwas in ihm ausgelöst, was lange nicht da war, die Neugierde auf Soziales. Hier hat er seine paar Quadratmeter Asoziales Wohnen, da draußen findet der Rest der irdischen Quadratmeteranzahl seit Jahren ohne seine Mitwirkung statt. Er fragt sich, ob er diesen Umstand ändern soll und wem das was bringt. Wenn man seit Jahren so sozial isoliert wie der Mann, der nie die Tür öffnet, lebt, dann stellt man sich diese Fragen. »Ich will handeln, wem bringt das was?«, fragt er sich, und langsam kommt da diese Erkenntnis in ihn, dass er doch tatsächlich was verpasst in diesem Leben, wenn nur er selbst sein bester Freund ist. Und *bang* kommt da auf Kinderbeinen eine Entscheidung hergerannt, so eine, die aus der Ferne total verwackelt aussieht, wie ein gehbehindertes Mädchen mit sieben Wodka zuviel im Blutkreislauf. Aber dann kommt es näher und da kommt so ein Druck in den Mann, der nun endlich die Tür öffnen wird und er entscheidet sich, heute endlich mal rauszugehen, die Welt mit seiner Anwesenheit zu schmücken.

Schneller als schnell ist er dann komplett bekleidet, der grüne Adidas Jogginganzug muss genügen, und er steht an seiner Wohnungstür. An der Stelle, wo es um sein Gesicht besonders schlimm bestellt ist, legt er einen Schal drüber, irgendwo findet er noch einen alten brauen Cordhut und denkt sich, nun sei er ausgestattet für diese Welt da draußen. Und er öffnet die Tür, stürmt hindurch, schließt sie euphorisch hinter sich und fühlt, dass er irgendwas Bösartiges zurücklässt, was sich von seiner Existenz ernähren will. Auf der Flucht vor der Vergangenheit, einen Asylantrag für das Restleben in der Tasche, so stolziert der Mann, der jetzt grad die Tür geöffnet hat, durchs Treppenhaus.

Vor den Wohnungen im 2. Stockwerk liegt immer noch Müll herum. Der Mann, der nie die Tür öffnet, erkennt, dass es auch anderen Menschen so geht wie ihm, Müll ist überall, Müll scheint die Maxime der Gesellschaft zu sein. Er steigt über einst geleerte Getränkebehältnisse und Essensreste und geht weiter hinunter. Im ersten Stockwerk hört er Kinderweinen und eine Frau schreien, einen Mann reden und sonst irgendwie große Leere. Schnell da durch, bevor diese Leere von ihm Besitz ergreift, denkt der Mann und fühlt sich wie etwas auf der Flucht. Aber Rausgehen fühlt sich auch wie Rückenwind an und das ist erstmal gut. Der Mann, der nie die Tür öffnet, hat sich vorgenommen, nicht nur seine Tür, sondern auch sein Herz einen Spalt zu öffnen. Warum nicht, was kann schon passieren?

Im Untergeschoss stinkt es, als sei jemand gestorben. Da der Mann, der nie die Tür öffnet, sich aber in einem ähnlich miserablem Hygienezustand befindet wie halbwegs verwesende Leute, fällt ihm das positiv auf. Außerdem spürt er eine hohe Dosis Leben in sich, weil er den Kontrast zu etwas im Prozess der Verwesung dahinrottenden und sich selbst fühlt und geht weiter, spürt, dass seine Beine von selbst den Weg aus dem Haus fordern, seinen Körper mitreißen, er fühlt sich die Haustür aufreißen, spürt sich im Verkehrslärm stehen und schließt die Augen, um diesen Moment des Ausbruchs noch tiefer in sich reinzulassen.

So steht er da, ein wenig wie ein störendes Mahnmal, welches ein überaktiver Künstler einfach so auf den Bürgersteig gestellt hatte, weil er dachte, da muss ja eh jeder vorbei, also wird auch jedem Vorbeieilenden die Mahnpower des Mahnmals bewusst werden, aber eigentlich regt sich nur jeder drüber auf, dass dieses Ding da steht und die Geschwindigkeit des Alltags reduziert. So ein Mahnmal mahnt dann an den falschen Orten und hat die falsche Zielgruppe und der Künstler denkt dann trotzdem, er habe alles richtig gemacht. Scheiß Künstler.

Der Mann, der nie die Tür öffnet, steht dann also da, stumm, in seinem grünen Adidas-Jogginganzug und halbwegs vermummtem Gesicht und breitet wie ein Engel auf Epik seine Arme aus, die ganze Energie der Welt aufsaugend. »Ey, du Penner, geh aus'm Weg«, sagt dann eine uncharmante Stimme und der dazugehörige Körper rempelt ihn an. Der Mann, der nie die Tür öffnet, macht einen Ausfallschritt. Weitere Leute rempeln ihn an. Alle kommen aus irgendwelchen Geschäften. Unweit von ihm kreischt auf einmal ein Mädchen einen entsetzlich schrillen Ton durch die Fußgängerzone. Der Mann, der nie die Tür öffnet, hat lange nicht derartige Geräusche vernommen. Er macht dann die Geräuschquelle ausfindig, und es handelt sich dabei um ein adipöses Mädchen, dass in sein Gesicht zeigt und diesen schrillen Ton ausstößt. Neben ihr stehen weitere unsportliche Mädchen und gucken ausschließlich angewidert. Ja, er ist gemeint, wird dem Alien bewusst und er entdeckt, dass sein Gesicht frei liegt und unfreiwilligerweise Teile seiner schiefgegangenen Lebensgeschichte in die Welt posaunt. Er muss leider einsehen, dass die Fresse der Hässlichkeit nicht für jeden was ist.

Einige starren, besonders Kinder, Kinder starren, als wäre ihnen etwas erschienen, was sie in ihrem Kindergehirn noch nicht einordnen können. Ein vielleicht fünfjähriges Mädchen lässt ihr Eis fallen. Es weint. Die Mutter zieht es weg. Leute sind auf der Flucht, als sei der Mann, der nie die Tür öffnet, eine Bombe mit zeitnaher Explosionsbereitschaft. Das Bewusstsein hört auf, freundlich sein zu wollen. Wäre ernste Mimik möglich, jetzt wäre ein guter Zeitpunkt dafür, erkennt der Alien, und wäre er tatsächlich ein Alien, jetzt wäre ein guter Zeitpunkt, sein Raumschiff zu besteigen, abzuheben, noch eine Ehrenrunde über die Fußgängerzone zu drehen und die Oberflächlichkeit mittels Therapielaser aus den Menschen rauszuballern. Es würde anschließend dezent nach verbranntem Fleisch riechen …

Mit dieser Vision geht er einfach wieder nach Hause, instabile Schritte, zieht seinen Cordhut ins Gesicht und es schleicht sich die Erkenntnis ins Bewusstsein, dass Einsamsein vielleicht doch nicht das Schlimmste zu sein scheint. Trotzdem begleitet ihn eine Schwermut, weil er doch kurzzeitig dachte, es würde noch funktionieren mit ihm und den Leuten da draußen. Ist dann wohl doch nicht so. Da passt was nicht. Der Mann, der nie die Tür öffnet, fühlt sich wie ein Legostein im Playmobil-Land. Nutzlos.

Immer noch liegt da Müll auf den Stufen. Immer dieser Müll. Als er endlich wieder in seiner Wohnung ist, stellt sich eine

Art Erleichterung ein. Den Geruch des Mannes, der nicht nochmal die Tür öffnen wird, den findet er nur hier, *hinter* seiner Tür. Als sich die Tür schließt und das Experiment Integration Hackfresse als gescheitert betrachtet wird, ist wieder alles wie immer. Aber da blinkt noch so ein Funken, als der Mann an das kleine Mädchen von unten denkt, das mit dem imaginären Jesus-Freund. Vielleicht kommen die beiden ja nochmal vorbei? Vielleicht kommt das Mädchen ja mal allein vorbei? Einem imaginären Jesus-Freund würde der Alien allerdings nicht die Tür öffnen.

Und der Mann kratzt sich da, wo mal sein Gesicht war, und die Mikrowelle sagt *pling*, und so ein bisschen fällt wieder sein Herz aus, zumindest für einen Schlag bleibt es auf der Strecke, weil der Mann, der nie die Tür öffnet, seit kurzem doch ein wenig Einsamkeit empfindet.

Donnerstag,
Erdgeschoss links

Jetzt ist die Frau also schon so ein paar Stunden tot. Aber an der Kompromisslosigkeit dieser Realtität will der alte Mann nicht teilhaben. Er läuft in der Wohnung umher, die Frau lässt er liegen, wo sie liegt, dort, wo sie gestorben ist, im Ehebett. Über Nacht ist die Frau noch kälter geworden und der Mann meinte auch, dass von ihr ein Hauch abstrahlte, der ihn fröstelnd machte. In jedem Fall ist er aber an diesem Morgen aufgestanden. Harndrang und Hunger trieben ihn erst zur Toilette, dann in die Küche.

Bei der Darmentleerung wird dem alten Mann bewusst, wie schnell das alles gehen kann. An einem Tag schaust du noch aus dem Fenster und bist jemand, der jemanden versorgt, und am nächsten Morgen bist du jemand, der sich aufs Kaltsein versteift und einfach mal unumstößlich tot ist. Die Momente des Sterbens hat der Mann nicht mitbekommen und er ist irgendwie froh deswegen. Das wäre in der Tat sehr schlimm gewesen, der Frau beim Sterben zusehen zu müssen. Gut, dass sie einfach so gestorben ist, ohne ein Geräusch zu machen, ohne ihn zu wecken. Der alte Mann empfindet Dankbarkeit, und flüssige Scheiße und auch ein bisschen Blut laufen aus seinem Enddarm.

Das Toilettenpapier ist nicht am dafür vorgesehenen Platz, fällt dem Mann dann auf, als der Schmerz ein wenig nachlässt. Die Frau hat immer die Rollen gewechselt und jetzt ist da kein Papier mehr auf der Rolle, nur noch ein Stück Pappe, also die Rolle selbst. Der Mann überlegt, wo das Toilettenpapier stecken könnte, kommt aber auf keinen konkreten Gedanken. Er bleibt sitzen und überlegt und vermisst plötzlich seine Frau so sehr, dass sich irgendetwas in seinen Hals schiebt und Tränen in seine Augen steigen. Alleine Weinen mit unabgeputztem Arsch. Er weint alleine und vergisst schließlich, dass er soeben Stuhlgang hatte, steht auf und geht zum Waschbecken, wo er sein verheultes Gesicht im Spiegel betrachtet. Kurz denkt er, seine Frau stünde plötzlich hinter ihm und würde ihn wie früher antreiben, mal das Bad zu verlassen, damit sie es reinigen könne. Steht aber keine Frau da, nur die Leere und die vollgeschissene Toilette.

Eine seltsame Art von tiefempfundenem Hunger treibt den alten Mann dann in die Küche, wo er langsam den Kühlschrank öffnet und den Restbestand der Nahrungsmittel betrachtet. Da liegen ein paar Scheiben Käse auf einem Teller. In einer wiederverschließbaren Plastikdose wellen sich ein paar Scheiben Kochschinken. Eine halbe Gurke liegt orientierungslos herum. In der Tür stehen noch ein paar Joghurtbecher und etwas weiter unten liegen zwei darmähnliche Gebilde. In dem einen krümmeln sich Leberwurstbrocken, im anderen saftet Mett vor sich hin.

Der alte Mann macht sich zwei Brote. Käse Gurke. Schinken Gurke. Er findet auch noch Saft und Milch und schenkt sich jeweils ein Glas davon ein. Das alles trägt er zum Fernseher. Dieser beginnt, einmal eingeschaltet, irgendwas zu erzählen. Irrelevanz zu streuen, aber die Gedanken des Mannes werden, weil da die Stimme des TV-Gerätes in der Wohnung wirkt, nicht so tief.

Während der Mann isst, denkt er an seine Frau und ob es wirklich so ist, dass ihre Seele noch da ist und ihm vielleicht zusieht. Er fühlt sich bei dem Gedanken wohl, dass die Möglichkeit besteht, dass sie immer noch ein bisschen rumschwebt und irgendwo auf ihn wartet. Er beißt ins Brot und lacht. Lacht ein bisschen. Alleine Lachen mit Schinken im Mund. Das Restleben bröckelt wie Putz an der feuchten Kellerwand. Und der Mann lacht und isst, und der Fernseher erzählt irgendwas.

An Gott hat er selten geglaubt, der Mann. In seiner Kindheit und Jugend wurde ihm eingeimpft, dass man sich benehmen solle, ansonsten folge auf das irdische Leben *Hölle*. Der Begriff *Hölle* war mit vielen Qualen gefüllt, die man wohl erleiden müsse. Irgendwann hat man dann erkannt, dass alle Arschlöcher sind, die man in diesem Leben getroffen hat und treffen wird, also hat man die Vision entwickelt, dass es in der Hölle doch wohl mehr Menschen haben wird, als dies eventuell von Gott oder seinen irdischen Vertretern vorgesehen war. *Hölle* war nur Druckaufbau, war nur Züchtigungsmethode, war nur Herrschaft durch Angst. Trotz diesem Wissen würde der Mann sein Leben als durchaus gottesfürchtig einstufen.

Das monotone Plärren des Fernsehers und der gefüllte Magen lassen den Mann dann in den Tiefen des Sofas wegdämmern. Erst Stunden später erwacht er. Er hat von seiner Frau geträumt, dass sie nur schliefe, einfach nur krank sei, vielleicht, auf keinen Fall aber so unendlich tot, wie er sie zuletzt gesehen hat. So schnell es ihm möglich ist mit einem Hintern voller Juckreiz und einem Ballast aus Alter und Gebrechlichkeit, geht er ins Schlafzimmer. Sie liegt dort immer noch, blau und verquollen und eiskalt. Tot. Der Mann denkt an Gefrierkost und an den Sommer. Er weint ein paar trockene Tränen und holt sich dann einen Stuhl, um sich zu seiner Frau zu setzen. Dann beginnt er einfach zu reden. Er spricht ein wenig Ungesagtes aus und hat das Gefühl, dass die Frau auch zuhört. Langsam wird es immer dunkler um Mann und Frau, und er redet mit ihrem kalten Körper über schöne Urlaube, letzte Stunden und auch ein wenig über Liebe. Der ganze ungesagte Wortschlamm fällt ihm aus dem Gesicht und breitet sich im Raum aus. Die ganzen schleppend langsam gesagten Wortketten hängen im Raum wie Girlanden, und der Mann fühlt sich müde und leer.

Als er dann nichts mehr zu sagen weiß, geht er zur Wohnungstür, um sie zu öffnen. Irgendwie denkt er doch, dass da eine Art Seele im Raum schwebt, und die möchte er gern frei lassen oder aber irgendjemand, der die Seele abholen mag, hineinlassen. Es gibt keinen Gott, murmelt der Mann, als er wieder zum Sofa zurückschlurft. Die Tür hat er angelehnt, denn falls sich doch mal ein Gott bemerkbar machen möchte, würde ihm der alte Mann sehr gerne Gelegenheit geben. »Tür is offen«, sagt er Mann zu wem auch immer und der Fernseher redet weiter diverse Belanglosigkeiten ins Wohnzimmer. Der Mann setzt sich aufs Sofa. Heute geht er nicht noch einmal zu seiner Frau, heute wird sie abgeholt von wem auch immer. Langsam versinkt er wieder in der Tiefe des Sofas, und der Schlaf hat nicht viel Mühe, ihn zu übermannen.

Donnerstag,
Erdgeschossß rechts

Sören dreht sich auf seinem Bürostuhl. In zwei Tagen also soll es soweit sein. Er sitzt vor dem Computer und fragt sich, wie er dem Mädchen, mit dem er verabredet ist, erklären soll, dass er er ist. Wie löst man eine derartige Lüge auf? Wie soll er sein Aussehen erklären? Seine Nicht-Schönheit, seine Nicht-Klugheit, sein Nicht-Rap-Ding! Seine Behäbigkeit. Sein echtes Leben ist nicht in Worte zu fassen, vor allem in keine Worte, die Sören kennt oder benutzen würde. Daher hat er Angst, Angst vor diesem Tag, Angst vor diesem Mädchen, Angst vor der Wahrheit und Angst vor der Angst und vor seiner eigenen Dummheit. Aber der Stein rollt und aufhalten will er ihn auch nicht.

Er scrollt ihr Profil auf und ab und entdeckt keine unangenehmen Auffälligkeiten, die ihn einschüchtern würden. Keine anderen Typen, die ihr Avancen machen, nichts, was ihn verstören würde. Sörens Eifersucht ist nämlich ein wildes Pferd, das eskaliert, sobald es Anhaltspunkte für Betrug wittert. Seine eigene Schande und Lüge lässt er aber bei dieser Betrachtung moralisch außer Acht. Niemand soll Marie zu nahe kommen. Sollte es doch wer wagen, wird Sören dem Zunahkömmling mit geneigtem

Gangstergewaltslang etwas Angst machen. Seinen diesbezüglichen Wortschatz hat er sich per Mithilfe des Internets erweitert. Er hat sich viel Rapmusik angehört, in denen krasse Rapper auf ihre Kollegen einlabern, bis diese verschüchtert kleinbeigeben und keinen Mucks mehr tun.

Dissen nennen das die Rapper und sie tun es häufig untereinander, und wer es verbal am besten drauf hat, der erreicht Heldenstatus und wird inthronisiert. Ein Verhalten wie im Tierreich. Wer am lautesten schreit, darf das Rudel anführen. Alle plattlabern, das würde Sören auch gern können, denen verbale Pfeile ins Herz schießen, die ihn aufhalten, kleiner und dümmer machen wollen. Dagegen will er sich zur Wehr setzen. Das hat er viel zu lange versäumt und die Bekanntschaft mit Marie und dem Respekt, den sie MC S entgegenbringt, die ermutigen Sören, weitere Runden auf seinem Bürostuhl zu drehen.

Außerdem denkt Sören, dass wenn Marie so cool ist, wie er denkt, dass sie cool ist, dann wird sie das alles verstehen, dann wird sie checken, dass es einer falschen Identität bedurfte, um sich zunächst mal interessant zu machen. Ohne das falsche Foto und die MC S-Identität hätte er niemals Maries Aufmerksamkeit erregt. Jetzt ist sie da, diese Aufmerksamkeit, ganz viel davon sogar und Sören liest jedes einzelne Wort von ihr, als wären es gottgegebene Offenbarungen. Kleine Zuckerworte, die am Bildschirm flimmern.

Auch heute hat sie schon wieder geschrieben und Sören bemüht sich stets um eine schnelle und MC S-typische Antwort. Aber die Angst bleibt. Soviel Liter Coolness wie

Sören benötigt, um zu einem echten MC S zu werden, gibt es in keinem Geschäft der Welt zu kaufen.

Am Abend erreicht alles eine schwere Tiefe. Marie ist entzückt, gerade zu enthusiastisch, was das bevorstehende Treffen anbelangt. Eine Mail mit folgendem Inhalt drängt sich direkt in die Nähe von Sörens Herz.

Lieber MC S,

Samstag passt mir super, Café Romanov auch. Dich kennenzulernen liegt mir total am Herzen. Hab es auch schon meiner besten Freundin erzählt, die freut sich auch total mit mir. Ich hoffe nur, Du findest mich nicht zu dumm.

Die Texte, die Du schreibst, sind wunderbar. Ich finde mich total wieder darin. Das erregt mich sehr.

Hab Dich lieb. ♥♥♥

Deine Marie

Jetzt hat er eine Marie, denkt Sören. Eine ganz eigene Marie, und er denkt an eine Zukunft, die jetzt passieren kann, eine, die ihn befreien wird, die ihn aus diesem drückenden Haushalt seiner Mutter wegziehen kann, in die Arme des schönen Mädchens einpflanzt und wo dann alles gut wird, was derzeit beschädigt ist. Eine extra für eigentlich unerwartete Fälle dieser Art bereitliegende Trillerpfeife wird von Sören betätigt. Zur Vermeidung von Hyperventilierung. Tröööööööööööööt. Trööööööööööööt!!!

Tröööööööööt!!! Er grinst und pustet. Es sind wenige Worte, aber sie sind so eindeutig und unzweifelhaft, dass Sören in die Trillerpfeife bläst, als sei dies ein unterdrückter Jubelschrei, der einfach nicht nach außen dringen darf, weil Jubelschreie in diesem Haus so fremd und unerwünscht sind wie Nackensteaks beim Veganerpicknick. Der, der wegen Freude eskaliert, muss sich hier verstecken.

Wie sollte Sören auch diese Herzenssachverhalte seiner Mutter verdeutlichen. Er traut ihr dafür kein Verständnis zu. Aber das kann ihn jetzt gerade nicht hindern, seine Freude in die Welt zu trillern. Trööööööt. Sören sieht sich auf dem Bildschirm das lächelnde Gesicht von Marie an und denkt, dass jede Entscheidung und jede noch so sehr gelogene Äußerung seinerseits es wert waren, gesagt zu werden. Tröööööööööt.

Er hört dann vertraut schnaubendes Geatme, elefantös anmutende Schritte und die Tür wird aufgerissen. Dann steht plötzlich die aufgebrachte Mutter mitten im Raum und fragt nach der Pfeifursache. Sie habe schon geschlafen, sagt sie und würde derartiges Pfeifverhalten nicht dulden. Sören unterlässt eine Antwort. Die Mutter wird böse, in ihrem Blick aus Wut und Verzweiflung ist aber auch Hilflosigkeit erkennbar und sie fragt nochmal nach dem Grund der Inbetriebnahme der Trillerpfeife, schüttelt an Sörens Schultern, schreit in sein Gesicht, und Sören schaut sie nur an und lächelt. Dann nimmt er wieder die Trillerpfeife in den Mund. Trööööööööööt. Die Mutter erkennt in ihrer kleinen Verzweiflung ihre Unfähigkeit auf ihren Sohn einzugehen an und geht wieder raus und Sören ist glücklich. Er fühlt sich siegreich, allein in seinem Zimmer. Die Mutter stampft ins Schlafzimmer. Allerspätestens nächsten Dienstag wird sich zeigen, ob Sören vielleicht eine Chance hat, gegen seine Mutter zu gewinnen.

Er kann Marie nicht länger warten lassen, überlegt kurz vor dem Verfassen seiner Antwortmail, ob er vielleicht jetzt einfach schon mit der blanken Wahrheit ans Licht kommen soll, ihr mit dem nackten Arsch der Realtität ins Gesicht springen und seine wahre Identität preisgeben soll, unterlässt dies aber aus romantischen Gründen. Seine Finger bewegen sich über die Tastatur wie zehn Straßenkehrer, die den Dreck der Loveparade zusammenfegen, und Sören hat das Gefühl, die Summe aller Lieben dieses Universums auf einmal zu fühlen.

Yo, hey Marie,

schön, dass Du schreibst, ich freue mich immer sehr über Deine Worte. Samstag ist optimal und das Romanov ein guter Platz für das erste Treffen. Wenn es wirklich passiert und wir uns verlieben, dann werde ich diesen Laden kaufen und Café Marie nennen.

Hab wieder was getextet, über Liebe und Zukunft und Wahrheit und all die ganzen Dingen, denen wir täglich gegenüberstehen und versuchen, uns selbst darin zu erkennen.

Wenn die Menschen, die wir finden, die sind, die wir suchen

dann bestellt einer den Kaffee und der andere kauft den Kuchen

auf einmal hat man die Ergänzung, nach der man ewig strebte und fragt sich plötzlich, in welcher Welt man vorher lebte

und weil es dein Gesicht ist, das täglich bei mir auftaucht

bin ich jetzt der Typ, der den Joint nur mehr halb aufraucht,

denn ich verbringe meine Stunden lieber nüchtern und mit dir

ich erzähle dir meine Wunden erst mal schüchtern auf Papier

und dann, wenn wir uns sehen, ich weiß, das wird gewaltig

wenn du erst mal bei mir bist, halt ich dich fest und behalt dich

nein, ich lass dich nicht mehr los, ein neues Leben wird beginnen

es ist wie vor ner Geburt und wir sind immer noch drinnen

doch bald öffnet sich die Schleuse und gibt ein neues Leben frei

ich hab Hoffnung, mach Geräusche und bin sowas von dabei

nur noch ein Schritt durch die Pforte und dahinter leben wir

und in endloser Entspannung durchschreiten wir die letzte Tür

verzeih mir meine kleinen Fehler, sie sind wirklich irrelevant

für die Dinge, die jetzt kommen, ist nur wirklich interessant was sich in den Herzen abspielt, ob unsere Heartbeats sind uniten

für die besten aller Zeiten, für dich und Liebe will ich streiten

also sei nicht so streng

wenn ich mal durchhäng

denn ich bin dein man

Top One of Top Ten

pränatale Spannung ist quasi überall zugegen

ich werde morgen weiterrappen und mich jetzt erstmal hinlegen

Gefällt Dir das, Marie? Vielleicht erkennst Du Dich wieder in einigen Zeilen. Das ist, weil Du in einigen Zeilen sowas von vorhanden bist. Vielleicht verstehst Du ja, was ich Dir sagen will?

Ey, in hellglühender Vorfreude auf Samstag, Romanov, Baby,

Dein MC S

So macht sich die Mail auf den Weg, und Sören ist nicht nur glücklich, sondern fühlt sich auch wie ein Diplomat, der doch alles gesagt hat, was wahr ist und in seiner Sprache eben die Dinge ausgeführt hat, die relevant sind. Marie wird es schon verstehen, sie wird alles verstehen, so wie sie aussieht, versteht sie das ganze verrückte Universum. Sie wird Sörens Mutter verstehen und sie abschalten können. Sie wird Sörens Arbeit verstehen und zugeklebte Kartons als weltwichtigste Arbeit verstehen. Ebenso wird sie Sörens Lügen verstehen und das erkennen, was er wirklich ist, und sich dann schließlich in das verlieben, was er eben wirklich ist. Sören traut Marie ein großes Herz und die Fähigkeit des Verzeihens zu. Wenn es eine kann, dann sie. Sören dreht ein paar Extrarunden auf dem Bürostuhl. Trööööööööt, sagt die Trillerpfeife. Nebenan im Schlafzimmer hört er seine Mutter mit ihren schlechten Gedanken sich im Bett herumwälzen. Er denkt an ihren Geruch und an ihr Leben und dass er beides wahrscheinlich bald los sein wird und empfindet es auf einmal gar nicht mehr so schlimm, er selbst zu sein.

Donnerstag,
1. Stock links

Lisa spielt was. Ihre Puppen sind ihre Familie. In ihrer Puppenfamilie hat sie noch einen Bruder, den sie Jesus nennt und der ihr immer hilft, gegen die Eltern zu bestehen. Das ist ja wie in echt, denkt sich die Lisa, während sie so spielt und Jesus im Raum sucht, und nur das Gefühl, welches das Gefühl einer Möglichkeit von Jesus aussendet, vorfindet, was ihr aber reicht. In ihrem Spiel geraten Vater Puppe und Mutter Puppe aneinander und es entspinnt sich folgender Dialog:

Vater Puppe: Warum haben wir eigentlich die Lisa?

Mutter Puppe: Sie ist unser Kind, wir haben sie lieb.

Vater Puppe: Ach ja? Ich habe sie nicht lieb, ich würd sie gern im Wald vergraben …

Jesus Puppe: Aber das darf man nicht, Kinder im Wald vergraben ist verboten!

Vater Puppe: Ach so, 'schuldigung. Ich hab sie auch lieb, die Lisa, Lisa komm her und spiel was mit mir.

Lisa Puppe: Hurra, meine Familie liebt mich und erkennt mich an.

Mutter Puppe: Freizeitpark, Sonntagsknuddeln, Schwimmengehen.

Vater Puppe: Ballettstunden, Kleider kaufen, Eis essen.

Mutter Puppe: Trödelmarkt, Abenteuerspielplatz, Klavierspielen.

Vater Puppe: Tanzen. Rumtoben. Ausschlafen.

Mutter Puppe: Zum Meer fahren, Muscheln sammeln, bei den Hausaufgaben helfen.

Bruder Puppe: Ich will endlich auch geboren werden!

Vater: Jetzt reicht mir der Scheiß aber!!!

Aus völliger Unvoraussehbarkeit drängelt sich dieser Schrei in Lisas Zimmer. Es folgt ein Geräusch, welches wie Schlagen und Geschlagenwerden klingt und es ist klar, dass der Krieg wieder anfängt und die Lisa wieder in den Bunker unters Bett muss. Dort wartet Jesus bereits und hält sich die Ohren zu. Lisa tut es ihm gleich. Aber das Geschrei ist so laut, dass die Kinderhände über den Kinderohren nichts abdämpfen können, und der Krieg kommt immer näher und plötzlich steht die Mutter im Kinderzimmer. Lisa sieht nur ihre Füße, die sich dem Bett nähern, und sie ruft ihren Namen. »Besser nicht anworten«, sagt Jesus, »im Krieg kannst du niemandem vertrauen.« So gern Lisa jetzt auch in die Arme ihrer Mutter fliehen mag, sie bleibt, wo sie ist, und schweigt, hört sogar fast auf zu atmen, die Lisa.

Der Vater tritt ebenfalls durch die Tür. Geschrei. Geräusche, die den Aufprall von Händen auf Gesichtern bezeugen. »Wo ist denn unsere Tochter? Nicht mal auf unser Scheißkind kannst du aufpassen«, zetert der Vater. Lisa weiß, was ein Kind ist, und sie weiß, was Scheiße ist, und sie weiß vor allem, dass sie gemeint ist. Sie stellt sich einen Haufen Menschenkot in Form ihres Körpers vor, die Sache stinkt, tropft und ist ekelerregend. Der Vater schreit, die Mutter wimmert, so geht Familientragödie. Weitere Schlaggeräusche, der Vater tritt auf die Puppen, die die Lisa auf die Schnelle nicht hatte in den Bunker retten können. »Verdammte Scheiße …«, hört sie ihn brüllen, und Lisa sieht nur die Schuhe des Vaters und die der Mutter und die beiden Kriegsparteien tanzen feindseligst umeinander. Dann wieder diese Geräusche. Begegnungen von Vaterhand und Muttergesicht und die Schuhe der Mutter heben kurz vom Boden ab, ganz kurz nur schwebt die Mutter durchs Kinderzimmer bis sie krachend auf Lisas Bett landet und dort liegenbleibt. Die Vaterschuhe laufen anschließend etwas desorientiert durchs Kinderzimmer, die Mutterbeine baumeln einfach so vom Kinderbett herab, unter dem die Lisa immer noch liegt und versucht, sich in eine andere Welt zu denken. Was aber nicht geht, weil die hier präsentierte Welt eine derart Aggressive ist, dass man an ihr teilhaben *muss*. Es ist so schwer auszuweichen, den Schlägen und der Realtiät.

Die Vaterschuhe verschwinden dann aus dem Kinderzimmer und das Knallen der Haustür bestätigt auch den Weggang des Vaters aus der Wohnung. Lisa liegt immer noch reglos unter dem Bett, die Augen zusammengekniffen, die Hände auf die Ohren gepresst, den Krieg trotzdem mit allen Sinnen aufsaugend. Irgendwann sagt Jesus aber, dass die Luft nun wieder rein sei und man mal an die Oberfläche des Lebens zurückkehren könne, und die beiden kommen unter dem Bett hervor.

Lisa betrachtet ihre Mutter, die mit blutender Nase und aufgeplatzter Unterlippe und weit aufgerissenen Augen leblos auf dem Bett liegt. Rührt sich nicht, die Mutter, hat alle Funktionen verloren. Ob sie noch atmet, weiß Lisa auch nicht zu sagen, aber plötzlich überkommt sie eine Scheißwut auf diesen dummen Jesus, der einfach nicht imstande ist, die Welt besser zu machen, obwohl er doch genau dafür da ist. So ist es ihr doch beschrieben worden, darum ist er doch hier, der Jesus. Aber er macht weder weniger Krieg, noch macht er unblutige Mütter, ebenso ist er außerstande, eine gesunde Familie um die Lisa zu platzieren. Stattdessen hat es hier Lautstärke, Schläge und leblose Mutter. »Geh doch weg, Jesus«, flüstert dann die Lisa, als sie durch den Flur geht und überlegt, wer ihr jetzt noch helfen kann. Sie öffnet die Wohnungstür, Jesus hat seinen leidigen Kreuzigungsblick aufgesetzt, der Mitleid erzeugen soll, aber Lisa schickt ihn nochmal fort. »Hau ab, ich brauch dich nicht!«, schreit sie in den Hausflur und der Hausmeister geht vorbei und schüttelt den Kopf.

Donnerstag,
1. Stock, mitte

Und wieder so ein Tag und morgens im Bad. Das Gesicht im Spiegel und die Erkenntnis, dass es schöner nicht wird, auch nicht, wenn man länger hinguckt. Aber für länger hingucken ist auch überhaupt keine Zeit, schnell noch das Haar dahin geföhnt, wo es laut Stylezeitung gut aussieht, und vergessen auf die Toilette zu gehen. Es drückt zwar, aber nicht genug. Dann der Kaffee in einen Magen gegossen, der ihn sofort wieder loswerden will, aber die Zeit ist hinter Sibylle her und legt ein Tempo an den Tag, welches keinem Morgen gut tut. Täglich aber kommt da ein neuer, unverträglicher Morgen, der die Haut abscheuert und sofort an die Nerven will, so ein Morgen, der zu nicht unerheblichen Bestandteilen aus Wahnsinn und Roboterverhalten besteht, und draußen ist dann so ein Wind, der gegen sie zu kämpfen scheint, und sie empfindet sich als spät dran, immer eigentlich empfindet sie sich als spät dran, obwohl sie manchmal sehr gut in der Zeit liegt. Sibylle hastet, irgendwas tut weh, irgendwas ist immer und es wird immer schlimmer.

Es ist eine seelische Niedergeschlagenheit in Sibylle, die umfassender ist als alle Angst und aller Schmerz. Da hängen Gewichte wie Stahl an ihr, und langsam und vor allem aber sicher wird sie auf diese Weise zu einem gegen die Welt gepanzerten Wesen werden. Immer mehr wird dieses Leben zu einem Prozess der Nichteinlassungsfähigkeit auf wirklich Essentielles. In der Bahn lächelt sie ein Kind unbemerkt an. Blumenverkäuferinnengeruch wird von der Eile überdeckt, nicht notwendige Eile wohlgemerkt. Die Bahn fährt, noch ein paar Schritte und in jeder Achselhöhle quetscht sich die Angst durch die Schweißporen.

Hinten am Supermarkt hat es so ein Loch, wo Sibylle dann hineinschlüpft, das Loch nennt sich Mitarbeitereingang. Da ist dann so ein Raum, in dem auch die anderen Verkäuferinnenroboter ihren gelangweilten Egalgesichtern Worte und Emotionen verbieten. Jeden Morgen kommt sie also durch dieses Loch in verhärtetes, anonymes Schweigen hinein, und das Schweigen dauert und dauert und ein paar der ferngesteuerten Roboter tummeln sich um den Kaffeeautomaten, in der Hoffnung, dass da irgendwas drin ist, irgendeine Droge vielleicht, die jemand aus Versehen in den Kaffee oder ins Trinkwasser gegeben hat, die diesen Tag aushaltbar machen kann. Aber darauf zu warten ist so aussichtslos wie die Erwartung, dass man Burnout-Beschädigte mit Wasser therapieren kann.

Irgendjemand schließt dann den Supermarkt auf und die kaufgeilen Leute betreten die vollgestellten Gänge. Fangen an, alles kaputt zu kaufen. Wollen, wie gehabt, alles haben. Sibylle verspürt kurz vor der Mittagspause ein wenig Harndrang, aber auch der Drang der Käufer zur Kasse ist sehr drückend. Sie schwemmen heran, mit ihren Einkaufswagen, wie Strandgut an der Nordsee. Ungefähr zehn Leute stehen an Sibylles Kassenbereich und sie ist mitarbeiterkompatibel gekleidet und hat ein emotionsfreies Einzelhandelsgesicht aufgesetzt, hinter dem eine Mischung aus Wut, Angst und Harndrang endlich ans Freie will. In zehn Minuten ist Pause, aber es ist unmöglich, diese zehn Menschen innerhalb von zehn Minuten abzukassieren. *Schieb. Piep. Schieb. Piep.* Alles geht seinen Gang.

Am Ende der Menschenkette steht so einer im Business-Outfit, so ein junger Mann ist das, der rhythmische Anweisungen in sein Telekommunikationsendgerät brüllt. Als Einziger in der langen Reihe schiebt er keinen Einkaufswagen vor sich her, sondern trägt nur eine Flasche Wasser, zwei Äpfel und ein Paket Kaugummi. Statt einen Einkaufswagen scheint er Aggressionsschübe vor sich herzuschieben. Trotz Sibylles nahezu abgeschalteten Bewusstseins registriert sie die negative Energie, die von diesem Anzugträger abstrahlt. Wahrscheinlich würde er gerne vorgelassen werden aufgrund seiner Wenigeinkäufe und versucht, durch Lautieren auf sich aufmerkam zu machen. Er ist jetzt drei Einkäufer entfernt und blinzelt Sibylle aggressiv an. Sie kann seinem Blick nicht standhalten, warum auch sollte man einem solch bösen Blick standhalten.

Sie beeilt sich mit dem Schieben und das Piepen folgt als akustische Selbstverständlichkeit, digitale Verstümmelung des Alltags. Der Drang, Wasser zu lassen hat sich verstärkt. Pippi will raus und jetzt steht der Mann da, direkt vor Sibylle und macht ihr Angst, allein durch sein dominantes Auftreten. Er schreit irgendwas ins Telefon. Der Gesprächsteilnehmer scheint zurückzuschreien. Sibylle sieht, dass der Mann die Äpfel nicht auf der Obstwaage abgewogen hat. Sie wird nervös, weil sie muss dazu was sagen. Mit maximal möglicher Freundlichkeit sagt sie also zu dem Mann, ohne ihn anzublicken: »Entschuldigen Sie, haben Sie die Äpfel nicht abgewogen?« Der Typ hört ganz plötzlich auf zu reden, schweigt zwei Augenblicke lang und brüllt dann: »Nein, hab ich nicht. Haben Sie denn nicht diese Obstwaagen an den Kassen?« Der Mann merkt, dass er der dominantere Gesprächsteilnehmer ist, weil Sibylle nur den Kopf schüttelt und auf den Boden guckt und *nein nein nein* murmelt. »Lass ich halt die scheiß Äpfel hier und kauf nur das Wasser, ich hab's eilig, junge Frau.« Der Mann macht Sibylle immer noch Angst und seine Überheblichkeit diplomatisiert die Angelegenheit auch nicht unbedingt.

Und gerade als Sibylle die Flasche Wasser über den Scanner gezogen hat und das Geräusch *piep* es endlich geschafft hat, sie kurzfristig an den Abhang des Wahnsinns zu schieben, wird ihr schwarz vor Augen, aber nicht weil sie dankbarerweise ohnmächtig wird, sondern einfach nur, weil die Elektronik der Kasse ausfällt. Ein Surren und der Bildschirm wird dunkel. Sibylles Hilflosigkeit klaut ihr Atemluft und Denkkapazität. »Was soll die Scheiße denn jetzt?«, fragt der Anzugmann. Er guckt sie wieder so widerlich böse an, ganz so, als ob Sibylle hier mit voller Absicht die Abläufe boykottiert hätte.

Daraufhin fällt auch bei Sibylle etwas aus, sie steht einfach auf und beginnt, den Mann mit einer gallopierenden, sich überschlagenden Stimme anzuschreien. »Meinen Sie, ich mach das alles zum Spaß hier. Denken Sie, es ist total cool, jeden Tag hier anzukommen und hier bleiben zu müssen, bis es draußen dunkel wird. Wenn man merkt, dass jeder verdammte Tag ohne einen stattfindet, dann knallt man irgendwann durch ...« Und Sibylle knallt durch und zwar genau jetzt. Lacht, laut und schräg lacht sie dem Mann ins Gesicht und gleichzeitig bemerkt sie, wie sich ihr Unterleib langsam erwärmt und befeuchtet. Ganz langsam wird alles nass und warm und es rinnt die Hose runter und Sibylle lacht, weil, was sollte sie auch sonst tun. Es fühlt sich wunderbar an, eine große Dosis Scheißegal fährt durch ihren Körper und sie bemerkt gar nicht, dass da ungefähr 20 Leute stehen, an ihrer und den anderen Kassen, ihren Schrei- und Lachmonolog verfolgend und jetzt auch ihr Einnässen sehen. Aber Sibylle lacht weiter und lacht und lacht und sie hat keine Angst mehr, irgendwann verrückt zu werden, weil genau das gerade passiert zu sein scheint.

Zwei Kolleginnen haben dann doch Erbarmen und ziehen sie hinter der Kasse weg, erst mal raus aus dem Blickfeld derer, die ihre Geschichte nicht kennen, die, die nur sehen, dass sich hier eine erwachsene Frau vollgepinkelt hat, die aus welchen Gründen auch immer einfach verrückt geworden ist. Das ist im Endeffekt einfach nur der Enddefekt. So enden Leute, denken die Leute, die einfach nicht aufpassen auf ihr Leben. Einige schütteln den Kopf, verfolgen die Urinspur, die von Sibylles Mitte bahnbrechend in ihre Hose gekrochen ist, um jetzt, da jeder Schritt weg von hier quietscht, als Fußabdruck in Pisse auf dem hellgrauen Plastikfußboden sichtbar wird. Irgendjemand wird das gleich wegwischen, der Tag wird einfach weitergehen.

Sibylle wird in den Aufenthaltsraum gebracht. Ein Handtuch wird auf den Stuhl gelegt, darauf die Sibylle gesetzt, und dann sitzt da dieser Abteilungsleiter, guckt besorgt, fragt freundlich, was denn los sei. Außerdem mag er wissen, ob man das, was man da habe, mal einem Arzt anvertrauen möchte. Man solle auch jetzt nach Hause gehen und hinten raus solle man, durchs Loch, damit die ganze Sache hier nicht noch mehr an Öffentlichkeit zunimmt. Ein paar lauwarme Worte, kein Händedruck. »Lassen Sie sich erst mal krankschreiben, wir werden schon eine Lösung finden, Sie zu ersetzen«, sagt dann die kalte Abteilungsleiterstimme, und *Kranksein* und *Ersetztwerden* sind nicht unbedingt die Dinge, die Sibylle will, aber sie traut sich nicht zu sprechen, traut sich nicht gegen diesen ganzen seit Jahren stagnierenden Fluss aus Stumpfsinn und Apathie zu argumentieren, sondern sie sitzt auf dem Stuhl, denkt, dass ihr Intimbereich angenehm warm ist, und lächelt instabil in keine bestimmte Richtung und aus keinem bestimmten Grund.

Sibylle geht dann einfach, lässt ihre vollgepinkelten Sachen an, andere hat sie ja nicht dabei und verlässt den Supermarkt durch das hintere Loch. Mitarbeiterausgang. Es ist hell und die Sonne macht, was sie am besten kann, sie performt sich hellgelb in den Tag. Selten ist es so ein Wetter, wenn sie in diese Richtung geht. Die Sonne blendet, die Pisse trocknet, und langsam wird Sibylle bewusst, was da gerade eigentlich passiert ist. Da kommt so ein Schamgefühl in sie gekrochen, so eins, dass ihr in den Magen tritt und eine Paranoia auftauchen lässt. Nicht dass da gleich eine Horde Einkäufer steht, die kollektiv mit dem Finger auf sie deutet und brüllt: »Seht, da geht die Vollgepisste!« Lieber nochmal Umwege machen, denkt Sibylle.

Es ist schon früher Abend oder so, wegen der Umwege. Umwege sind auch Wege, schöne Wege manchmal sogar.

Wege, auf denen man Dinge sieht, die man normalerweise nicht gesehen hätte. Diese direkten Wege scheinen nichts für Menschen mit einem Gemüt wie dem von Sibylle zu sein. Sie führen zwar zu Zielen, aber wenn man erst mal da ist, an so einem Ziel, dann braucht man ja auch sofort ein Neues und man muss rumdefinieren und sein Leben voranbringen und weiterlaufen und alles ist immer so anstrengend, immer dieses Weitergehen und Funktionieren-müssen. Sibylle ist einen Moment lang froh, heute nicht nur Werkzeug, sondern überzeugte Wahnsinnige zu sein.

Also geht sie nicht direkt zur Bahn. Läuft einfach so durch die Stadt. Biegt mal hier und mal dort ab und läuft zerstreut durch die Fußgängerzone. Irgendwann kommt sie an eine Bushaltestelle und setzt sich auf eine Wartebank. Ihr gegenüber sitzt ein gutaussehender Typ mit einer Bäckereitüte, aus der er dauernd Brötchen oder Kuchenreste zupft und sie sich in den Mund steckt. Der Gutaussehende lächelt Sibylle an, was nicht wahr sein kann, mutmaßt Sibylle, denn sie ist eine fertige, vollgepisste Frau am Abgrund, in der nur Wahnsinn stattfindet und niemand, den man einfach so an einer Haltestelle anlächelt. Doch der Typ lächelt weiter und Sibylle hält das für Einbildung und Verblendung, schließlich ist sie ja heute verrückt geworden, da kann einem das eigene Gehirn schon mal einen Streich spielen. Der Typ winkt mit der Tüte Richtung Sibylle und will sie scheinbar an deren Inhalt teilhaben lassen. Dann kommt ein schneller Bus und nimmt ihn mit und Sibylle verschwindet lieber wegen dieser Menge unrealistischer Bilder, die in ihr Gehirn drängen.

Sie läuft weiter und weiter und immer noch ohne Orientierung. Wie scheiße groß doch diese Stadt ist, bemerkt sie auf einmal und versucht, eine Prozentzahl derer zu definieren, die genauso verrückt wie sie zu sein scheinen. Ungefähr 90, denkt sie und sieht Kinder, Frauen, Männer, Hunde und in jedem auch einen großen Haufen Wahnsinn. Einmal artikuliert, geht er nie wieder weg, will Sibylle noch sagen und die Leute warnen, ihren Wahnsinn bloß nicht zu offen zu leben, könnte ja passieren, dass er dann eskaliert und man ihn nie, nie wieder los wird.

Dann ist sie doch irgendwann, wie zufällig, in ihrer Wohngegend und findet auch, trotz Wahnsinn, das Haus, in dem sie wohnt. Als sie das Untergeschoss betritt und ihre Schritte im Flur quietschen wie die Schreie von Ratten im Kosmetikversuchslabor, bemerkt sie, dass da eine Tür offen ist. Einen Spalt zwar nur, aber immerhin offen. Da Sibylle jetzt ein neuer Mensch ist, seitdem der Wahnsinn da ist, denkt sie, verhält sich sich mal irrational und geht durch diese Tür, einfach mal so, der Überraschung wegen. Schlimmer kann es ja kaum noch werden mit ihr, denkt sie und schließt leise die fremde Wohnungstür hinter sich. Im großen Wohnzimmer, dass an den Garten grenzt, den Sibylle manchmal aus ihrem Fenster bewundert hat, schnarcht jemand auf dem Sofa. Es stinkt, aber das tut sie selbst auch. Sie setzt sich einfach neben das schnarchende Ding auf der Couch, das ab und an auch derbe Atemausfälle vorweist. Es stinkt. Es stinkt sogar schlimmer als sie selbst und Sibylle glaubt, dass sie sich genau deswegen gerade so wohl fühlt, und langsam dämmert sie weg in ein schwarzes, dunkles Loch aus Schlaf. Die Angst ist irgendwie weg, weil sie durch ein bisschen Wahnsinn ersetzt worden ist. So schläft es sich gut und rein und erhaben, hier auf der fremden Sofalandschaft.

Donnerstag,
1. Stock, rechts

Da sitzt die Familie zu Tisch. Irgendwie fühlt sich hier niemand verwandt oder verantwortlich, aber alle tun, als sei nichts, und das Radio soundtrackt die angebliche Idylle voll und verströmt überhebliche und unpassende Fröhlichkeit. Jeden hier hängt so seinen Gedanken nach, seinen ganz persönlichen Empfindungen. Abseits des Familiengebildes, in das man hier irgendwie hineingeraten ist, da finden noch Egogedanken statt. Alle kauen auf Broten rum, die Isabell zubereitet hat. Wenn Worte kommen, sind es nur Worte, die an der Oberfläche kratzen, unwillig, diese zu durchbrechen und den darunter befindlichen Entzündungsherd zu behandeln. Jeder denkt, denkt Zeug, denkt seins, denkt Dinge, die man lieber nicht laut sagt, weil man ja traurigerweise gar nicht so genau weiß, wie die Menschen, die man hier Familie zu nennen hat, darauf reagieren.

Isabell: Wenn ich an das denke, was ich mal war, und mich heute so sehe, werde ich verdammt traurig. Ich weiß auch nicht, wie ich es so weit habe kommen lassen können, welcher Fakt hier genau mein Gehirn so weichgespült hat, dass ich jetzt hier sitze und mich Hausfrau und Mutter nennen lassen muss. Ich bin das nicht, das ist die Rolle, für die ich zwar engagiert bin, aber ich spiele diese Rolle nur, ich bin das nicht. Ganz tief drin ist noch so Wunschzeug, irgendwas mit politischem Untergrund oder so, so ganz Ulrike Meinhof eigentlich. Die hat ja auch damals für die RAF ihre Familie aufgegeben, dem bürgerlichen Sumpf entgeht man doch nur, wenn man die Bürgerlichkeit komplett ablehnt. Ich will hier weg. Und wenn ich den so sehe, meinen *Mann*, Justus, der für mich keine ernstzunehmende Person mehr ist. Für was steht er denn? Er versichert Leute für Dinge, die ihnen in ihrem Leben niemals zustoßen. Er betrügt Leute, also betrügt er auch sich und letztendlich alle, die mit ihm zu tun haben. Und die drei Kinder sind leider auch nur zur Hälfte ich. Der Rest ist Justus und Umwelt, und gegen diese beiden schlechten Faktoren kann ich nicht ankämpfen. Den Typen von oben zu ficken, war nur ein Anfang, ich will mein verdammtes Leben zurück. Und ich will nicht verrückt werden. Also, wenn ich mir vorstelle, dass wir dieses Haus bauen und dort mit unseren Kindern unseren eigenen, kleinen, freiwilligen Knast hinstellen, dann würde ich lieber an der Küchendecke baumeln, ganz, ganz ehrlich.

Justus: Meine Frau ist verrückt. Es fing alles damit an, dass sie traurig wurde und anschließend ist sie nicht wieder fröhlich geworden. Das ist doch verrückt. Und sie stiert so seltsam durch die Gegend. Ich weiß nicht, ob ich sie in meinem Leben noch gebrauchen kann. Eine Frau an meiner Seite muss funktionieren, die muss mich stützen, wenn ich von der Arbeit nach Hause komme und mich stärken mit ihrer Liebe, und wenn sie das nicht vollbringen kann, ist sie eben nicht meine Frau. Ich werds ihr sagen, morgen, sie soll sich endlich entscheiden. Das kann doch nicht so schwer sein. Schließlich hat sie mich geheiratet und mir versprochen, bei mir zu sein. Als Frau. Als alles, was eine Frau sein und können muss. Ich bin schon ein moderner Mann, aber wir haben eine Großfamilie, drei Kinder, und da müssen die Abläufe einfach stimmen, sonst bleibt was auf der Strecke und ich will nicht, dass da was auf der Strecke bleibt. Eine Großfamilie zu haben, ist wie eine Firma zu leiten, irgendjemand muss der Chef sein, und wenn die Mitarbeiter nicht mehr funktionieren, müssen sie ausgetauscht werden. So ist das doch. Das ist doch in meiner Firma ebenso. Und diese Psychosache, dieses Burnout-Ding, das sie hier vorgibt zu haben, das ist doch Quatsch, das ist doch so ein Modescheiß, den ihr wahrscheinlich ihre Yogakolleginnen ins Bewusstsein geredet haben. Sie muss sich entscheiden, ob sie weiterhin den Familientraum leben will. Die Kinder werden traurig sein, wenn sie weggeht, aber sie werden auch verstehen, dass sie keine gute Mutter mehr ist, wenn sie weiterhin so verrückt bleibt.

Marie: Boah, es kotzt mich so hart an hier, diese Leute hier. Papa lächelt, Mama lächelt, meine Geschwister sind zu klein, um das hier alles zu verstehen, und alles geht den Bach runter, weil keiner hier was macht. Keiner kümmert sich, jeder denkt nur an sich. Aber hey, das ist mir bald aber mal so richtig egal. Samstag treff ich MC S, und der wird mich hier rausholen, der wird mich retten aus dieser blöden Familie, und wir werden eine eigene Familie aufmachen. So eine, wo alles gut und cool ist. Und er wird mich mit seinem Auto von der Schule abholen und wir werden zu Proben oder zu Konzerten von ihm fahren und ja, ich werde ein bisschen eifersüchtig sein, wenn alle anderen Mädchen ihn auch gutfinden, aber wenn er mich dann küsst und das alle sehen, dann ist der Beweis erbracht, dass er mir gehört. Aber so eine Ehe wie die meiner Eltern, sowas will ich niemals, diese dauernde, bedrückende Stimmung, das ekelt mich total an. Mit MC S wird das total anders, irgendwann werden wir auch mal Kinder haben, die coolsten Kinder der Welt werden das, und wir werden ihnen beibringen, dass man alles, was man auf dem Herzen hat, sofort sagen soll und dass man keine Angst haben soll vor Gefühlen. Ich glaube, ich bin verliebt. Ich hätte gerne größere Brüste. Das ist auch die Schuld meiner Mutter, sie hat auch so kleine Brüste, und als ich sie einmal danach gefragt habe, warum das so ist, warum sie also kleine und andere Frauen große Brüste haben, da hat sie tatsächlich behauptet, wir Kinder hätten sie leergetrunken, ausgesaugt quasi. Aber sie hat gelogen, die Mama, ich habe nämlich auch kleine Brüste und mich hat noch niemand leergetrunken. Ich glaube, ich bin verliebt.

Malte: Papa sieht so müde aus. Und Mama ist verrückt geworden. Keiner weiß, warum, plötzlich war sie nicht mehr ganz da im Kopf. Ich glaube, ich habe es zuerst gemerkt und dann Papa, weil Papa grad so müde ist und irgendwie, so glaube ich, alles zusammenhalten will. In der Schule hat mich Jonas heute gefragt, ob er mir eine Wette anbieten kann, und ich wusste schon, worum es geht. Er mag Miriam, ich mag Miriam und Miriam mag uns beide und mutige Jungs. Es muss bald zu einer Entscheidung kommen. Und so haben wir die Wette abgeschlossen. Die Schule hat drei Stockwerke. Oben hat sie so ein winziges Fenster, wo man aber raus kann. Da ist eine winzige Fläche, auf der man stehen kann. Kleiner als zwei nebeneinander stehende Füße. Wir wollen da beide hoch und uns nacheinander da hinstellen und wer es länger ohne Angst aushält, der darf mit Miriam gehen. Es wird gefährlich werden und man wird sehen, wer das besser kann. Ich mach das nicht nur wegen Miriam, sondern auch, weil ich mich gegen Jonas durchsetzen muss und auch weil ich glaube, dass einer in der Familie hier ein Held zu werden hat, ich glaube, ich werde dieser Held werden, wenn ich nur lange genug da oben stehe. Es soll da windig sein, sagte man uns. Ich werd morgen schon mal hochgehen und üben. Die werden sich noch alle mal umgucken, werden die sich.

Paul: Was ist nur los hier? Ich bin raus. Aus dem Mittelpunkt. Plötzlich bin ich nicht mehr der ewig süß Gefundene. Ist jetzt schon die Kindheit vorbei? Ich vermisse meine Familie, obwohl sie hier am Tisch sitzt, ist wohl einer der schlimmsten Sätze, die ein Kleinkind denken kann, oder? Ich schmier mit dem Essen rum und normalerweise kommt dann die Mama mit diesem rauen Lappen an, sagt was Lustiges zu mir und wischt mir den Mund sauber. Oder auch die große Schwester. Ich kippel mit dem Stuhl und die Mutter ermahnt mich, ich höre damit auf und sie guckt mich danach die ganze Zeit an, dass ich es bloß nicht mehr wage mit dem Stuhl zu kippeln. Und heute? Nix. Keiner reagiert. Ich selbst: Total stumm. Normalerweise lache ich über Nichtigkeiten, nur damit die Familie auf mich reagiert, weil, lachende Kinder findet man doch im Allgemeinen lustig und sie tragen stark zur Erheiterung von Gesamtsituationen bei. Aber heute lache ich schon das ganze Abendessen und niemand reagiert. Ich lache verzweifelt. Ich hör lieber auf. Ich kippel lieber im Stuhl. Lebensgefahr. Ich hab so Lust auf Lebensgefahr. Kippeln. Kopf gegen die Wand. Kopf offen. Familie vereint. Papa guckt böse. Mama auch. Ich kippel lieber nicht. Vergebene Liebesmüh. Ich schaff das nicht. Aber hey, es ist ja nur eine Familie. Es ist ja nur meine Familie. Es ist ja nur alles.

Donnerstag,
2. Stock, rechts

Bellindas Geruch ist noch da, sie aber schon wieder weg und irgendwann ergreift den Autor diese seltsame Art von Panik, die kommt, wenn man zuviel vor sich hin prokrastiniert und irgendwie nichts zu schaffen scheint. Als ob das verdammte Schicksal seinen Zeigefinger auf einen gerichtet hätte und »Loser, Loser, Loser« brüllt, und der Autor will dem Schicksal erklären, dass doch das Leben die schönsten Geschichten erzählt, erst gestern Nacht hätte er so eine mit Bellinda und Dethmar erlebt. Aber da das Schicksal weder Literaturkritiker noch Verleger oder Lektor ist, kann man ihm diese Scheiße nicht erklären.

SMS von Dethmar. Bedankt sich für den Abend und hängt wohl scheinbar schon wieder in irgendeinem Proberaum rum, um seine Band nach vorne zu bringen. Das macht er gut, er ist Enthusiast und scheinbar gänzlich unbetroffen vom Prokrastinierungstaumel. Aber der Autor ist Prokrastinationsprotagonist, und wenn man sowas ist, verbringt man länger als man müde ist da, wo man geschlafen hat, und die Sekunden schwirren durch den Raum und werden Minuten, die sich zu Stunden aufhäufen und irgendwann ist der ganze Rausch aus dem Körper draußen und was bleibt, ist diese seltsame Art von Panik, für die es eine logische Erklärung aber kein Gegenmittel zu geben scheint.

Er erhebt sich und lässt mittelgute Musik laufen und macht sich Kaffee. Checkt Mails und eine ist von seinem Verleger, der nochmals mit Nachdruck ein Exposé für morgen fordert. Noch keine Idee irgendwo greifbar, aber der Autor schreibt mit Kaffee und Zigarette bewaffnet irgendeinen Scheiß von Sorglosigkeit und dass alles, was verlangt wird, bereits in Arbeit sei. Anschließend schämt er sich mindestens eine halbe Stunde dafür, gelogen zu haben. Nichts ist in Arbeit, im Raum schwirren Gedanken, aber keiner davon ist verbalisierbar, und der Autor vertieft sich ins Internet und plötzlich ist es Mittag.

Der Autor kocht sich was. Isst was. Weinflasche lächelt, Weinflasche offen. Ja, dieser offensichtlich unreflektierte Zugang zu Rauschmitteln wirkt so klischeebeladen, dass der Autor tatsächlich nach dem zweiten Glas Rotwein zu denken beginnt, dass im Geist des Weines irgendwo Inspiration schlummert. Da schlummert aber nix, außer dem Willen, noch ein bisschen weiter zu trinken, weil der Autor vielleicht im weiteren Verlauf des Rausches Inspiration erhält. Viertes Glas, sechstes Glas, Flasche leer. Kopf auch. Aber dem Autor ist nach Bewegung, und er geht in seiner Wohnung umher.

Dann legt er Oasis auf. Und während er die Zeilen »... cause all of the stars, they're fading away just try not to worry, you'll see them some day, take what you need and be on your way and stop crying your heart out ...« halbbesoffen mitsingt, kommt ihm eine Kiste in den Sinn, eine Kiste, die der Autor sich nur ganz, ganz selten zu Gemüte führt und jetzt, so denkt er, ist wieder Zeit dafür, sich diese Kiste reinzuziehen. Er geht ins Schlafzimmer, öffnet den Kleiderschrank, und neben den Socken findet er die Kiste, die er dann in die Küche trägt. Da der Wein verbraucht ist, hat er sich Bier geöffnet, von dem er zwei Flaschen trinkt, bevor er sich der Kiste widmen mag. Und bevor er die Kiste wirklich aufmacht, ändert er die Musik in eine hochsensible Richtung, etwas, das entschlossener als Oasis ist, ihn schon länger begleitet, weil das, was jetzt kommt, einfach mal aus so vielen Momenten Regen besteht.

Kiste auf, reingreifen, und sofort hat er Fotos in der Hand, Fotos von sich und seiner Familie, während im Hintergrund seine Kindheit abgespult wird. Die wunderbaren Ort wie Bolzplatz und Schulhof werden sofort, auch aufgrund des bereits inhaltierten Alkohols in authentischen Schauplätzen sichtbar. Kindheit und dazugehörige Gefühle überschwemmen den Autor wie gutgemeinte Wellen, die Strandgut ins Meer ziehen wollen, weil es eh niemand mitnehmen möchte.

Unter den Fotos noch Briefe, die Briefe von Verflossenen. Er hat sogar noch einen original Schlussmachbrief aus der fünften Klasse, und scheiße ja, er erinnert sich in diese verzweifelte, dumme Trauer, als das niedliche Zopfmädchen Mareen ihn damals verließ und er es nicht verstanden hat, bis heute nicht versteht, warum Liebe entsteht und wieder verschwindet, er sich ein paar Tage später bereits in das Wuschelhaarmädchen Birgit verliebte. Man muss nicht alles verstehen im Leben, um das Leben gutzufinden. Dinge, die passieren, sind begründet in Dingen, die passieren. Im Hintergrund singt *Morrissey* davon, dass er es cool finden würde, von einem 10-Tonnen-LKW oder einem Doppeldeckerbus überfahren zu werden, weil er an der Seite der Geliebten rumhängt und es wunderbar wäre, quasi einer Erfüllung gleichkäme, an ihrer Seite zu sterben. Was für ein verpeilter Romantiker dieser Morrissey doch ist.

Er hat noch Rum im Schrank und mischt sich Rum-Cola und inhaltiert zwei davon innerhalb von zehn Minuten, und langsam wird dem Autor klar, dass er heute nichts mehr schreiben wird, sondern dass er grad eine Party mit sich selbst hat und Gastgeber und Gast in einer Person ist. Da er auch DJ ist, legt er jetzt die Lieblingsmusik des Gastes auf und schenkt ihm noch einen Rum-Cola ein. Die Zigarettenkippen mehren sich im Aschenbecher, und ja verdammt, auch er kennt diese Regel, dass wenn man betrunken ist und langsam noch betrunkener wird, der Bedarf nach guter Musik scheinbar ins Unermessliche steigt. Und da er Party mit sich selbst hat, will und kann er natürlich seinem Wunsch nachkommen.

Wer einmal im Leben zuviel *Phillip Boa and the Voodooclub* gehört hat, weiß, dass es irrsinnig schwer ist, wieder davon los zu kommen. Man kann es versuchen, aber da diese Musik imstande ist, einen im besoffenen Zustand wie ein guter Freund an die Wand zu pressen und einem zuflüstert, dass die Lage noch so ernst sein kann, wenn die wohlklingenste aller guten Musiken einen beschallt, dann ist man immun gegen Weltelend. Das kann nicht mehr ran und bleibt außerhalb des Organismus. Musik und Alkohol verbindet der Autor in wohlgeformter Eintracht und auf einmal ist es gar nicht mehr so schlimm, dass er heute nichts geschrieben hat, und sogar die Uhrzeit ist egal und er hört, wie jemand gegen die Tür schlägt, und er weiß, dass seine Party mit ihm als einzigem Gast schon maximal gut besucht ist. Er öffnet daher nicht, sondern stellt die Musik lauter, worauf das Klopfen nochmal ertönt, dann aber verstummt.

Tanzen, trinken, schweben, fliegen, fallen, sich auf dem Fußboden ausstrecken und wissen, dass jetzt der Punkt da ist, irgendwas zu tun, um nicht noch trauriger zu werden. Da hat es vertane Chancen, wahrscheinlich so platziert, wie es sie in jedem Leben gibt, es hat Erinnerungen, verstärkt und verzerrt durch Alkohol und es hat die kleine Angst, die der Autor schon die ganze Woche mit sich rumschleppt, die Angst, seine kleine Existenz vor die Mauer des Verderbens zu steuern und zwar einfach nur deshalb, weil er nicht richtig aufgepasst hat. Aber sich aus diesem Gedanken einen Strick zu drehen, lehnt der Autor ab, weil Sterben aus Angst stellt er sich wie gegen die Starkstromleitung pissen vor. Man weiß, woran man stirbt und ändert trotzdem nicht die Richtung des Pipistrahls. Das ist das Leben mit all seinen Risiken und Krisen und es ist nur das Leben *wegen* diesen ganzen Risiken und Krisen.

Der Autor denkt an seine Eltern. Das sind die Personen, wegen derer Geilheit er auf diese Welt geschissen wurde. Aber seine Eltern sind Anhänger der Idee, dass alle Künstler scheiße sind, so auch dann ihr Sohn, der Autor. Künstler sind nach Ansicht der Eltern des Autoren genetische Fehlkonstruktionen, deren verballerte Ideen keinen gewinnbringenden Gemeinschaftsnutzen erwirtschaften, daher sollten sie sich erstens was schämen und zweitens normale Arbeit machen. So haben sich Vater und Mutter des Autoren schon des Öfteren mal geäußert. Wie, davon kann man leben? Was, es gibt Leute, die kaufen das? Wieso in aller Welt kannst du nicht mit normalen Dingen dein Geld verdienen? Derlei Fragen ist der Autor in Konfrontation mit seinen Eltern ausgesetzt und daher vermeidet er sooft es geht diesen Kontakt und auch die Eltern scheinen sich daran gewöhnt zu haben, beschweren sich ab und an telefonisch, dass man nie vorbei komme, wollen aber dann, wenn man von seinen Projekten erzählt, lieber Geschichten aus der Nachbarschaft verlautbaren. Und warum er denn nicht hier in der Nähe wohne, wird der Autor gefragt. Was denn so schlimm an diesem Dorf sei? Das Schlimme ist, dass der Autor seine ganze Kindheit und Jugend in Frage stellen müsste, wenn er diese Frage ehrlich beantworten wollen würde.

Nun aber, an diesem legendären Solosaufabend, ist der Autor wieder bereit Kontakt aufzunehmen. Er nimmt das Telefon, wählt die Nummer seiner Eltern. Nach fünfmaligem Klingeln meldet sich seine Mutter. »Hallo?« Ihren Namen zu nennen hält sie nie für nötig, sie denkt, jeder erkenne sie an der Art wie sie Hallo sage. Daher sagt der Autor auch: »Ich bin's.« »Wer?«, hört er die Mutter laut und zweifelnd fragen. Der Autor sagt seinen Namen, und es dauert gut zehn Sekunden, bis die Mutter weiß, dass ihr Sohn sie anruft. »Warum rufst du so spät noch an?« Plötzlich wird dem Autor so apokalyptisch zumute und er sagt: »Mama, ich habe Krebs.« Schweigen. Weiterschweigen. »Krebs«, sagt der Autor nochmal und die Mutter ordnet irgendwas in ihrem Kopf und sagt dann: »Sollen wir dir Geld schicken?« Der Autor legt auf. Tatsächlich ist es so, dass die Mutter denkt, sie könne Krebs mit Geld heilen. Das Maß des Interesses am Leben des Autors seitens seiner

Eltern scheint sich im letzten halben Jahr nicht geändert zu haben. Natürlich ruft die Mutter nicht zurück. Was in ihrem Kopf los ist, das wäre doch eine aufschreibenswerte Geschichte. Aber wie soll man derartiges Gedankengut zusammenfassen? Das ist alles eine ganz persönliche Angelegenheit, die der Autor nicht teilen will.

Die Party mit ihm selbst geht weiter, eskaliert jetzt, noch mal die Musik lauter, nochmal Rum-Cola, und jetzt wird getanzt. Mit den Möbelstücken, durch die Küche. Von außen klingt das, als wären hier ein paar Leute zu Gast, die sich alle hart am Alkohol gelabt haben. Ist aber nur der Autor und seine Wahrnehmung. Sieht aus wie Pogo und Stillstand zugleich, fühlt sich gut an, da zu sein, fühlt sich besser an, jetzt besoffen zu sein. Und dann kommen so gute Gedanken, die das Leben umkreisen, wie jagdgeile Katzen ihre Mäusebeute und sagen: Das Leben ist eine fortwährende Rutsche nach unten, aber manchmal rutscht es sich eben angenehmer mit einem Glas Rum-Cola und einer Zigarette in der Hand. Und so rutscht der Autor weiter, ohne Angst abzurutschen. Er genießt die Fahrt, den Drive, den Abgang.

Er befindet sich im Idealtaumel aus Alkoholrausch und Indie-Mucke und feiert ganz allein sein Leben, bis ihn sein Bewusstsein und eine gnädige Ohnmacht wie irrsinnig nette Großeltern, die einem vor dem Schlafen gehen noch erlauben, in die Süßigkeitenschublade zu greifen, ins Bett schicken.

Donnerstag,
2 Stock, links

Und am frühen Abend war dann auf einmal laute Musik im Treppenhaus. Kam von gegenüber, wo dieser Typ wohnt, dieser Kreative. Es war gute Musik, aber Manuel glaubte, dass diese Musik ein wenig Trauer transportierte, vielleicht war es ein Zeichen, sowas wie ein Hilferuf, und er dachte sich, bin ich mal nett und kümmer mich um die Leute, denen es nicht gut geht. Ging hin und klopfte, war aber nur Musik zuhause, sonst nichts, kein Mensch, oder aber einer, der bereits am Gürtel im Fensterrahmen hing.

Jetzt dann mal los, in die Stadt, die Amüsement zu bieten hat. Und Manuel sieht seinen Kopf in einer Schaufensterscheibe. Hinter der Schaufensterscheibe Dinge, die er nicht kaufen und haben will, weil er doch weiß, dass Einkaufen das Herz nicht füllen kann. Er sieht das Spiegelbild. Und sein Kopf hat eine Zigarette vorne drin und sieht müde aus und trist. So ein trister, müder Kopf, denkt er, und er ist der, der ihn tragen muss. Aber die Frisur ist cool. Manuel fasst sich ins Haar. Das Haar fällt wie weicher Schnee auf seinen Kopf zurück. Er liebt seine Haare.

Er denkt an gestern, als Martina gegangen ist. Ja, dann ist sie halt fort. Unabänderbar. Sie war eh ein Grund sich zu schämen, aber sie war auch ein Sportgerät, ein willenloses Ding, fickbar für die Momente, wenn Manuel ganz am Boden war. Aufgespart hat er sie sich, für jeden Mittwoch hat er sich die Martina portioniert wie Gefrierkost. Ihre Zusammenkunft war auch von ähnlicher Kälte. So ein bisschen war es wie damals, als er in seinen Kindertagen jeden Mittwoch Taschengeld bekam und jeden Samstag davon am Kiosk eine Tüte Gemischtes holte. Immer die gleichen Abläufe und für zehn Pfennig von den sauren Pfirsichen und noch sieben Brauseufos. Ja, die Gewohnheiten bleiben gleich, nur die Inhalte scheinen sich zu ändern.

Irgendwann dann ist er also raus in die Stadt, nachdem er beim Nachbarn klopfte, zum Job oder so, egal, die schlechten Gedanken gehen langsam weg und Manuel rutscht dahin, wo er sich für gewöhnlich aufhält: in dieses dunkle Dummloch, wo es kein Gefühl hat. Nichts ist da, gar nichts, keine Liebe, kein Zorn, irgendwie ist das schon eine kleine Dosis Tod. Mangelnde Einlassungsfähigkeit auf alles, was ihm begegnet. Und das Schlimme daran ist: Sehr gerne würde er sich auf was einlassen, eine von den Frauen, mit denen er verkehrt wird doch bestimmt nicht so verkehrt sein. Eine ist doch bestimmt dabei, die sowas wie Rettung verheißt, und die wird er doch finden können, in all dem Gewusel. Er hat doch Glück, eigentlich. Sieht passabel aus, mit Tendenz Zuckerschönheit, hat Intelligenz und die Fähigkeit, sich auch zu komplizierteren Sachverhalten äußern zu können. Kann das auch alles nutzen. Nur irgendwo ist da ja diese Blockade, dass wenn es ernst wird und es Menschen mit ihm ernst meinen, er beginnt, genau diesen Menschen hundertprozentig zu misstrauen.

Uninspiriert geht Manuel durch die Gegend. Beim Versuch, dem Dufthauch einer Bäckerei zu widerstehen, scheitert er, und dann ist er in diesem Laden und sein Blick fällt auf die schöne Frau hinter dem Tresen, die gerade Erdbeerkuchenstücke auf Pappdeckel hebt, diese dann mit einem knisternden Papier umschlägt, und ja, das wäre so eine Frau, eine, die man retten könnte. Ob sie gerettet werden will oder muss, ist Manuel egal, aber er sieht sie und stellt sich vor, wie er sie gleich anspricht, einfach so, was sie denn heute Abend noch so vorhabe, ob sie nicht vielleicht auf ein Getränk oder so, weil man sich für sie interessiere, wie sie hier formschön, wie sie nun mal sei, hinter diesem Tresen, verlorene Zeit, blablabla. »Bitte schön?«, sagt dann das Mädchen, das aus der Nähe betrachtet noch schöner ist, und Manuel sieht sie an, sieht sie und sich durch einen Stadtpark laufen, Hand in Hand und auf einer Parkbank knutschen. Zuhause ficken sie das ganze Kamasutra nach und dann sieht er eine Dreizimmerwohnung in einem Szenebezirk, und sie sitzt am Küchentisch und lächelt ihn an und zwei Tage später sitzt sie dann da und lächelt nicht mehr und erzählt ihm was von *is besser so* und *das verstehst du doch*. Manuel sagt: »Drei Brötchen bitte und zwei Nussecken.« »Getrennt einpacken?«, fragt die junge Wunderhübsche und Manuel zuckt kurz zusammen, da ist es wieder, dieses Wort. *Getrennt*. Alles wird sich immer wieder trennen, wird ihm klar. Wege, Menschen, Leidenschaften. Daher sagt er jetzt aber, um ein Zeichen zu setzen, dass bitte alles in eine Tüte soll. »Ruhig schön durcheinander«, sagt er und die Brötchenfrau so: »Was?« und Manuel so: »Ach nichts.« Sie guckt jetzt ernst, als ob sie es hier mit jemandem zu tun hat, der nicht ganz auf der Welt zu sein scheint. Is ja auch so, is ja Manuel und der traut sich auch nicht mehr zu gucken und Liebe geht nicht so. Getrennte Tüten. Getrennte Wege. Getrennte Menschen. Alles Mist. Er zahlt und geht.

An der Bushaltestelle lässt er sich nieder. Sitzt dann alleine auf dieser harten Metallbank. Kurz mal Ruhe haben. Er greift in die Tüte und holt abwechelnd Brot und Kuchen raus. Beißt ab. Kaut. Lebt. Auf der gegenüberliegenden Straßenseite sitzt, ebenfalls auf einer Bushaltestellenwartebank, eine Frau, die aussieht, als ob sie Hilfe benötigen würde. Mitte 30 vielleicht, und sie trägt einen weißen Kittel, den man von Supermarktbeschäftigten kennt. Irgendwo hat er sie schon mal gesehen, aber ihm fällt nicht ein, wo das gewesen sein könnte. Vielleicht eine seiner angebahnten Liebschaften, bei der er sich wie bei vielen anderen nicht traute, so tief zu gehen, dass er etwas sein konnte, woran es lohnt, sich festzuhalten. Reflexartig lächelt Manuel sie an. Sie sieht ihn, aber lächelt nicht zurück. Vielleicht mag sie Kuchen und Brot, denkt Manuel und winkt mit seiner vollgestopften Bäckereitüte, lächelt weiter, obwohl in ihm schon fast sowas wie Verzweiflung stattfindet. Schon wieder so ein Weg, der, wenn er ihn jetzt gehen würde, im Nichts endet. Aber dann, genau in diesem Moment, wird ihm klar, dass man Wege doch erst durchs Beschreiten als Wege definieren kann und dann geht er einfach los. Ja klar, denkt er sich, jetzt trau ich mich, endlich mal, das wird sie sein, die Frau, die alles zum Guten dreht. Er muss sich halt nur trauen, sie anzusprechen.

Von links kommt ein Bus. Und es hätte auch alles gut ausgehen können, wenn sich nicht an diesem Morgen die Frau des Busfahrers mit den folgenden Worten verabschiedet hätte: »Ich finde, wir sind Backwaren in verschiedenen Tüten. Ich bin ein Geburtstagskuchen und du nur noch schimmeliges Graubrot. Wir sollten getrennte Wege gehen …« Und der Busfahrer ist dann zur Arbeit gegangen und jetzt fährt er die Haltestelle an und er sieht, wie sein perspektivloses Leben an ihm vorbeischlittert und ihn nichts mehr betrifft. Da er sich außerstande sieht, einfach zu weinen, kommt da diese komische Aggression und diese Unbeherrschtheit in ihn, und der Bus ist zu schnell, und als er Manuel trifft, brechen zunächst seine Beine wie Salzstangen und anschließend wird der Kopf auf den Asphalt gepresst und der Schädel öffnet sich zunächst an der Schläfe. Zeug kommt raus. Das Geräusch von hundert geknackten Nüssen ist zu hören. Außerdem zwitschern Vögel, aber denen ist eh immer alles egal, den Vögeln. Die Straße voller Zeug und alle kreischen. Manuels Schädel seltsam flach. Ein Ohr liegt unter dem Bus und der Mitgeschleifte zuckt noch, bevor es so einfach zu Ende geht, wie es begann, das verdammte Leben.

Sibylle steht einfach auf und geht, sie hat noch viel vor. Da, wo sie jetzt hingeht, ist soeben eine Wohnung frei geworden.

Donnerstag,
abgefuckte Dachgeschosswohnung

Da steht sie also schon wieder. Dieses Mal aber ohne die Verpeiltheit und diesen Jesus. Sagt, Schlimmes sei passiert, da unten. Der Vater, die Mutter und all das und der Mann, der eigentlich nie die Tür öffnet, mittlerweile aber eine Tendenz entwickelt hat, dies doch ab und an zu tun, geht mit ihr runter. Die paar Schritte. Ja, Hilfeleisung ist von Nöten, merkte er, als er das zitternde Kind vor der Tür entdeckte. Der Unbeholfene soll also helfen, nun gut …

Die paar Stufen runter. Da stehen sie dann und die Lisa weint halb und ein bisschen lächelt sie auch, weil der Mann, der eigentlich nie die Tür öffnet, da ist und sie sich bewusst ist, dass wenn es schlimm wird, er bestimmt die richtigen Dinge tun wird. Ein vernunftbegabter Erwachsener eben, nicht so Gefühlsbanausen wie ihre Eltern. Die Lisa ist trotzdem in Panik, die Hand des Mannes ruht auf ihrer Schulter, als sie die Tür aufmacht, hinter der ja jetzt alles sein kann. Ein Massaker, eine Familientragödie oder …

… einfach nur die Mutter, die da grimmigen Blickes im Flur steht, sich mit einem abgerissenen Stück von der Küchenrolle auf offene Hautstellen tupft und beim Anblick ihrer

Tochter und des zur Unterstützung mitgebrachten Aliens in anklagendes Gebrüll ausbricht. »Wo bist du gewesen? Wer ist das denn? Komm sofort rein.« Immer noch dieser Kriegstonfall, als ob der Krieg nie vorbei ist und als ob man Frieden verlernt habe. Der Mann, der eigentlich nie die Tür öffnet, wird mittelschwer böse, ob der Unfreundlichkeit der Mutter gegenüber ihrer besorgten Tochter und will zu erklärenden Worten anheben. Dazu kommt er aber nicht, weil die Mutter auf ihn zugeht, die Tocher da wegreißt und ihn anbrüllt, dass er gefälligst sofort das Kind loslassen solle. Fasst ihm dann ins Gesicht. Es tut nicht weh, aber es ist sein Gesicht und er fühlt eine überschrittene Grenze. Ein Griff in sein Gesicht ist ein Eingriff in sehr private Angelegenheiten.

Der Alien geht also auf sie zu. Begegnet ihrem Grimmblick mit seinem Versuch, sanft zu schauen, was aber in seiner Gesichtsruine nicht zur Geltung kommt, also müssen Worte her, Worte, die die Situation eindeutig verbessern. Er fasst Lisas Mutter bei den Schultern und drückt sie an die Wand. Sie kreischt und er hält ihr eine Hand vor den Mund und sieht sie eindringlich an.

»Jetzt hören Sie mir mal zu, gute Frau.« Seine Worte sind voller Groll, poltern durch das Zimmer und bewirken bei Lisas Mutter, dass sie augenblicklich still hält. »Sind Sie sich überhaupt im Klaren darüber, was Sie hier Ihrem Kind antun? Die Lisa ist da hochsensibel. Was sind Sie denn für eine Mutter, dass Sie Ihrem Kind nicht helfen, gesund aufzuwachsen. Sie haben Verantwortung. Benutzen Sie sie. Verdammt nochmal. Und wenn ich noch einmal höre, dass Sie Ihrem Kind die Liebe verderben, dann komme ich wieder und verderbe Ihnen ihr Leben.« Etwas Speichel tritt aus dem Alienmund aus und er lockert seinen Griff. Lisas Mutter hat weit aufgerissene Augen, ganz so, als hätte sie eine Erscheinung von irgendetwas Außerirdischem oder Göttlichem gehabt. Sagt aber nichts, die Mutter, schweigt in den Flur und die Lisa kommt und sagt: »Mama, es ist alles gut.« Lange hat die Mutter die Lisa nicht mehr sprechen gehört und da kommt ein Lächeln in ihr Gesicht, während der Mann, der eigentlich nie die Tür öffnet, rückwärts aus der Wohnung geht, ganz der Dramatiker, der er nie sein wollte, aber nun geworden ist. Er schließt die Tür, hinter der sich nun die Lisa und ihre Mutter in die Arme schließen, ganz so, als sei nun Frieden und als wäre das Leben ein Hollywoodfilm, dann liefe jetzt der Abspann das Szenenbild herunter, ist aber keiner, also läuft der Alien wieder die Treppe rauf und geht in seine Wohnung.

Der grüne Adidas-Trainingsanzug sitzt perfekt. Abgang Alien. Türen öffnen sich und andere schließen sich. Leben werden vergessen zu leben. Wenn Schritte weinen könnten, wäre das verdammte Treppenhaus ein Aquarium.

Er setzt sich wieder an die Heizung, etwas später sagt die Mikrowelle *pling* und gibt ein Gericht frei, dass er sich nun ins Gesicht steckt. Er nimmt sich ein Buch zur Hand, das dort gerade liegt und da steht: »Das ganze Unglück der Menschen rührt allein daher, dass sie nicht ruhig in einem Zimmer zu bleiben vermögen.« Blaise Pascal. Kluger Typ, denkt der Mann und löffelt Junkfood in sein Gesicht. Offene Wunden sind offene Wunden sind anfänglich gesunde Haut gewesen, die irgendwann zu Wunden wurde und sich nun weigert, sich zu schließen. Langsam wird es leise Abend.

Freitag,

Erdgeschoss, links

Durch die Tür kam dann also doch das Wunder. Die Seele der Frau ist nicht hinausgegangen, sondern Gott ist hineingekommen und hat alles wieder richtiggestellt. Was für ein gnädiger Gott, der sich mit Erbarmen so wunderbar auszukennen scheint. Die Frau ist zurück und liegt jetzt hier, in einem etwas anderen Körper zwar, einem jüngeren Körper, was wahrscheinlich auch Teil dieses präsentierten Wunders ist. Wenn Gott schon angeben muss, dann aber auch richtig. Der alte Mann schaut die Frau an, seine Augen sind schwach, er ist schwach, aber er sieht das Auf- und Niedergehen des Brustkorbs der Frau

Vielleicht, so denkt der alte Mann, als sein Gehirn endlich imstande ist, die mit der Netzhaut wahrgenommenen Dinge endlich dahin weiterzuleiten, wo sie als vollständige Bilder wahrgenommen werden können, vielleicht gibt es Gott doch. Muss ja, denn hier ist unlängst ein Wunder geschehen. Und wer außer Gott könnte dafür verantwortlich sein. Wahrscheinlich war hier, in seinem Hause, mit seiner Frau immer zuviel Nichtglaube, dass Gott sich nunmehr entschieden hat, einen Existenzbeweis anzutreten und seine Frau aus dem Totenbett hat zurückkehren lassen. Ja, da ist sie wieder, so schön wie früher, sie riecht etwas seltsam, aber das ist bestimmt richtig so, schließlich war sie jetzt ein paar Tage tot, da darf man auch mal nach Urin riechen.

So unbequem er auch geschlafen hat, mit seinem alten Körper in den Tiefen dieses Sofas, so fröhlich steht er nun auf, ist aber leise, versucht die schlafende Frau nicht zu wecken, weil, wer weiß, wie haltbar so ein verdammtes Wunder ist. Nicht dass es sich dabei nur um eine Projektion seines Wunschdenkens handelt und die Frau einfach wieder wegstirbt, wenn sie aufwacht. Das Risiko will der Mann nicht eingehen und so schleicht er, wie es eben mit einem Körper wie dem seinen möglich ist, in die Küche, der Frau ein Frühstück zu bereiten.

Da ist noch Käse und noch ein wenig Brot, die Kaffeemaschine ist immer noch ein moderner Roboter, den er nicht fähig ist, in Betrieb zu nehmen. Er ergreift sich also alles, was nach Essbarkeit aussieht, auch den alten Camembert, der schon so lange im Kühlschrank auf Wegschmiss wartet, und dekoriert damit den Frühstückstisch. Dabei traut er sich nicht, Geräusche zu verursachen, aber in ihm tobt ein Glück, das er selbst nicht zu fassen imstande ist. Auferstehung, verdammte Scheiße. Und dann noch so, auf diese Weise. Er blickt an die Decke, die Decke blickt zurück und der alte Mann ballt seine Faust und reckt den dazugehörigen Arm empor. Diese Geste soll Gott zeigen, dass ihm sein Werk auf der Erde gefällt. Er möchte gern ein Lied singen, der alte Mann, traut sich aber nicht, Lautstärke zu verursachen, da die Frau ja noch schläft. Sie zu wecken könnte ja das Ende eines Wunders sein.

Ein Teller knallt dann doch zu Boden, Brotscheiben und angeschimmeltes Streichmett tanzen zwischen Porzellanscherben zur Ode an die Vergänglichkeit. Geschirr, Träume, Leben, alles geht kaputt und die Frau auf dem Sofa wird wach und natürlich ist sie verwirrt und sieht dem alten Mann in seine verwässerten Augen, wie er da Scherben und Brot einsammelt und einfach nur ein beschissenes Frühstück für seine Frau machen wollte. Seine Hände zittern. Da ist auch ein bisschen Blut, und die Frau weiß nicht, wo sie ist, und dann fällt ihr der gestrige Tag und die Überdosis Wahnsinn ein und meint, dass das dazu passt. Ein alter Mann, der auf dem Boden kriecht und Essen aufsammelt und sie aus Wasseraugen ansieht.

Zehn Minuten später hat die Frau den Mann im Arm, und er heult wie ein Kind, spricht von seiner Frau, dem feigen Tod und von diesem Alleinsein und von Gott, und alles was passiert sei, sei so unverständlich, wenn man selbst so kurz vorm Lebensende stünde. Was denn jetzt werden soll, fragt der Mann noch, und sie zuckt mit den Schultern und sagt: »Frühstück.« Dann essen sie, in aller Ruhe, auch die Sachen, die nicht mehr so lecker und frisch sind. Schweigend. Anschließend gehen sie noch zur alten Frau, die immer noch still und blau im Bett liegt, und die Frau empfiehlt dem Mann, die Frau abholen zu lassen, da es illegal sei, tote Leute in Ehebetten aufzubewahren. Aber der Mann will davon nichts hören und die Frau sagt, sie würde auch nichts verraten, es sei ja nur so ein Hinweis.

Als die Frau dann geht, bleibt der alte Mann im Zimmer zurück. Ein bisschen weint er noch, dann fragt er sich, warum eigentlich, dann fällt es ihm wieder ein und er weint noch ein wenig weiter, bis er einfach müde wird. Er setzt sich auf einen Stuhl, neben das Bett seiner kalten, blauen Frau. Sie riecht unangenehm, aber was riecht hier nicht unangenehm? Das Leben stinkt seine Reste ins Universum, und die Kompostmenschen sind nur die skelettierten Ruinen von morgen. Wirkliche Wichtigkeit hat hier nichts mehr.

Freitag,

Erdgeschoss, rechts

Noch ein Tag. Die Nervosität ist kaum auszuhalten. Hormone verhalten sich wie Hormone. Hände schwitzen. Auf jedem Karton, den der Sören heute zuzukleben hatte, hat er so Spuren hinterlassen. Das war Angstschweiß. Wenn Furcht da ist, kommt die Flüssigkeit dazu. Und es tropft und zieht in die Klamotten ein, und da stinkt es, und Sören denkt an Marie und alles, was er will, ist nicht stinken, bloß nicht stinken, wenn man der Mutter seiner ungeborenen Kinder zum ersten Mal begegnet. Noch ein Tag.

Aber die Angst bleibt, bleibt einfach stecken im Sören, wie ein Pfeil, den jemand in sein Herz schießen wollte und doch nur seinen Magen getroffen hat. Amor, du Sau. Die Angst einfach zulassen ist natürlich schwierig, wenn ein Leben wackelt, wie das von Sören. Dann aber hört er seine Mutter im Flur irgendwas machen, staubsaugen, rumlaufen oder leben, und er weiß, dass Marie eine Chance ist, eine Chance, diesem Zimmer, der Mutter und vielleicht sogar den Kartons für alle Zeit zu entkommen.

Es wird gut sein, wenn er weg ist, denkt Sören und geht in die Küche, weil die Cola leer ist und er weiß, dass im Kühlschrank noch welche ist. Seine Mutter sitzt da am Tisch und blättert in einem Prospekt, das Fleisch und Haushaltsgeräte gleichzeitig anbietet. Sie tut interessiert, während Sören möglichst unauffällig zum Kühlschrank geht und die Koexistenz von seiner Mutter und ihm jetzt auf keinen Fall thematisieren will. Sieht auch so aus, als sei sie total in diesem Prospekt angekommen und er könne einfach so vorbeilaufen, neue Cola organisieren und dann wieder im Zimmer verschwinden. Aber nichts da, gerade als er die Kühlschranktür öffnet, erwacht die Mutter aus ihrer hypnotisierenden Kaufkampfschrift und bittet Sören, sich mal hinzusetzen, zu ihr. Sören will das nicht, die Nähe der Mutter, all die ganzen Dienstage und ihre Unberechenbarkeit entfachen in ihm einen großen Fluchtwunsch. Aber die Mutter wirkt wie ein schwaches Tier, so klein, zusammengefaltet und alt irgendwie, so dass Sören fast am Rande des Mitleids steht, dann aber von dieser Klippe wieder weggleiten kann. Er ignoriert die Bitte der Mutter und geht in sein Zimmer. Die neue Stärke tut gut.

Im Zimmer sitzt er dann da und guckt sich die Marie an. Ihre ganze Vollkommenheit. Ein innerer Druck zwingt ihn, ihr zu schreiben, alles zu festigen, was noch wackelt in dieser sich anbahnenden Ultraliebe. Sörens Finger tanzen, sind aber auch zehn fette Soldaten, die mit ihren begrenzten militärischen Mitteln ein Land einnehmen wollen, das wunderbar aussieht, aber das ihnen einfach nicht zusteht.

Yo, Marie,

denk grad an dich und dachte, ich schreib dir mal. Ey, unsere Platte ist nun komplett fertig. Super geworden, das Ding. Die ganze Zeit musste ich aber an dich denken. Und hab schon wieder einen Text geschrieben, in dem es um dich geht, um dich, deine Schönheit und alles, was ich denke, dass du bist. Nimm das, Wunderbarste!

… und ich zieh mit meinem Model in die Villa Kunterbitch
und wir tanzen aufm Tisch und tun so, als wärn wir rich
denn meine Lieblingsunterkunft ist die pure Unvernunft
und da wohne ich seit Jahren und auch noch in Zukunft …

Yeah, mein Hass auf alles bricht irgendwie weg, seit du da bist, Baby. Früher hab ich getextet, um Leuten weh zu tun, heute schreibe ich, um für die Liebe zu kämpfen. Mann, ich war ein Soldat und jetzt bin ich nur noch sowas wie ein Eichhörnchen. Aber eins mit guten Texten. Ich weiß, es klingt total kitschig, aber ich empfinde es genau so. Mein einstiger Welthass ist nur noch Wackelpudding, seit es dich gibt. Ich besuche jetzt meine Mutter auf dem Friedhof und erzähle ihr von dir. Sie wird das alles gut finden.

In unendlicher Vorfreude auf Morgen,

Dein MC S

Abgeschickt. Sören dreht eine Runde auf dem Bürostuhl. Aus der Küche kommt ein seltsames Geräusch. Irgendein Knacken. Vielleicht räumt die Mutter wieder irgendwelche Möbel um oder spült wieder was in ihrer aggressiven, gemeinen Art. Sören glaubt, dass sich sogar Geschirr in ihren Händen unwohl fühlt. Eigentlich müsste täglich die ganze Küche voller Scherben und zerschlagenem Porzellan liegen, weil sich das Geschirr gerne weigern möchte, von der Mutter gereinigt zu werden. Leider hat Geschirr keinen eigenen Willen, glücklicherweise hat Sören schon einen. Zwar keinen großen, eher so einen wie ein Eichhörnchen. Getrieben vom Wunsch auf Sicherheit und Geborgenheit und Nahrung flitzt es über seine Lebenswege, gleitet über mögliche Astverstrebungen und landet vielleicht doch nur auf der Autobahn, weil es dahinter ein Paradies erwartet.

Sören trinkt Cola. Dreht sich im Stuhl. Stellt sich sich selbst als fettes Eichhörnchen in Autobahnnähe vor. Fühlt sich verwegen. Denkt an Marie, die vielleicht auch ein sicherheitssuchendes Kleinstnagetier ist. Er stellt sich vor, wie er ihr Sicherheit gibt. Er wird kein Haus bauen können, aber er wird da sein. Er wird nie viel Geld verdienen können, aber er wird soviel Liebe haben, dass Marie nie mehr weg möchte. Und wenn sie etwas älter ist, wird sie Kinder haben wollen, und Sören weiß, wie das geht. Sören trinkt Cola. Die Cola versiegt, und er will sich noch was aus der Küche holen und denkt sich, wenn die Mutter jetzt noch da sitzt und reden möchte, wird er ihr kurz zuhören, was sie zu sagen hat, lächeln und wieder ins Zimmer zum Computer gehen.

Als er in die Küche kommt, sitzt die Mutter aber nicht mehr am Tisch. Nein, sie hängt an der Tür, die die Küche mit dem Flur verbindet und hat sich einen Ledergürtel um den Hals geschnallt und ihr Kopf ist seltsam rot, fast schon ein wenig blau. Sie röchelt. Reflexartig hebt Sören seine Mutter an, der Gürtel löst sich oben von der Tür, beide fallen auf den Küchenboden wie wehrloses Porzellan. Die Mutter atmet schnell und hektisch. Ganz langsam bekommt sie auch wieder eine gewöhnliche Gesichtsfarbe. Da liegen die beiden nebeneinander, schämen sich und atmen schwer, und es ist nicht mal Dienstag.

Sören hilft seiner Mutter auf die Beine, der Gürtel hat am Hals rot-blaue Striemen hinterlassen und sich in ihre Haut gefräst. Sie atmet immer noch ein wenig ruckartig. Sören weiß nicht, was man sagt, wenn die eigene Mutter sich umbringen will, also schweigt er und auch die Mutter schweigt, und er hilft ihr behutsam auf den Küchenstuhl, wo noch der Prospekt liegt, den sie vorhin gelesen hat. *1 kg Hackfleisch, halb und halb, 1,79 Euro* steht da und genau so fühlt sich Sören. Er setzt sich zu seiner Mutter und sieht sie sich lange an. Ihr Gesicht ist zerfurcht und an der Stirn blättert ein wenig Haut ab. Sie hat Haare auf der Oberlippe und etwas Speichel hat sich in einer Kerbe neben ihrem Mund gesammelt. Ihre Augen sind ausdruckslos und sie sieht aus, als habe sie geweint oder würde gleich damit beginnen. Schweigen. Die ganze Zeit Schweigen. Die Mutter tastet ihre Hand langsam vor, als wolle sie gleich die ihres Sohnes ergreifen. Ganz langsam, Zentimeter für Zentimeter, kommt die Hand nach vorne wie eine Schlange auf Beutesuche über den Tisch geschlichen. Aber kurz bevor sie Sören erreicht, nimmt die Hand eine Abbiegung und ergreift den Prospekt, und aus dem Muttermaul tönt, als ob nie etwas gewesen ist: »Guck mal, 1 kg Hackfleisch, halb und halb, 1,79 Euro, das ist aber günstig ...« Der Ansatz eines Lächelns hüpft über ihr Gesicht, und wenn Sören die Welt nicht schon vorher nicht verstanden hätte, dies wäre auf jeden Fall ein Anlass gewesen, es ab jetzt zu tun.

Vielleicht hätte er sie einfach hängen lassen sollen. Schließlich hat sie ihn auch *hängen lassen*.

Freitag,

1. Stock, links

Da sitzt die Lisa am Frühstückstisch und ist froh. Wie so lange nicht mehr. Ja, die Worte des Mannes von unterm Dach, die haben wohl bei der Mutter Einiges verändert. Haben Wirkung gezeigt, die Worte, denn jetzt rührt sie fröhlich gestimmt in einer Pfanne herum, um der Lisa ein Rührei mit Speck aufzutischen, was es eigentlich nie zum Frühstück gibt, aber heute, ja heute scheint so ein Tag zu sein, wo es funktioniert. Und die Freundlichkeit der Mutter ist echt, das merkt die Lisa, denn neben den Teller mit dem dampfenden Speckrührei stellt sie lächend eine Flasche Ketchup.

Und die Lisa redet wieder. Sie albert mit der Mutter herum und erzählt ihr von Jesus und dem Alien, und die Mutter stellt dazu viele Fragen. Irgendwann kommt sie drauf, den lästigen Termin bei Frau Dr. Wehrmüllerroffeltraut-Mentalsorg heute abzusagen, denn die Lisa war ja nur dort, weil sie nicht mehr gesprochen hat, und da sie jetzt wieder spricht, braucht man auch den ärztlichen Beistand nicht mehr. Die Mutter redet der Kinderpsychologin in einer fast gesungenen Sprachmelodie auf die Mailbox, dass man heute nicht käme, weil das Kind von ganz allein gesundet sei. Bestimmt, so denkt sich Lisa, sitzt die Frau Dr. Wehrmüllerroffeltraut-Mentalsorg jetzt bei ihrem Frühstück und pult sich Schmalz aus den Ohren, um damit ihr Brot zu bestreichen. »Bestimmt sitzt die Frau Dr. Wehrmüllerroffeltraut-Mentalsorg jetzt am Frühstückstisch und tut sich Ohrenschmalz auf ihr Brot.« Die Mutter schüttelt den Kopf und lacht laut und sagt, die Lisa solle sich ein bisschen beeilen mit dem Essen, sie müsse ja gleich zum Kindergarten.

Der Vater betritt die Küche, schweigt zunächst. Die Mutter lächelt auch ihn an, was Lisa seltsam vorkommt, denn erst gestern hat er sie in ihrem Zimmer so stark ins Gesicht geschlagen, dass sie vom Fußboden abhob. Kann das alles so schnell wieder gut werden? Lisa merkt, wie die Luft knistert, weil der Vater es irgendwie nicht hinbekommt, ebenfalls zu lächeln, sondern sich wortlos eine Kaffeetasse vollschüttet und an Lisa und der immer noch debil grinsenden Mutter vorbeischaut, als ob es sie hier gar nicht geben würde. »Ich muss dich mal sprechen. Im Wohnzimmer«, sagt er dann laut und bestimmt zur Mutter, aber ohne sie dabei anzusehen. Der Vater geht voran, die Mutter folgt ihr. Lisa bleibt zurück. Ja, das Glück ist zerbrechlich, fällt ihr auf, eben noch war sie in Erwartung einer nunmehr startenden, entspannten Kindheit, und jetzt gehen Vater und Mutter aus der Küche, Erwachsenendinge bereden. Das fühlt sich für Lisa an wie Ausschlussß. Wie Nichtmitspielendürfen.

Der Vater brüllt, die Mutter wimmert. Die alte Unordnung ist wiederhergestellt. Irgendwo fliegt die Handgranate namens *Scheidung* akustisch bis in die Küche und die Lisa wird ganz taub überall. Sie fühlt sich wie etwas, das gerade zerreißt. Wie ein Reh, das von einem Motorrad zertrennt wird. Eine Hälfte bleibt liegen, eine Hälfte fliegt davon.

Sie hat Rührei im Mund, traut sich aber nicht, weiter zu kauen. Das schöne Rührei, der schöne Moment, alles wäre danach einfach weg. Sie lässt das pampige Zeug im Mund drin. Draußen wieder Geschrei. Irgendwie zieht es Lisa jetzt raus. Raus aus diesem Krieg. Der Bunker ist zu weit weg, Jesus gibt es eh nicht mehr *(vielleicht hat es ihn nie gegeben …)*, also schleicht sie sich aus der Wohnungstür. Geht, immer noch das Rührei im Gesicht, an der Wohnung des Aliens vorbei. Was soll der schon machen, er hat doch genauso wenig Macht wie Jesus, denkt Lisa und geht weiter nach oben.

Auf dem Dach, immer noch taub. So taub, dass nichts mehr funktioniert. In der Kinderseele ein Radau, der nicht mehr zu kompensieren ist. Die Herstellung verhaltensauffälliger Kinder geht genau so. Ein Musterbeispiel an Kinderzerstörung, ohne dass man optisch ein zerstörtes Kind erkennen kann. Lisa ist nun ein Krisengebiet in der Form eines kleinen Menschen. Die kleine Portion Hilflosigkeit, die jetzt vorhanden ist, wird zuviel, wird viel zu viel, alles, alles viel zu viel, wird Summe aller gesammelten Hilflosigkeiten.

Hier oben weht ein derber Wind, der aber nicht imstande ist, die Gedanken zu drehen. Die Lisa denkt Scheiße, pure Scheiße. Denkt Alleinesein, denkt Sterben, denkt Kindheit vorbei, denkt den großen, schlecht sortierten Untergang, weil ihr Kinderherz langsam übersättigt ist von all den Einflüssen, die es zuhause so hat. Das ganze Drama sollte mal zu Ende gespielt werden. Es sind zwölf Schritte bis zum Rand des Daches, dahinter der lachende Abgrund. Lisa geht dreizehn Schritte. Lisa fliegt, ein kleines Stück nur. Aber immerhin, weiß sie jetzt, wie sich Fliegen anfühlt.

»Zwei Millionen Kilometer über DJ Bobo Niveau«, grunzt eine bekannte Stimme. Totsein hat sie sich ganz anders vorgestellt …

Freitag,
1. Stock, mitte

Nachdem Sibylle den alten Mann und seine tote Frau verlassen hat, ist sie kurz nach dem Frühstück und der Begutachtung der blauen Leiche wieder hoch in ihre Wohnung. Die Konfrontation mit dem Tod kam sehr überraschend, aber wenn man, wie sie, schon mal wahnsinnig geworden ist und sich scheinbar immer noch in diesem Zustand befindet, dann ist Tod und alles, was damit zu tun hat, tote Leute zum Beispiel, nicht mehr ganz so schlimm. Schlimm ist der Tod eigentlich nur für Leute, die so ein Fassadenleben führen und überall, auch da, wo sie nicht hingehören, ihre radikale Fröhlichkeit wie Insektengift versprühen. Das sind Leute, mit denen Sibylle eigentlich nichts zu tun haben wollte, aber letztendlich ist sie selbst so jemand geworden.

Und es gibt ja auch welche, die ewig hinter dieser Fassade leben wollen, Leute, die von äußeren Zwängen wie Arbeit, Beziehung, Alltag und Spieleabenden mit Freunden einfach aufgefressen werden und irgendwann nicht mehr anders können, als genau diese Werte zu haben. Sibylle weiß, dass sie so eigentlich nicht leben will, aber sie ist auf dem besten Weg dahin, sich ihren äußeren Zwängen zum Fraß vorzuwerfen. Da hat es einen Bausparvertrag für die Zukunft, so eine Art Lebensversicherung und eine Mitgliedschaft in einem anstrengenden Fitnessclub. Von all diesen Dingen verspricht sie sich Zukunft, und die soll golden und gut und ruhig sein, nicht so scheiße wie jetzt. Aber wann, so denkt Sibylle, fängt eigentlich Zukunft an? Man kann so schnell mit dem Tod konfrontiert werden, dass man gar nicht all seine verdammten Pläne vom Glück verwirklicht bekommt. Und überall lauert dieses bescheuerte Drama, worauf sie mittlerweile absolut keinen Bock mehr hat. Gibt ja Leute, die mögen das in ihrem Leben, Sibylle könnte kotzen, ob ihres dramaüberfüllten Lebens.

Und jetzt sitzt sie da, Fernsehen an, lässt die Dinge laufen und in ihrer Bude ist mehr Einsamkeit und mehr Zwang als sie zu ertragen imstande ist. Da sieht sie ihr Leben, aufgebaut auf Sparverträgen und Erwartungen, die nicht mehr *ihre* Erwartungen sind, sondern die allesamt einen Erwartungshaufen verursachen, der mehr von außen als von innen kommt. Also, wie schält man das Leben aus dieser Umverpackung der Zwänge? Man stellt sich vor, man sei eine Mandarine und die verdammte Schale müsse runter. Wie geht das? Wie schält man sich selbst, ohne sich weh zu tun? Lange glaubte Sibylle, sie wäre machtlos, sie müsse geschält *werden*, um endlich aus sich herauszukommen, da müsse einer kommen, um ihr die Schale vom Fruchtfleisch zu knibbeln. Und da sieht sie ihr Mandarinenschalenleben an, wie es da so liegt und vor sich rumgammelt, und summiert mit der heutigen Erfahrung, mit echten toten Menschen konfrontiert zu werden, entsteht ein Druck in ihr, der jetzt nach Anerkennung verlangt. Das Ausflippen im Supermarkt und das anschließende Vollpinkeln war gar kein Wahnsinn, sondern nur ein Zeichen, dass da grad was überkocht, was zu lange auf dem Herd stand. Die Selbstbeherrschung ging einfach flöten, weil das Gefühl, Opfer von Repression der äußeren Umstände zu sein, irgendwann so stark wurde, dass der Körper von selbst reagierte. Zunächst sah es wie Wahnsinn aus, jetzt findet Sibylle es ganz natürlich. Sie lebt ein unnatürliches Leben, fällt ihr auf, eins, das auf Zwängen wie Bausparverträgen und Staubsaugern und dem unbedingten Erreichen spezieller Werte wie angeblich gesunden Zweierbeziehungen und dem Funktionieren auf dem Arbeitsmarkt beruht. Und die Ungesundheit eines Lebens artikuliert sich nun einfach manchmal im unreflektierten Wasserlassen und dem Verlust der Beherrschung. Eigentlich ist das doch genau die letzte Option Freiheit. Sich vollpissen. Für einen Idioten gehalten werden. Sibylle lacht.

Dann sieht sie ihre Glasvitrine. Scheiße teuer das alles. Und es steht nur rum und sieht aus. Und zwar auch nur irgendwie und bei genauer Betrachtung nicht mal gut, und plötzlich kommt da so ein Hass in ihr hoch und neben dem Sofa steht der Staubsauger und sie nimmt ihn mit beiden Händen und wirft ihn in die Vitrine. Das klirrende Geräusch, das mehrfache Zersplittern des Glases lässt eine Euphorie da, mit der Sibylle nicht gerechnet hatte. Sie geht in die Küche. Sieht mehr von diesen Dingen, die sie gekauft hat, nur um irgendwas zu sein, um irgendwie zu sein, um sich richtiger als andere zu fühlen. Schauspielerin im eigenen Leben sozusagen. Doch damit ist jetzt Schluss. Ein für alle Mal. Jetzt, wo der ganze Zwang einmal weg ist und diese ganzen zusammengekauften Werte nur noch dumme Dinge sind, hat sie immense Lust auf Zerstörung.

Gläser, Teller, Wohlstandszeug. Sibylle verteilt das alles kleinteilig auf dem gut geputzten Boden ihrer Wohnung. Scherben, Einzelteile von Elektrogeräten, undefinierbares Plastik, der Zerstörungsprozess dauert an und er tut so gut und sie bemerkt, dass sie sich mit dem Prozess, ihre Wohnung zu Schutt zu kloppen, von einem Leben befreit, das ihr nicht mehr gehören soll, wahrscheinlich nie gehört hat. Weiter, immer weiter geht ihr Feldzug gegen ihre Inneneinrichtung. Was für ein seltsames Zeug doch in der Couch ist, findet sie heraus, als sie diese mit dem Brotmesser aufschneidet. Die Wut geht weiter, Sibylle eskaliert, und ungefähr eine halbe Stunde später sitzt sie in den Trümmern ihres alten Lebens und würde jetzt gerne rauchen, obwohl sie nie zuvor geraucht hat. Jetzt wäre ein guter Augenblick damit zu beginnen. Dasitzen und das Werk betrachten. Der Pfad der Zerstörung hat sich den Weg durch ihre 2-Zimmer Wohnung gebahnt. Da sind Steine von ihrem Herzen gefallen und mithilfe dieser Steine hat sie alles zerkloppt, was ihr unter den Besenstil und etwas später unter einen im Schrank gefundenen Hammer kam.

Das Werk ist vollbracht und es ist noch früh am Tag. Die neue Sibylle ist voller Tatendrang, findet im Müllhaufen einen unzerstörten Plastikbecher mit einer kleinen Katze drauf und im Kühlschrank hat sie Schnaps und jetzt geht das Leben los, denkt sie und fühlt eine unbekannte Macht an ihr zerren, die von ihr will, dass sie heute auf jeden Fall noch diese Ruine hier verlässt, dieses erdrückende Haus. Außerdem sieht's ja hier auch aus wie Sau, hier kann man keinen guten Abend haben, denkt sie sie sich und schüttet Alkohol ins Katzenglas. Es brennt, aber Brennen ist nicht immer das Schlechteste, was passieren kann.

Nach drei weiteren Gläsern verlässt sie dann ihre Wohnung. Aber wohin sie gehen soll, weiß sie auch nicht. Von Gegenüber kommt ein Mann aus der Tür und rennt Sibylle fast um. Sie ist aber zu betrunken, um sich aufzuregen, und der Mann gefällt ihr. Er guckt sie aber böse an und stampft dann missmutig die Treppen hinab und Sibylle denkt sich, weil sie ja in ihrem neuen Leben ohnehin ziellos ist: folg ich ihm mal.

Der Mann geht sehr schnell und Sibylle hat Probleme, unauffällig Schritt zu halten, schafft es aber irgendwie. Es ist früher Nachmittag und Sibylle irgendwie glücklich. Das war jetzt ein paar tausend Nachmittage anders, aber die Mandarine ist geschält, das Fruchtfleich angetrunken und jetzt kann alles passieren. Sibylle läuft. Es läuft. Wohin ist egal, es ist Leben.

Freitag,
1. Stock, rechts

Isabell hat sich vorgenommen, konsequent zu sein. Justus ist genervt. Marie ist schon gar nicht mehr Kind, sondern träumt von MC S und dem Leben nach dem Leben, was jetzt gerade ist. Malte ist bereit für seine Heldentat wegen des Mädchens und weil es einfach zu wenig Helden hat. Paul will endlich wieder süß gefunden werden. Aus dem Radio kommt Musik, die man auch in Möbelhäusern hört. Musik, die niemanden betrifft.

Isabell geht rückwärts in der Familiengeschichte und sucht den Punkt, ab dem alles schlimm wurde. Justus stürmt vorwärts und will endlich dieses beschissene Haus haben, egal, mit welcher Frau darin, er will einfach ein Haus und eine Familie, weil, das sind doch Werte, die seit Generationen relevant sind und Sicherheit vermitteln. Marie fragt sich, welche Farbe ihr Slip haben soll, den sie morgen anzieht, weil vielleicht will MC S ihn ja sehen. Malte möchte ein Held sein, ist aber nur ein Junge, der sich in Gefahr bringt. Paul pisst sich in die Hose, weil der Stress im Raum zentnerschwer wiegt.

Isabell wischt über die Küchenarbeitsfläche und stellt sich vor, dass dies ihr Leben ist, das Leben soll nämlich glatt und sauber sein, ist es aber nicht. Justus geht zur Arbeit, einer muss den Job ja machen, muss ja, muss ja, muss ja. Marie hätte sehr gerne größere Brüste und überlegt sich, wie sie diese bis morgen beschaffen könnte, Anatomie ist ein Arschloch, denkt sich das kleinbrüstige Mädchen. Malte geht zur Schule, sieht das Mädchen, sieht seinen Konkurrenten und geht wortlos mit ihm in den dritten Stock der Schule. Paul sieht alles und weiß nicht, wie er hier rauskommen soll.

Isabell sitzt dann da, mittags, und spürt, wie alles wieder drückt und zieht und das falsche Leben sich über ihr Leben stülpt, um ihr jegliche, menschliche Regung wegzunehmen. Justus funktioniert bei der Arbeit, hat Papier auf seinem Tisch, darauf Zahlen, und überall diese Verantwortung und nirgendwo mal Durchatmen. Aber er mag eh lieber Pressatmen als Durchatmen. Marie unterhält sich in der Schule mit ihrer besten Freundin Elke. Elke hat schon mal, sagt sie, schön war's nicht und mit dem Kevin ist es passiert, letzten Sommer, im Freibad, in der Umkleide. Da kommt dann ein wenig Angst in sie, die aber aus Gründen der Coolness nicht so ernst genommen wird. Malte hingegen hat Angst, geht einen Schritt nach vorn. Fallen ist eine Möglichkeit, die er nicht in Betracht zieht. Paul sieht seiner Mutter beim Denken zu und überlegt sich, dass die Schwermut nie zu nah an einem dran sein soll, andernfalls geht alles kaputt.

Isabell raucht zur Stresskompensation. Justus kommt nach Hause, sieht seine Frau nicht mehr funktionieren und deswegen rauchen und bittet sie, sich zusammenzureißen. Marie schreibt nach der Schule ein paar Stunden mit MC S und wünscht sich immer noch größere Brüste. Maltes Angst hat ihn gerettet, der andere Junge hingegen ist runtergerauscht und auf dem Schulhof zerplatzt, Miriam ist daher eh etwas unzugänglich. Was bringt also der ganze Mut? Paul lacht, denkt sich, lach ich lieber, solange man mich lässt.

Isabell reißt sich zusammen und zerbricht. Justus hat neben sich die kalte Frau und denkt sich: Geh ich lieber und schau mich nach einer Ersatzfrau um. Marie weiß, dass sie erst 13 ist, ist aber verliebt bis in die Haarspitzen und entscheidet sich für die einzige Unterhose in ihrem Unterhosenrepertoire, die so etwas wie Erotik verströmt. Malte erzählt zuhause vom zerplatzten Konkurrenten. Alle sind schockiert und er ist der Einzige, der weiß, dass es kein Selbstmord war und behält das auch für sich. Zeit genug, daran emotional zu scheitern, hat er ja als Neunjähriger. Miriam hat man anschließend in eine Psychiatrie gebracht, weil sie einen zerschmetterten Jungen sehen musste und das einfach zu viel für ihr Weltbild war. Manchmal, wenn Dinge aus Körpern herausgucken, die definitiv nach innen gehören, scheitern Menschen. Paul lacht, alle finden das Kind süß, aber alle reden am Leben vorbei. Das Leben steht im Raum und tut unbetroffen.

Isabell bleibt zurück. Ist sich nicht sicher, weil, Sicherheit gibt es nicht. Aber Handeln ist auch so schwierig. Gerade auch, wenn nichts sicher ist. Ihre Kinder gucken sie unverwandt an und sie merkt, wie die Aggressionen kochen, aber nicht rauskommen dürfen, weil, wenn sie einmal rausgelassen werden, wird sie sich noch weniger in der Welt wiederfinden, als ohnehin schon. Aber wer sich dauerhaft zusammenzureißen hat, muss etwas finden, das ihn ablenkt vom Zusammenreißenmüssengrund. Daher streichelt sie ihre kleinstes Kind. Paul lacht. Er weiß nichts, woher auch.

Justus ist dann rausgerannt. Wohin, weiß er selbst nicht. Geht so *seine Familie verlassen*? Bestimmt nicht. Das will er auch gar nicht. Er will nur, dass alle gesund sind und ein Haus aus Frieden und Harmonie. Mit Isabell, so weiß er, wird er da aber nicht einziehen können, weil, die ist zerstört, die ist nicht mehr die Frau, die er einst geheiratet hat, die, mit der er die Pläne gemacht hat und die, die dann seinen Samen in Menschenform in die Welt gedrückt hat. Sie ist jetzt jemand anderes. Wer sie ist, das weiß er nicht genau. Aber dass er sie nicht mehr will und halten kann, wird ihm immer bewusster. Man müsste sie festbinden, die Frau, und ihr den ganzen Morast, den sie da denkt, aus dem Schädel klopfen. Manchmal in Filmen hilft Trinken den Leuten, um auf gute Ideen zu kommen, denkt sich Justus und geht in eine Bar und beginnt zu trinken. Plötzlich sitzt da eine Frau. Man spricht mit ihr, als hätte man keine Familie. Und auch wenn ihr Gehirn nur die Sicherheitskopie ihrer Eingeweide ist, lässt er sich weiter auf sie ein. Erzählt ihr dann doch von der Frau und von allem, was passiert ist, und von den Kindern und der mangelnden Zielorientiertheit aller. Er wird bedauert, umarmt und immer betrunkener und findet sich dann irgendwann rhythmisch zuckend hinter dieser Frau auf dem Herrenklo wieder. Der Rausch fesselt beide, die Geilheit klopft in seinen Schläfen und in seinem Schwanz und die ganze unausgelebte Aggression eines viel zu durchgeplanten Lebens wird versinnbildlicht in diesem einen schmutzigen Klofick. Dass es sowas noch gibt, denkt sich Justus, als sich die Frau mit Klopapier säubert und sie ihm irgendwie bekannt vorkommt, ihr Gesicht hat er bestimmt schon mal irgendwo gesehen. Man verabschiedet sich ohne den Wunsch, sich erneut zu begegnen, Exzess braucht Sekunden und keinen zweiten Tag. Au revoir, geiler Augenblick.

Marie sitzt vor ihrem Computer. Irgendwo da draußen MC S, der aber doch garantiert *nur* sie will. Wie hart wäre das denn, wenn er das, was er ihr schreibt, auch anderen schriebe. Nein, in diese Richtung will Marie nicht denken. Kaputt ist lediglich ihre Familie, überall anderswo ist die Welt gerecht und gut und selbst die schönen Menschen mit hohem Geilfindungsfaktor monogam wie Sau. Sie träumt sich in seine Nähe und sein Ruhm wird ihr Ruhm. Das ist schön, wenn er seinen Ruhm teilt, darin vermutet Marie wahre Liebe, und sie ist 13 und obwohl sie kein gutes Vorbild für wahre Liebe hat, sondern nur ihre Eltern, ist da ein Restvertrauen in die Möglichkeit, ein gutes Leben in Sachen Liebe bewerkstelligt zu kriegen. Denn er schreibt so schöne Dinge, der Rapper, und wer so schöne Dinge schreibt, der kann doch fürwahr nichts Schlechtes im Schilde führen.

Indirekt hat der neunjährige Malte heute jemanden getötet. Schuld ist erst mal nur ein Wort, noch nicht wirklich ein Gefühl. Aber zu wem soll er damit gehen? Außerdem hat er massive Angst vor nachträglicher Bestrafung. Miriam kann er vergessen, das weiß er. Die ist fertig mit der Welt, nachdem Jonas aus dem dritten Stock gefallen ist und sein Schädel auf dem Schulhof zerschmetterte und sein Körper so krumm und schief da lag, wie ein Körper nur daliegen kann, wenn kein Gefühl mehr drin ist. Jonas war ja eigentlich ein Kumpel. Und alles nur wegen Miriam. Vielleicht hat er sie wirklich geliebt. Malte versteht die Liebe nicht. Sie ist, ähnlich wie Gott, ein Ding, das in Liedern vorkommt. Unsichtbar ist sie und sie kann Leute umbringen (siehe Jonas) und Leute wahnsinnig machen (siehe Mama). Die Liebe macht also mehr Opfer als Spaß, denkt sich Malte und schließt sein Herz ab, damit die beschissene Liebe nicht herankann. Aber einfach mal Dinge mit sich selbst zu klären, kann einen sehr stark machen. Aber: muss ja, is ja keiner sonst da …

Paul liegt in seinem Bettchen und träumt. Träumt von einer Existenz im Bonbonland. Das ist dieses Land, wo Schokolade und anderer Süßkram an den Bäumen wachsen und alle Menschen und Häuser essbar, weil sie aus Süßigkeitenmaterial sind. Komischerweise kommen nur Süßigkeiten und fremde Leute in diesem Traum vor. Die Eltern und Geschwister sind nicht mal annähernd fühlbar. Irgendwann aber wird der Traum etwas dramatischer. Da kommt so ein Monster, das behauptet, dass Paul nun das Bonbonland verlassen müsse. Paul aber will das nicht, denn wer einmal im Bonbonland gewesen ist, weiß um seine zuckrige Schönheit. Aber das Monster wird etwas dringlicher. Verpissen solle er sich, möglichst schnell. Paul entscheidet sich, aufgrund der massiven Attraktivität von Bonbonland dem Monster zu trotzen. Ein gefährlicher Kampf beginnt. Irgendwann beißt ihm das Monster einen Arm ab, dann den zweiten Arm, dann erst das eine und dann das andere Bein, und Paul liegt auf dem Rücken, und überm Bonbonland hängen graue Wolken, und das Monster verdeckt die Sonne. So endet dann auch der verstörende Traum eines Zweijährigen. Hilflos, mit einem halben Körper, einem verstörend schmatzenden Monster ausgeliefert. Paul wacht auf und weint ein bisschen. Er fasst seine Arme im Dunkeln an. Glück gehabt, alles da, auch beide Beine. Das Monster aber vermutet er immer noch irgendwo hier im Raum.

Freitag,
2. Stock, rechts

Hallo, ich bin ein ätzender Scheißtag, sagt der Freitag und beginnt mit hämmernden Kopfschmerzen. Die Party mit sich selbst hat der Autor überlebt, was bleibt, ist eine Menge Zynismus und ein Mund, der das Gefühl auslöst, darin ein stark behaartes Tier aufzubewahren. Der Autor erhebt sich und die Welt dreht sich wie immer, allerdings tut sie dies heute in einem verworreneren Stil als sonst. Die Fahrt zu genießen ist nicht drin, weil man keine Kontrolle über die Fahrt hat.

Da ist eine Lesung zu machen heute Abend und zwischendurch irgendwie ein Exposé zu verfassen, um den Verleger zufrieden zu machen. So ein Exposé soll ja nur zeigen, dass man eine zwingende Idee hatte, ob man die dann wirklich ernsthaft verfolgt, steht dann auf einem ganz anderen Blatt. Aber unter Kopfschmerz zu denken, zu versuchen, genial zu sein, überhaupt gerade erstmal einen klugen Satz zu denken, geschweige denn zu verfassen, das ist gerade alles nicht möglich.

Manchmal ist es so, dass das Leben der Kunst im Weg steht. Und da steht es dann, das Leben, mit all seinen Widersprüchen, Traurigkeiten, Wettern, Sehnsüchten und Kaputtheiten und verlangt danach gelebt zu werden. Und wenn einer Autor ist, will das Leben auch noch geschildert werden. Aber es hat zu viele Farben und zu viele Bewegungen, um davon ein adäquates Standbild zu erfassen. Genau das ist es aber, was die guten von den beschissenen Schreibern unterscheidet. Nicht wenige denken, dass ihre schlechte Haut und ihr vermehrter Alkoholkonsum sie zu legitimen Bukowski-Nachfolgern machen würde. Das ist aber massiv romantisch verklärt, weiß der Autor, weil er weiß, wo er her kommt. Schreiben ist harte Arbeit und fühlt sich manchmal an wie zwölf Stunden Steine kloppen bei 40 Grad und manchmal fühlt sie sich an, wie die Verantwortung, einen Tumor von einer Aorta abzutrennen. Ein bisschen zu weit und zu unbedacht geschnitten und schon gibt es ein Blutbad. Aber genau damit wird man der angedachten Schilderung des Lebens meistens nicht gerecht.

Der Autor denkt an Bukowski und frühstückt zwei Aspirin und eine Tasse Kaffee. Scheiß Klischees. Schlechte Haut und ein banales Alkoholproblem machen niemanden Bukwoski, sondern alle nur hässlich und untergründig verwelkend.

Da ist gerade eine unüberwindbare Front zwischen den Worten, die gefunden werden wollen, und der verdammten Realität. Er sieht sich in seiner Wohnung um: räumliche Enge, für eine Person gerade genug, etwas zugestellt, angenehm zugemüllt trotz Aufräumaktion am Dienstag und zwei große Fenster zur Straße. Er schaltet seinen Computer ein. Sieht unten rechts die Zeitanzeige: zeitliche Enge, Zeit, das Druckmittel der Gesellschaft, um maximale Kontrolle über alle zu bekommen, wer sich der Zeit verweigert, hat verloren, wer nicht mit der Zeit geht, wird zurückgelassen. Er sieht sich in seiner Bude um und plötzlich kommt da die Idee zwischen zwei Schlucken Kaffee: ASOZIALES WOHNEN.

Man nehme: Verschiedene Schicksale, zeitliche und räumlichen Enge, ein paar Verquickungen, eine Überdosis Leben, den Gefühlsgewürzstreuer (Achtung, Geheimwaffe) und stelle all das in einen Rahmen, einen lokal begrenzte Rahmen wie ein Haus. Ja, genau, ein Haus, nehmen wir doch eins wie das, in dem wir gerade leben, acht Mietparteien, man kennt keine Sau, aber kann sich zu jedem Schicksal etwas ausdenken. Hinter jeder Tür ist hier garantiert eine ganz eigene Vorstellung von Leben, und die zu summieren und in den Rahmen *Haus* zu pressen, da läuft doch das verdammte Leben aus jeder beschissenen Buchseite raus. Schnell fasst er ein paar Personen zusammen, die er hier im Haus schon mal gesehen hat und versucht ihnen gewisse Verhaltensstrukturen und Auffälligkeiten anzudichten, die ihm durchaus möglich erscheinen. Das alles schreibt er auf, baut noch sich selbst ein, immer aber schön versteckt, und hat dann sowas wie ein Konzept. ASOZIALES WOHNEN!

Das Exposé schickt er an seinen Verleger und raucht erst mal drei Zigaretten zur Entspannung. Dann kommt die Email und der Verleger meint, dass er das für eine gute Idee halte, nur bitte sein eigenes, langweiliges Leben nicht unbedingt vorkommen müsse. Der Autor schreibt zurück, dass das klar ginge und dass er morgen sofort mit der Arbeit am neuen Roman beginnen werde, worauf der Verleger schreibt, dass dann ja alles bestens sei und er ihm noch alles Gute für die anstehende Lesung wünscht.

Glückgefühle krabbeln wie kleine Käfer durch seinen Körper. Der Schmerz lässt nach, es ist so schön, wenn bekannter Schmerz weniger wird. Und: da ist auf einmal ein Ziel. Der Roman wird vor den Augen des Autors lebendig, fängt an zu zucken und zu schreien wie ein blutüberströmtes Neugeborenes, noch unkonkret, aber sowas von *alive!*

Ein paar Stunden später macht er sich dann auf den Weg zur Lesung. Er wird begrüßt, grüßt und dann passiert erst mal nichts, dann Literatur und dann ein paar Getränke. Satt und zufrieden geht er nach Hause. Die Gefühle, die einen so treffen können, während man auf einer Bühne sitzt oder steht und Kultur redet, die können einen manchmal glücklicher als schlechter Sex machen. Guter Sex ist anders, unantastbar weit oben in der Kategorie der Gutfindegefühle, aber eine gute Lesung ist definitiv besser als schlechter Sex, wird dem Autor klar, als er leicht angetrunken den Flur heraufschlurft.

Vor der Tür des Nachbarn von gegenüber steht ein Mädchen. Sie sieht traurig aus und schaut verwirrt, als sie den Autoren mit seiner großen Büchertasche vorbeilaufen sieht. Da der Autor ein großes Herz und eine Menge Euphorie mit sich herumschleppt, fragt er das Mädchen, ob alles in Ordnung sei, da sie irgendwie nicht so wirkt. Sie sagt, sie würde warten, warten, bis der Nachbar von gegenüber zurückkäme, denn sie sei mit ihm verabredet. Es ist aber spät am Abend, meint dann der Autor und ob sie nicht bei ihm warten wolle, dann müsse sie nicht hier im Treppenhaus alleine warten. Das Mädchen findet die Idee in Ordnung und kommt mit in seine Wohnung.

Die Saufunordnung des gestrigen Tages hat immer noch Bestand und das Mädchen wundert sich nicht darüber, sondern setzt sich auf die Couch. »Er ist auch per Handy nicht zu erreichen«, sagt sie ein bisschen leicht wimmernd. Der Autor bietet seinerseits erstmal Getränke an. Manchmal denkt er, ihm sei jede menschliche Qualität abhanden gekommen, weil er zuweilen zu sehr in der autistischen Welt der Schreiberei gefangen ist, aber so, wie er die Lage derzeit beurteilt, hat er immer noch ein Sozialleben. Von ihm strahlt euphorische Nettigkeit ab. Die Frau hat schöne Augen und trinkt sein Bier und erzählt aus ihren Leben. Man merkt, wie sehr sie in seinen Nachbarn verliebt ist. Aber er habe sich nach dem letzten Date einfach nicht mehr gemeldet und daher ist sie jetzt hier vorbei gekommen, um nach ihm zu sehen.

Kurz darauf dann draußen doch Geräusche. Die Hellhörigkeit der Wohnung lässt es zu, das man von draußen das Geräusch der Türöffnung hört. Das Mädchen steht sofort, nimmt ihre Bierflasche mit und geht zur Tür, der Autor geht mit. Die Erschütterungen, die einen im Leben manchmal treffen, sind wie Erdbeben, ohne dass der Fußboden aufreißt. Aber man hat das Gefühl. Sieben Minuten später klebt das Mädchen heulend an einer Wand.

Freitag,
2. Stock, links

Die Wohnung hat sehr lange gewartet. Hat sich ein bisschen gelangweilt. Aber der verlorene Mensch kam nicht zurück. Dann hat man Manuels Ausweis bei ihm gefunden und den Vermieter kontaktiert, der seinerseits den Hausmeister kontaktiert hat und zwei Polizisten werden vom Hausverwalter in die Wohnung gelassen. Zwei Nachbarn kommen raus und gucken komisch ob der Polizeipräsenz. Immer wenn Polizeipräsenz ist, ist Unglück oder Bedrohung. Man wird gefragt, in welchem Verhältnis man zum hier Mietenden *stand*, und durch die vom Polizeiangehörigen bewusst gewählte Vergangenheitsform wird die Lage etwas durchsichtiger. Nachbar, sagt der Autor. Sowas wie Freundin, sagt das Mädchen. Man setzt sich in die fremde Küche und einer der Polizisten erklärt einen Unfall mit Bus, an dessen Ende ein zerstörter Körper und ein offener Kopf übrig blieben, und das Mädchen fällt vom Stuhl auf den Boden, kriecht zur Wand und schlägt dreimal ihren Kopf dagegen, bis der Autor sie beruhigend festhält, und dann weint sie, weint so hemmungslos, dass der ganze Raum voller Trauer ist. Der Autor streichelt ruhig ihren Kopf und die Polizisten und der Hausmeister schweigen. Letzterer murmelt etwas, dass sich anhört wie *So und nicht anders*, was irgendwie die Gesamtbrutalität des Lebens wunderbar und in Gefrierfachtemperatur zusammenfasst.

Die Polizisten sehen sich noch ein wenig um und fragen, ob man Angehörige kenne. Kennt aber keiner. Das Haus hier ist so anonym wie ein Terroristenversteck, würde der Autor gerne sagen, aber das Wort Terroristenversteck verkneift er sich lieber in Anwesenheit Staatsangehöriger. Die Polizisten finden Telefonnummern in einem Notizbuch. Die Telefonnummern vieler Mädchen. Sie werden sie alle anrufen und hoffen, dass irgendwo auch noch eine Mutter auf ihren Sohn wartet, der aber nicht mehr nach Hause kommt, aber dann ist zumindest die Bürokratie erledigt. Irgendwo werden andere weinen, einige werden sagen: Endlich.

Am nächsten Dienstag wird die Wohnung beim Makler angeboten. Der Hausmeister wird viel Arbeit haben mit dem Ausräumen der Wohnung. Das wird am Montag passieren. Passieren müssen. Das Verwischen der Spuren von Existenzen gehört zum Kreislauf des angeblich großen Lebens, das immer so geil tut, aber eigentlich doch nur ein überbewerteter Komposthaufen ist. Der Hausmeister wird beim Ausräumen der Wohnung desöfteren den Satz *So und nicht anders* sagen. Damit das eigene Sterben ausgeblendet wird und vielleicht seiner Tätigkeit ein Sinn aufliegt und der Unsinn seiner Tätigkeit nicht auffliegt. Den Sinn erkennt man manchmal nicht direkt, wenn man Dinge tut, die von irgendwo aufgetragen werden.

Dass das Leben auch nie anhalten kann, denkt die Wohnung und sieht sich sehr genau die in ihr stattfindende Tragödie an. Schweigende Polizisten und ein emotional überforderter

Hausmeister auf der einen, ein randvoll mit Trauer angefülltes Mädchen und ein tröstender junger Mann auf der andere Seite. Ja, so geht das Leben, weiß die Wohnung und ist gespannt auf ihre nächste Füllung. Vielleicht kommt ja mal was Verrücktes. Einer, der nur niedliche Tiere isst, Hamster frittiert und denen dann die Köpfe anschneidet, um sie mit dem Teelöffel leer zu essen. Oder eine, die sich aus Angst vor Arztbesuchen in ihrer Wohnung heimlich selbst operiert. Oder jemand, der einen Terroranschlag plant und sich beim Bombenbasteln versehentlich mit dem ganzen Haus hier selbst in die Luft jagt. Das wäre doch mal was. Oder jemand ganz Unspektakuläres, der durch sein eigenes Verhalten einfach nur glücklich wird. Zum Beispiel mit einem anderen Menschen. Oder zuallererst Mal: mit sich selbst.

Die Wohnung freut sich jetzt ein bisschen, dass Manuel nicht mehr zurückkommt und es bald mit der Ausräumerei beginnt. Dann kommen neue Leute, die sterben auch wieder oder ziehen weg. Ihre Blumen verwelken auf der Fensterbank und ihr Fleisch vergammelt im Kühlschrank. Und sie kommen rein in die Wohnung, sind einsam oder zu zweit oder mit mehreren Leuten und sind glücklich und unglücklich, und das alles ist eigentlich total egal. Ich werde ausgeräumt, jubiliert die Wohnung. Andere haben überhaupt keinen Sex.

Das Mädchen ist irgendwann beruhigt und schläft bis zum nächsten Morgen beim Autor auf dem Sofa. Zwischendurch hört er sie weinen und findet das okay. Trauer muss durch den Menschen durch, damit er wieder ohne sie leben kann. Am nächsten Morgen ist sie schon ein wenig stabiler und im Gespräch mit dem Mädchen erfährt der

Autor, was für ein schwieriger Mensch Manuel war. Diverse Realitätsmitschneidelichter blinken bei ihm auf und eine seiner Romanfiguren wird ein wenig konkreter. Er bedankt sich bei ihr, erzählt ihr aber nichts von dem Buch. Wozu auch? Diese Literatur, die sich um Schicksale rankt und dazwischen das Leben, das vorgibt, speziell und wichtig zu sein, diese Literatur ist wertlos. Literatur muss die Schüppe sein, mit der du Scheiße von A nach B beförderst und da, wo B ist, muss die Scheiße immer noch genauso stinken wie da, wo sie herkommt.

Gegen Mittag geht das Mädchen wieder, beruhigt, besänftigt und mit halbierter Trauer guckt sie noch einmal Richtung Autor, bevor sie die Tür schließt. Irgendwo in ihren Augen befindet sich eine große Portion Dankbarkeit. Ihre selbstbewussten Schritte bezeugen, dass hier etwas Gutes passiert sein muss. Der Autor ist glücklich.

Freitag,
abgefuckte Dachgeschoßwohnung

Der Mann, der nie die Tür öffnet ist, dann also wieder zum Mann, der mal die Tür öffnete, aber dann sah, dass draußen auch alles scheiße ist, geworden. Das kann einen schon sehr traurig machen. *Pling*, sagt die Mikrowelle, und wenn dieses *pling* das erste und einzige Geräusch seit Stunden ist, welches man nicht selbst verursacht hat, dann kommen da Gedanken, von denen man sich wahrscheinlich eine Wellenförmigkeit erwarten könnte, aber alles bleibt ruhig im Kopf. Der Mann, der nie die Tür öffnet, sitzt an seiner Heizung und liest eine alte Zeitung. Es ist eine Tageszeitung, die er irgendwann einmal im Treppenhaus gefunden hat, zu der Zeit, als er doch manchmal seine Wohnung verlassen hat. Aber mittlerweile weiß er einfach, er kann auch ohne sowas leben, die Draußenwelt ist nur voller bescheuerter, undankbarer Egocharaktere, Zombies und Vampire allemal, denen er nichts Gutes mehr zutraut.

Er denkt an das Mädchen, dem er geholfen hat. Dessen Mutter er gedroht hat. Der Mann, der nie die Tür öffnet, findet, dass das eine gute Tat war. Und gute Taten sind selten. Und etwas Seltenes zu tun ist fast so selten wie jemand Seltenes zu sein. Seltsam, diese Seltenheit. Das Leben des Mädchens wird vielleicht jetzt ein bisschen besser werden. Er denkt daran, wie es wäre, eigene Kinder zu haben, aber nur kurz, denn was sollte er denen schon mit auf den Weg geben. Seine Liebe, sofern noch welche in ihm stattfindet, hat er irgendwo unauffindbar vergraben. Das mit ihm und den anderen Menschen funktioniert einfach nicht mehr, daher hat er sich dafür entschieden, mehr wie ein Tier zu leben. Häufig fühlt er sich wie ein gut trainierter Schimpanse, der die Fähigkeit hat, sein Essen in der Mikrowelle zuzubereiten. Das Geräusch *pling* hat ihn konditioniert, dass es sowas wie Sicherheit gibt. Vier Wände drumherum, draußen nur Feinde, warum sollte es ihm schlechter als notwendig gehen? Die eintretende Einsamkeit ist manchmal nur ein minutiöses Gefühl, das kurz nervös macht, einen packt, klebrige Sentimentalität dalässt, aber dann auch mit Bestimmtheit wieder geht. *Pling.*

Heute, so denkt sich der Mann, will er aber nochmal aufs Dach gehen, ein bisschen frische Luft konsumieren, die speichern, die gute Luft, die Lungenbläschen beim Durchatmen durchdehnen und sich über die Tristesse seines Lebens freuen. Sich über Tristesse zu freuen, kommt bestimmt einigen Leute krank vor, aber für den Mann, der selten bis nie die Tür öffnet, wohnt darin derzeit die unumstößlichste Genugtuung, die sich ein Mensch ohne Geld leisten kann. Seine Ruhe haben, nicht mitmachen müssen, den Fluchttunnel gegraben zu haben, sich oben auf dem Dach totstellen, weil, interessiert ja ohnehin niemanden.

Also hoch. Auf dem Dach weht ein laszíver Wind und am nicht vorhandenen Geländer tanzt die Lisa gegen ihren Abschied von der Welt. Ohne wirklich nachzudenken, reißt er an ihrem Arm, sie hängt bereits halb in der Luft, ein paar Sekunden später wäre sie ein unansehnliches Fleisch- und Knochenabstraktum auf dem Asphalt gewesen. Und dann kommt ein Gefühl, ganz plötzlich kommt da so ein Gefühl in den Mann, der nie die Tür öffnet. Die kleine Lisa zittert in seinen Armen, scheint paralysiert zu sein, da ist Trauer in ihr, so traurig soll kein Mädchen sein, denkt sich der Mann. Vor allem nicht so ein kleines, am Anfang seines Lebens, dort, wo noch nichts begonnen hat, soll doch nicht sofort alles aufhören. Lass mich rein, brüllt die Liebe. Und der Mann reißt die Tür auf und spürt die verdammte Aufrichtigkeit seiner Gefühle. Er weint ein bisschen, aber das ist egal.

Er trägt die Lisa auf seinen Armen in seine Wohnung. Ja, verdammt nochmal: Liebe. Es ist Liebe, was er hier fühlt, ein seltsamer kosmischer Eindruck, der sich mit angeblicher Realtität vermischt, wird zu etwas unaussprechlich Großem und der Mann legt eine Mr. President Platte auf. Das Mädchen öffnet die Augen. »Zwei Millionen Kilometer über DJ Bobo Niveau«, sagt er, so zärtlich er es zu sagen vermag und die Lisa lächelt. Lächelnde Mädchen sind so ziemlich das Schönste auf der Welt. Er streichelt ihren Kopf. Niemand stellt mehr Fragen.

Samstag,
Erdgeschoss, links

Gott ist also tatsächlich dieses Arschloch, für das der alte Mann ihn immer gehalten hat. Wer sich von einem solchen Gott beherrschen lässt, ist selbst Schuld, wenn er in emotionale Schräglagen gerät. Ganz kurz dachte der alte Mann gestern tatsächlich an die ehrliche Existenz Gottes, aber jetzt ist alles klar: Wenn Gott existiert, ist er ein Arschloch, das sich einen verdammten Spaß daraus macht, Leute, die ohnehin schon mit allen Schlechtgefühlen unten sind, noch weiter runterzudrücken. Diese Sadistensau. Wer hat das eigentlich erfunden, dass alle an eine Sadistensau glauben? Der Mann hätte gerne mal geglaubt, aber jetzt ist ihm Hölle und jedes weitere in christlicher Mentaltität ausgesprochene Debakel willkommen. Soll sie doch kommen, die verfickte Hölle, denkt der alte Mann und er denkt tatsächlich *verfickt*, schlimmer als das hier kann das auch nicht werden.

Der alte Mann sitzt bei seiner kalten, blau-violetten Frau, die mittlerweile schwer stinkt. Neben ihr zu liegen traut er sich nicht mehr, aus Angst zu erfrieren. Obwohl das bestimmt ein guter Tod wäre: an der Seite der unlängst verstorbenen Frau an ihrer Kälte erfroren. Jetzt liegt sie also da, in all ihrer Endgültigkeit. Das Haltbarkeitsdatum der Frau ist abgelaufen. Was macht man mit Dingen, deren Haltbarkeit beschränkt ist? Das Aufbewahren wird irgendwann zur Last. Es bleibt aber, wenn man sich für das Wegschmeißen entscheidet, immer ein bisschen Leere zurück und Unbehagen. Das Unbehagen nämlich macht, dass man sich fühlt wie einer, der nicht alle Chancen genutzt hat, die ihm zur Verfügung standen. Hättest doch die Leberwurst essen können, sie hätte dich satt machen können und jetzt ist sie ungenießbar, stinkt und ist wertlos, na toll … Die Frau sieht aus wie die verpasste Möglichkeit, am Buffet des Lebens satt geworden zu sein.

Auf der Haut der Frau sieht es nicht mehr gut aus. Und es riecht wirklich abartig. Auf den Augen hat sie so einen Schimmer liegen, so milchig weiß, leicht ins gräuliche herüberdriftend und unter diesem Schimmer ist nur noch ein leerer Blick vorhanden. Wie ein Haus, denkt der Mann, wie ein Haus, aus dem alle ausgezogen sind, und jetzt verfällt es vor sich hin, weil sich keiner mehr kümmert. Unrestaurierbar, das alles. Da wird auch keiner mehr wohnen wollen, in diesem Haus. Weder jetzt, noch in Zukunft.

Der Mann geht zum Fenster und sieht auf die Rasenfläche und denkt sich, dass da auch mal wieder jemand mit dem Rasenmäher drüber gehen könnte. Kommt aber keiner. Das Leben bleibt eine stete Abwärtstreppe und manchmal stolpert man und fällt ein paar Stufen zu schnell herunter. Der Mann und seine kalte Angetraute sind immer sehr vorsichtig gelaufen. Es ging ja irgendwie. Dann denkt der Mann plötzlich an Friedhöfe und Grabsteine und ausgehobene Erdlöcher, und ihm wird ganz schlecht. Er denkt an Beerdigungsstreuselkuchen und an bedrückte Gesichter, die entstanden sind, weil jemand nicht mehr da ist. Für Veranstaltungen dieser Art hält er sich aber für zu schwach. Wie sollte er dem Vergraben seiner eigenen Frau beiwohnen können? Vielleicht ist sie ja doch wieder aufgewacht?

Im Schlafzimmer alles wie zuvor. Kälte und Gestank. Plötzlich zerreißt ein monotones Surren die Stille, und das Herz des alten Mannes setzt ein paar Takte aus, findet dann aber wieder zurück zur Funktionalität lebenserhaltender Maßnahmen. *Pock, pock,* sagt das Herz, *schring, schring,* die Türklingel, und er weiß, dass wenn er die Tür öffnet, sich all diesen Dingen stellen muss, der ganzen Bürokratie des Löchergrabens und Steinefindens und Kuchenbestellens und derlei Dingen. Es klingelt erneut, eine verdammte Entscheidung muss getroffen werden. Der Mann steht wahlos und ohne Orientierung zwischen Haustür und Schlafzimmertür. Es klingelt nochmal. Schring, schring und nochmal schring, schring. Dann entscheidet sich die Entscheidung, sich selbst zu treffen und es hört einfach auf zu klingeln. Aber sie werden wiederkommen, weiß der alte Mann, wer immer da stand und schellte, wird da erneut stehen und schellen und ihm seine Frau wegnehmen wollen. Er bekommt Hitlerführerbunkergefühle. Draußen das Bündnis der Angreifer und Feinde. Hier drinnen die letzten Reste einer über seine Haltbarkeit getretenen Idee namens Leben.

Es ist Samstag. Am Abend kommt die Sportschau. Dazu ein Bier, das er noch irgendwo gefunden hat. Die Wohnung ist aber langsam leergegessen und leergetrunken, wird dem Mann klar. Aber da ist keine Sorge in ihm, alles geht seinen gerechten Gang. Obwohl er sich keineswegs für Fußball interessiert, aber ein rollender Ball, dem man irgendeine subtile Wichtigkeit geben kann, das hat schon einen balsamartigen Effekt. Der Balsamball rollt also, der Mann guckt, das Fernsehen zuckt und hätte sein Herz noch ein paar Schläge weiter gemacht, hätte er noch einer historischen Niederlage von Bayern München beiwohnen können. So aber kam der Tod, die miese Sau, auch zu ihm und überraschenderweise macht es ihm kaum etwas aus zu gehen. Ihr zu folgen. Auf, auf, ins große Nichts hinein.

Samstag,
Erdgeschoss, rechts

Sören weiß, dass heute der Tag ist, der viel verändern können wird. Die Fähigkeiten so eines Tages kann man am Morgen noch nicht erkennen, wenn man aufwacht und sich wie Nieselregen fühlt. Er traut sich erstmal nicht in die Küche zu gehen, weil die Möglichkeit besteht, dass da irgendwo seine Mutter hängt. Und mit einer irgendwo hängenden, toten Mutter würde der Tag von vorn herein eine Richtung annehmen, die ihm nicht behagt, dem Sören. Also bleibt er erstmal liegen und träumt Marie.

Er hat sich alles kleinteilig ausgedacht. Heute wird er sie verführen, mit all seiner in ihm vorsortierten Romantik wird er ein Bild von sich zeichnen, dem sie nicht widerstehen können wird. Er wird sich hinsetzen, zu Marie, und ihr ein wenig von dem Problem erzählen, welches entsteht, wenn man er ist und mit seiner Mutter zusammenlebt. Marie wird das natürlich gutfinden, diese ganze Welle der Ehrlichkeit. Sie wird lächeln, so wie sie auf einigen Fotos von sich lächelt, und sie wird ihren mädchenhaften Charme versprühen und Sören wird davon ganz verzaubert sein und ebenfalls Dinge absondern, die imstande sind, sie zu verzaubern. Und aus diesem Zauber soll eine

Liebe wachsen, die schneller und unkontrollierter wächst als radioaktiv verstrahlte Säuglinge. Aber gesund soll sie sein, die Liebe, und sie soll die Tage mit hellen Lichtstrahlen füllen, die alles gelb und rot und orange machen, und man sieht die Liebe selbst dann, wenn man die Augen geschlossen hat. Es wird alles aussehen, wie wenn man im Sommer mit dem Bus von der Arbeit kommt, die Sonne tief steht, man direkt, aber mit geschlossenen Augen, in die Sonne reinguckt und sich alles zu einem Naturfarbenspiel im Gehirn zusammenmischt. So ein Gefühl will der Sören, das ganze Gelb und Orange und die ganze Wärme der Sonne.

Die Mutter macht in der Küche Geräusche, also lebt sie. Wenn das mal kein Grund ist, aufzustehen. In Sören ist da eine Fröhlichkeit, die ihn beschwingt die Bettdecke beiseite schieben lässt. Er steht auf, als sei er die Spontanerektion eines Zuchtbullen, und genau diesen positiven Gesamteindruck verströmt er aus jeder Zelle, die imstande ist, etwas zu verströmen.

Wortlos geht er in die Küche. Die Mutter sitzt am Tisch und stellt eine traurige Kopie dessen dar, was sie einst gewesen ist. Sie seufzt, als sie Sören zur Tür reinkommen sieht, halb aus Vorwurf und die andere Hälfte ist ein undefinierbarer Matsch aus Alterungsprozess, dem Versuch, emotionale Erpressung auszuüben und irgendeinem seelischen Krankheitsbild, welches Sören nicht kennt. Aber von dieser Trauer, will er sich heute nicht runterziehen lassen. Selbstbewusst sagt er: »Mama, ich geh heute Abend weg.« Die Mutter guckt, als hätte er sie geohrfeigt. »Und ich weiß auch nicht, wann ich wiederkomme«, setzt er in aller Ruhe nach und er merkt, wie sich in den Augen der Mutter Tränen sammeln, die sie aber aus irgendeinem Grund da nicht rausfallen lässt. Wasserauge, sei wachsam. Sie schaut ihn nur an, mit aller möglichen Restverbitterung und flüstert dann heiser: »Pass auf dich auf, Junge.« Sören, im Bewusstsein, gewonnen zu haben, lächelt und nickt, mehr ist nicht zu tun. Er nimmt sich eine Flasche Cola aus dem Kühlschrank und lässt die Mutter hinter sich in der Küche zurück. Die zurecht Alleingelassene versteckt ihren Kopf hinter ihren Händen.

Er fährt seinen Computer hoch. Die Langsamkeit des Internets macht ihm heute nichts aus. Plötzlich kommt da eine Angst in ihn. Was ist, wenn Marie im letzten Moment noch absagt, wenn ihr irgendwas oder irgendwer dazwischen kommt? Wie wird er damit umgehen können? Er traut sich kaum, sein simples Passwort für das soziale Netzwerk einzugeben, macht es aber dann doch, weil heute ja *Tag der Konfrontation mit sich selbst und lieblichen anderen Geschöpfen* ist. Tatsächlich, Marie hat geschrieben. Sören schwitzt und zittert. Wo ist die Coolness von MC S, wenn man sie braucht? Er öffnet ihre Nachricht, presst seine Augenlider aufeinander und dann erscheinen ein paar Worte.

Hey, MC S,

heute ist unser Tag. < 3 < 3 < 3

Ich werde ein wunderschönes Kleid anhaben, das ich mir extra für heute gekauft habe. Vom Rest meines Taschengel-

des. Ich werde wahrscheinlich dann Pfandflaschen sammeln müssen, aber dabei immerhin sehr gut aussehen.

Küsse und bis später,

Deine
Marie

Jedes einzelne Wort packt Sören am Kragen und schleudert ihn lustvoll durch die Wohnung. Er dreht sich auf seinem Schreibtischstuhl und wenn er sich nicht selbst so albern dabei vorkäme, er würde jetzt ein Lied anstimmen, einfach nur so, weil Singen doch eine Ausdrucksform ist, die alle Gefühle beschreiben kann. Aber es würden keine Worte aus ihm kommen, sondern nur unkontrolliertes Schweinequieken. Der Stuhl dreht sich und da, da ist ja noch eine Nachricht. Bei genauerem Hinsehen erkennt Sören, dass ihm ein Mädchen aus Amerika geschrieben hat. Sarah Jones heißt sie. Sie hat ihm auf deutsch geschrieben und Sören liest langsam ihre Nachricht.

Hello MC S,

können Sie sich vorstellen, wie traurig man sein kann? Gerade eben stöberte ich im Internet herum und was muss ich da entdecken? Sie benutzen das Bild meines Bruders, eines ehrenhaften Soldaten, der für die Bewahrung der Demokratie in Afghanistan gefallen ist. Schämen Sie sich. Ich werde Sie anzeigen wegen Missbrauchs an Bildern von ehrenhaften Soldaten. Sie hören von unserem Anwalt. Unser Stephen war ein mutiger Mann und Sie geben sich als jemand falsches aus. Dafür ist er nicht gestorben, dafür nicht. Dieser Krieg ist sinnvoll und Ihr dummen Deutschen versteht das nicht. Go back to support your Hitler!

Sarah Jones

Unbekanntes Schamgefühl überkommt Sören, eins, das den Versuch beinhaltet, ihn auf der Stelle niederzuschmettern. Doch er wehrt sich, sucht nach Worten, um seine Schandtat zu rechtfertigen, findet keine richtigen, lässt aber trotzdem seine Finger über die Tastatur flitzen, die sich wie zehn dopingerprobte Sportler verhalten.

Liebe Sarah,

Verzeihung. Ich bin verliebt. Das mit deinem Bruder tut mir leid. Krieg ist schlimm. Und Hitler tot. Und ob Deutsche dumm sind, weiß ich nicht. Ich bin verliebt. Verzeihung nochmal. Bitte kein Anwalt. Bin doch verliebt. Bitte nicht, ja?

Sören

Endlich mal nur Wahrheit in einer Email. Sören schaltet den Computer ab. Die Welt darin vestört ihn gerade. Er legt sich ins Bett und träumt Marie und schläft irgendwann ein …

… um kurz vor sieben wieder aufzuwachen. Noch eine Stunde. Er duscht und zieht sich Dinge an, in denen er sich schön findet, davon hat er nicht viele, denn die meisten Gegenstände in seinem Kleiderschrank hat die Mutter mit den Worten *Damit du es schön warm hast* da rein gesteckt. Aber da ist noch dieses Hemd und diese Hose. Die Hose ist ein bisschen zu eng. Eine braune Cordhose ist das, eine, die so kräftig aussieht, als könne sie von alleine stehen. Dazu das schwarze Hemd, das ihn an ein Hemd seines Vaters erinnert. Heute ist der Tag, sagt Sören zu sich und der Tag sagt nichts dazu, denn er will ihn nicht enttäuschen. Sören verlässt das Haus, ohne sich von seiner Mutter zu verabschieden. Sie sitzt in der Küche, immer noch den Kopf in den Händen, als würde er immer und immer schwerer dieser Kopf.

Marie sitzt schon im Romanov, fast eine Stunde zu früh. Eine Stunde, in der nichts passiert, außer, dass sie auf die Tür starrt und enttäuscht in verschiedene Gesichter guckt, die einfach nicht zu MC S gehören. Da sie fein nuttig angezogen ist, fällt ihre Dreizehnjährigkeit bei der Weinbestellung nicht so auf. Drei, vier Gläser später fällt ihr aber auf, dass ihr kaum noch was auffällt. Es wird acht. Es wird halb neun. Verdammt, hat er sie wirklich versetzt? Ein leicht adipöser Mann kommt an ihren Tisch und quatscht dummes Zeug, das zur Zielsetzung hat, sie rumzukriegen. Sie ist mittlerweile zu alkoholisch drauf, um ihn jetzt konkret in die Schranken zu weisen, die sie eh noch nicht kennt, und der Typ meint, er wolle sie gleich noch zum Essen einladen, drüben sei ein *McDonalds*. Sie hört sich »Oh toll« sagen, will aber woanders sein. Bei MC S zum Beispiel. Zum Beispiel unbedingt dort.

In der verdammten Kälte hat Sören dann doch gewartet, hat sich nicht getraut, den Laden zu betreten. Sein Herz, wäre augenblicklich in einen nicht lebensbejahenden Stillstand geraten. Irgendwann ist er dann doch rein. Wenn irgendwann Mut notwendig ist, dann ja wohl an diesem Tag. Er hat sich an den Tresen gesetzt und tatsächlich, da sitzt sie ja. Marie. Ihr Glanz und ihre Schönheit überfordern ihn. So einen wunderbaren Menschen zu enttäuschen, zerreißt ihm das Herz, und irgendwann ist er soweit, zu ihr zu gehen, die Fakten zu präsentieren, den nackten Arsch der Wahrheit aus der viel zu engen Hose zu schälen, doch gleichzeitig steht ein anderen Typ auf, der jetzt genau bei ihr sitzt und mit ihr spricht, als wäre er jemand Vertrautes. Da kommt so ein bisschen ziellose Wut in Sören, der nicht weiß, wie man mit sowas umgeht. Und weil da kein Ventil ist, kocht die Wut weiter und gärt unter seinem Schädeldeckel.

Scheiß Rapper, denkt Marie, scheiß MC S. Na gut, sagt sie zu dem anderen Mann in ihrer halbseidenen Besoffenheit, ein Burger wird gehen, wird vielleicht gut sein, dann gehen vielleicht die Besoffenheit und auch der Frust ein bisschen weg, und der Typ zahlt ja auch für sie, und sie gehen in das steril duftende Fleischlokal, das mit seinem gelben Flimmerlicht bunt durch ihren Kopf tanzt. Der Typ sagt: »Ein McChicken mit Salat« und sie versteht »Einmal ficken, aber hart« und bekommt beklemmende Angst. Sie ist aber zu unerfahren, um jetzt die Situation zu meistern. Wie auch. Kontakt zu Arschlöchern kennt sie kaum. Überbehütete Kindheit und so. Also steht Marie da und schweigt ihre Menschenenttäuschung durch das volle Lokal.

Sören steht hinter ihr und kann sie riechen. Er wird fast wahnsinnig vor unausgelebter Leidenschaft. Wenn er Speichel im Mund hätte oder seine Zungenmotorik auf seinen Willen reagieren würde, er würde Folgendes laut in den Saal sprechen:

Und das Leben und die Liebe
alles presst mich in die Ecke
wenn nur irgendetwas bliebe
jenseits der ganzen Verstecke
worin wir uns jetzt befinden
Marie, ich will da wieder raus
lass uns einfach hier verschwinden
ich will dich und dann ein Haus
in dem wir für immer wohnen
und die Tür bleibt stets geschlossen
ich will niemanden verschonen
wer uns stört, wird stumpf erschossen
meine Liebe zu dir hat sich radikalisiert
dreh dich bitte einfach um,
ich will, dass irgendwas passiert …

Marie bestellt irgendwas. Der Typ lächelt so widerlich, wie ein Typ nur lächeln kann, der sich vorstellt, dass gleich ein 13-jähriges Mädchen mit ihm nach Hause fährt. Maries Naivität und Alkoholpegel stehen ihm dabei hilfreich zur Seite. Auch Sören bestellt sich was. Cola, Pommes, Burger. Er denkt Sachen wie: Könnte ich jetzt die Wut in meinen Augen selber sehen, ich würde bestimmt vor mir davonlaufen. Die Burgerbedienstete ist freundlich, aber zurückhaltend, bestimmt hat sie auch Angst vor seinem Blick.

Sören sitzt direkt hinter den beiden und hört ihn schmatzen, und sie schweigt ein halbbesoffenes Schweigen und knuspert lustlos ein paar fettige Kartoffelstäbchen. Und als er dann sieht, wie die Hand des fetten Typen unter dem Plastiktisch auf Maries Strumpfhose spazieren geht, da weiß er auf einmal, wohin mit der ganzen Wut im Bauch, und auch er hat so ein Plastiktablett und die Pommesstäbchen fliegen in diverse Richtungen und er schlägt ungefähr 57 Mal das Tablett auf den Kopf des Typen, selbst als sein Kopf schon reglos im Burger liegt, schlägt er weiter zu, weil die verdammte Wut des Dummseins ja ein Ziel haben mag. Das Tablett zerbricht, er nimmt ein weiteres.

Marie ist schlagartig so richtig scheiße nüchtern und sieht, wie das Arschlochgesicht vor ihr im McChicken landet und sich irgendwann das Gesicht öffnet und die Nase ins Gehirn tritt und der Mann, den sie später *Fastfoodtablettmörder* nennen werden, zu ihrem Held wird. Irgendwann kommen Leute in Uniformen und stoppen den Helden bei der Verrichtung seines Heldenwerks, und das Letzte, was Marie von ihm sieht, ist das schönste und ehrlichste Lächeln, das ihr jemals jemand aus vollem Herzen geschenkt hat.

Nachdem Sören bewiesen hat, dass jeder Mensch nur eine Ansammlung von Verschleißteilen ist, haben ihn zwei Securityleute auf die Straße gezerrt, und was dann passiert, beweist, dass das Schicksal ein ironisches Arschloch ist. Während der eine Mann Sören zu bändigen versucht, ruft der andere die Polizei an, um den Sachverhalt zu schildern. Sören aber ist ein in die Enge getriebenes, angeschossenes Wildschwein und entwindet sich kurzfristig aus dem Griff des Sicherheitsmannes. Spürt dann eine kleinen Augenblick Freiheit, der Sören, so frei wie jetzt war er noch nie, aber eben auch noch nie so verletzt. Es sind drei Schritte bis zur Straße, Sören geht fünf und der Lieferwagen, der ihn erfasst, wirbt für Slipeinlagen. Der Rest ist egal, MC S und Sören sterben noch auf der Straße an einer Vielzahl innerer Verletzungen.

Die Seelen von Mutter und Sohn schweben gen Irgendwo im Nirgendwo, treffen sich, umarmen sich, die Mutter bietet ihr Knie an, der Sohn lehnt dankend ab, alles wird gut. Tot.

Samstag,
1. Stock, links

»Die Lisa ist weg!« Jetzt brüllt die Mutter, und der Vater weiß auch nicht recht, wie dieser Hysterie zu begegnen ist. Hysterischen Frauen, für deren Hysterie man verantwortlich ist, begegnet man eigentlich ungern. Man wirft einander Worte voller Schuldzuweisungen zu. Die Lisa sei weggelaufen, weil du …, nein, du hast aber …, und was ist mit dem …, und so weiter und so weiter. Der Streit eskaliert auf verbaler Ebene und da der Vater am Rande seiner Möglichkeiten ist, sowohl moralisch als auch intellektuell, will er schon wieder zuschlagen, will die Mutter durch einen gezielten Fausthieb zu Boden schmettern, nein, sie muss nicht mal fallen, nur ihr verdammtes Anklagemaul soll sie halten. Der Vater denkt über einen gezielten Schlag auf den Kehlkopf nach, das hat er mal in so Kung Fu-Filmen gesehen. Bei einem guten Treffer schweigen die Leute dann augenblicklich. Manchmal werden sie als Bounsprogramm noch ohnmächtig. Irgendwas aber hindert ihn zuzuschlagen. Er spürt zurückkehrende Vernunft. »Was ist nur aus uns geworden?«, hört er sich und sie ihn dann fragen. Die Mutter zuckt Schulter und erkennt dann auch das kinderfeindliche Monster, was man hier erschaffen hat. Und alles nur, weil das Ego es von ihnen wollte. Jeder der beiden wollte noch was gelten, und man war beiderseits im ständigen Kampf gegen den anderen zugange, so dass man fast sein eigenes Kind vergaß. »Ich liebe dich nicht mehr, aber wir müssen das für Lisa regeln«, sagt der Vater, und die Mutter, die endlich mal mit der verbalen Wahrheit konfrontiert wird, nickt nur durch ihre Tränen. Akzeptiert das aber, was der Vater da spricht. Trennen ja, aber das Kind, das Kind braucht jeden Schutz, den es bekommen kann, aber jetzt ist es erstmal weg. »Ich glaube, wir sollten die Polizeit anrufen«, sagt dann die Mutter, »Ich hab kein gutes Gefühl bei der Sache.«

Man ruft also die Polizei. Es ist eine gemeinsame Entscheidung, die sich aber für keinen der beiden Beteiligten wie ein gemeinsames Interesse anfühlt.

Es wird Abend, die Polizei war da und hat ein paar Fragen gestellt und ist wieder gefahren und würde sich dann melden, wenn sich was tut. Sehr beruhigend ist das alles nicht. Vater und Mutter schauen durch ihre Wohnung und erkennen nicht den Krieg, dessen Opfer die kleine Lisa geworden ist. Da hat es einen Fernseher, eine große Regalwand, nebenan ein Kinderzimmer. Es ist doch Scheiße noch mal alles da, was so ein Kind glücklich machen kann, fluchen die Eltern jeweils in sich rein.

Lisa wird nicht zurück kommen. Sie ist ein Kriegsflüchtling, der an einem besseren Ort Asyl gefunden hat.

Samstag,
1. Stock, mitte

Sibylle ist immer noch draußen. Hat sich irgendwo zum Schlafen unter einen Baum gelegt und gemerkt, wenn man nur richtig gut besoffen ist, dann ist es auch egal, dass es kalt ist. Aber jetzt friert sie doch ein bisschen. Nach Hause will sie aber nicht. Da hat es nur die unaufgeräumte, zerschlagene Wohnung. Damit verbindet sie zu sehr den Zwang, mit dem ihr altes Leben ständig auf sie eindrosch. Irgendwann ist auch mal gut mit dem Funktionieren, denkt die Robotersibylle und erbricht sich zitternd, aber glücklich ins Taugras. Es ist nicht viel, was noch kommt, aber immerhin kommt noch was. Bei dem ganzen Input, den sie die letzten Jahre geschluckt und gefressen hat, ist auch klar, das der Output irgendwann genau so aussieht, wie er sich jetzt hier über die zitternden, grünen Halme ausbreitet.

Sie denkt an gestriges Toilettengeficke mit dem Mann, der ihr irgendwie bekannt vorkam. Es hat sie auf jeden Fall stabilisiert, begehrt zu werden, auf diese dreckige, straßenköterartige Art und Weise in einem Ranztanzschuppen. Obwohl Sibylle grad so gar nicht weiß, ob überhaupt getanzt wurde. Alle Ereignisse sind zu einem großen Haufen Sozialmatsch geworden. Es hat sich gut angefühlt, noch etwas wert zu sein für jemand anderen. Wenn frau so ganz unten angelangt ist, wie es Sibylle grad ist, dann ist das schon eine Bestätigung des Selbstwertgefühls, von einem unbekannten Herren mit der ihm innewohnenden Geilheit konfrontiert zu werden. Was geblieben ist: abwaschbarer Matsch und das Gefühl, zu irgendetwas gut zu sein. Der Typ hat sie mit seinen Familienproblemen vollgetextet und Sibylle hat genau gewusst, dass sie dieses selbstgewählte Elend der eigenen Familie in den nächsten 20 Jahren für sich nicht zulassen will. Wenn da sowas Zerstörtes bei rumkommt, dann ist sie lieber mit sich minimal zufrieden als mit anderen verantwortungslosen Leuten maximal unzufrieden.

Und Kinder? Ja, Kinder sind coole kleine Menschen, die es aus ihrer Dummheit zu befreien gilt. Man tut Essen und Wissen in sie rein und irgendwann sind sie einem ebenbürtige Geschöpfe und etwas später sind sie bessere Menschen, als man je ein guter Mensch sein können wird und anschließend scheißen sie auf einen, weil das doch immer so geht. Das Ticken der biologischen Uhr, welches sie Anfang der Woche noch um Verstand und Schlaf zu bringen drohte, ist zu einem undefinierbaren Summen geworden. Der Wahnsinn weicht einer Klarheit, wie sie selten in ihrem Leben eine Klarheit hatte. Und apropos Wahnsinn: es war gar nicht so schlecht, sich für eine kurze Zeit selbst für wahnsinnig zu halten. Wahnsinn ist ja ein von irgendeiner Norm abweichendes Verhalten. Und die Norm ist ein Gefängnis. Also ist jeder Wahnsinnige frei. Alle sind die Architekten der eigenen Egohölle. Die Gesamthölle bauen andere. Aber wenn man wie Sibylle einfach mal alles kaputt gemacht hat, um neu anzufangen, soll die Gesamthölle mal kommen und blöd gucken. Ins Gras kotzen ist Freisein, und

Sibylle bleibt liegen, bis die Magenkrämpfe aufhören, und sie liegt da, mit leeren Händen und voller Hose, aber immerhin mit dem Bewusstsein, dass man selbst die Chance hat, scheiße in gut umzugestalten.

Sie weiß, dass sie nie wieder hinter einer dieser Kassen sitzen wird und eine schlechte Darstellerin von Freundlichkeit und Service spielen wird. Nein, das ist vorbei. Irgendwas anderes soll passieren. Der Staat Sibylle wurde von einer arbeitsfeindlichen Sozialistenarmee geputscht, und jetzt liegt er hier in Schutt und Asche, ist aber freier als zuvor. Als nächstes folgen demokratische Wahlen und das Zerschlagen aller Rebellenbanden, die meinen, dass man zurück in die Bürgerlichkeit müsse, um etwas Unnatürliches darzustellen. Sibylle schläft ein und träumt sich ein wirres Leben zurecht. Irgendwas Soziales will sie tun, Kindern helfen, Ausländer vor dummen Deutschen beschützen oder einfach nur Gewerkschaftsarbeit machen, um Frauen wie sie zu schützen, die von ihren Arbeitsplätzen aufgefressen werden. Es ist ruhig im Park. Es ist ruhig in Sibylle.

Sie wacht erst wieder auf, weil es zu regnen beginnt. Reflexartig steht sie auf, läuft ein paar Schritte, verlässt den Park, der immer noch menschenleer ist. Dann folgen weitere Reflexe, einfach so, ganz natürlich. Durch die große Menschenherde hindurchstürmen, Bankautomat. So viel Bargeld wie möglich abheben. Taxi. Bahnhof. Sie sagt sich: »Lassen wir den Zufall entscheiden. Paris oder Prag?« Der Zufall fährt ein. Es ist ein Direktzug nach Warschau.

Sibylle sitzt am Fenster und der Zug verlässt die Stadt. Der Bahnhof fährt vorbei, die ganzen schnellen Menschen laufen oder fahren vorbei und das Schöne am Glücklichsein ist das Glücklichsein selbst, fällt ihr auf. Der Zug gewinnt an Geschwindigkeit, Sibylle an Leichtigkeit. Käme jetzt von irgendwoher ein Wind, er trüge sie fort, durch die Abteile des Zuges würde sie wie ein Blatt Papier geweht werden. Sie schließt die Augen, und das monotone Rattern des Zuges ist das neue Ticken von biologischen Uhren, nur viel, viel, viel schöner ...

Samstag,
1. Stock, rechts

Die Kinder bereits in den Betten. Außer Marie. Die fehlt. Die wird noch etwas länger fehlen.

Was aber jetzt egal ist. Man müsse mal zum Showdown kommen, denkt sich Justus. Sonst bleibt immer alles, wie es jetzt ist, und das ist auf Dauer nicht hinzunehmen. »Ich habe mit einer anderen Frau geschlafen, gestern«, sagt Justus und denkt, er habe die Lage im Griff. Er denkt, diese Direktheit ist Druck genug, Isabell wieder auf seine Seite zu ziehen. Sie wird doch nicht allein sein wollen. Sie wird jetzt genau merken, dass sie falsch liegt.

Man hat sich in die Küche gesetzt. Hey, nochmal reden und so. Justus erwartet jetzt natürlich, dass Isabell irgendwie reagiert, vielleicht mit Rumschreien, Ausrasten, Weinen, ihm ein Getränk ins Gesicht gießen, die Scheidung verlangen oder, für ihn das Folgerichtigste, um ihn kämpfen. Seine mittelschwer überdosierte Arroganz hindert ihn daran, seine Frau wirklich zu verstehen. Ihre Gedanken und Wünsche zu erforschen, das hat er irgendwann aufgegeben. Es gibt ja soviel anderes zu tun. Justus' Version von Liebe war immer mehr am Materiellen als am Menschlichen orientiert. Er will ein Haus bauen für seine Familie, will das finanziell stemmen, wie man sagt. Einen Zaun will er drumherum bauen, um Sicherheit vorzutäuschen. Sicherheit, die es nirgendwo gibt.

Isabells Version von Liebe hat etwas anderes vor. Sie möchte in keinem fixierten Gerüst klemmen, eingekeilt von Alltagsverpflichtungen, die einem keine Luft zum Atmen mehr lassen. Ihre Kinder hält sie zwar für coole Geschöpfe mit Zukunft, aber sie will nicht ihr ganzes Leben lang Mutter sein. Paul beispielsweise ist ein Unfall, einer, den es nicht hätte geben sollen, aber Isabell war damals zu feige, ihrem Mann zu sagen, dass die beiden anderen schon wohl ausreichen würden und man diesen Paul lieber in den Abfluss einer gynäkologischen Praxis hätte leiten sollen. Aber da waren Moral und dieser Familienzwang, den Isabell damals noch für Liebe hielt, und schon wurden aus Vieren fünf Leute und ihr Körper war noch ein bisschen ausgeleiherter als zuvor. Aber es war doch auch schön, diesem blutvermatschten Wunder der Geburt ein drittes Mal gegenüber zu stehen. Das Kind gedieh, aber Isabell selbst wurde immer weniger.

Nein, sie will raus aus diesem Gerüst, und jetzt sitzt sie da und der Mann beichtet sein Fremdgehen und sie hat jetzt eigentlich jede Möglichkeit auszubrechen. Die absolute Steilvorlage ist das hier. »Okay, dann sind wir jetzt quitt«, sagt sie aber nur, überrascht von sich selbst und ihrer Aussage. In Justus'Augen nur Fragezeichen, ungefähr drei Milliarden davon. »Wie, du auch?« Justus ist einer dieser Typen, dieser emotional unausgelichenen Menschen, die zwar verletzen können, aber nicht imstande sind, Verletzungen auszuhalten. Als Isabell ganz langsam aufsteht, einen Aschenbecher, ihre Zigarettenschachtel und ein Feuerzeug holt und alles nacheinander miteinander in Verbindung bringt und weiterschweigt und er sich nichts zu sagen traut, weil in ihm eine Wut aufkeimt, die das Gesicht von Isabell an die Wand genagelt velangt. Isabell raucht und sieht ihrem Mann beim wütend sein zu, wie er da so stumm sitzt, in seinem Elend. Dann hält sie ihm die Kippenschachtel hin und fragt: »Auch eine?« und fügt hinzu: »Is gut. Beruhigt die Nerven.« Justus schaut nur, ein bisschen diese Angst in sich fühlend, die er als Jugendlicher hatte, wenn er Bock auf Dinge bekam, die ihm seine dominanten Eltern verboten hatten, und irgendwann fand er sich wieder in einer beschissenen Versicherung und war die Kopie einer Kopie einer Kopie einer Kopie eines Lebens, das sich andere für ihn ausgedacht hatten. Und dann das Familienklischee. Da erkennt er jetzt, wie es wackelt und wenn es wackelt erkennt er *darin*, wie unsicher er selbst ist. »Ja«, hört er sich dann sagen und seine Finger gleiten in die Schachtel, und während seine Frau ihm Feuer gibt und er kräftig inhaliert, wird alles irgendwie sonderbar unschlimm.

Und Justus raucht und Isabell auch und die Küche ist nebelverhangen, weil sie anschließend noch eine und noch eine rauchen. Während dann Isabell die dritte Kippe dem Aschenbecher überantwortet und mit Nachdruck mittels Filter die letzte Glut zerdrückt sagt sie: »Ich will wieder arbeiten.« Justus ist froh, dass sie das sagt, diese Botschaft lag quer in seinem Hals und er inhaltiert den Rauch und die Botschaft, nickt und sagt: »Okay.« »Mit den Kindern das kriegen wir schon hin«, fügt er dann hinzu. »Und was ist mit dem großen Traum, dem Haus?« Justus hat ein wenig Angst vor der Antwort seiner Frau. »Das ist *dein* Traum, Justus, meiner nicht. Mir würde das, was wir hier haben, reichen, die Wohnung, wir alle auf diesem engen Raum. Für die Kohle sollten wir uns lieber ein großes Wohnmobil kaufen und unsere Urlaube origineller machen. Was meinst du?« Justus zieht an seiner Kippe, inhaliert, stößt Rauchschwaden aus, lässt die Zigarette über den Rand des Aschenbechers gleiten und fühlt sich etwas unwohl dabei, aus seiner geplanten Form auszubrechen. Da war doch ein Weg, noch vor kurzem, alles so klar und alles so gut und alle waren dafür und dann ist die Frau krank geworden. Aber dann fällt ihm auf, dass sie gar nicht krank ist, sondern dass sie diejenige ist, die vielleicht gerade den besten aller Pläne ausgesprochen hat. Um sein Gesicht zu bewahren, guckt er aber skeptisch und ein bisschen angewidert, als hätte seine Frau ihn gerade gebeten, ihr Rektum mit seiner Zahnbürste zu reinigen. Er tut überlegen und überlegend und raucht erst mal weiter, merkt dann aber, dass allein das ihn schon so schwach vor ihr macht, dass er die verdammte Maske der Selbstgeißelung auch mal locker fallen lassen kann. »Okay«, sagt er mit Zockermine, »aber nur, wenn wir auf dem Balkon rauchen, wenn die Kinder hier sind, und das Wohnmobil werde ich aussuchen und außerdem, ich liebe dich.« Isabell ist verwirrt, ob dieser Romantik, fühlt aber eine Leichtigkeit und eine wundersame Freude in sich köcheln.

Ehe ist ja auch immer Krieg, wird gemeinhin von Verheirateten behauptet. Isabell ist nun bewusst, dass da einfach mal eine Portion Panik zu viel in ihr war und der Alltag eine Geschwindigkeit vorwies, in der sie Probleme hatte, *ihren eigenen* Problemen gerecht zu werden. Das Leben war auf dem Weg, zog an ihr vorbei und jetzt ist ein guter klarer Moment und sie raucht ihre Küche voll und der Justus ist bei ihr und man hat irgendwie das Gefühl, so oberflächlich das Ganze hier auch ist, geredet zu haben, über die Dinge von Belang.

Niemand der beiden ist sich sicher, ob er jetzt in diesem Moment der Kompromissbereitschaft wirklich ehrlich war. Aber das ist egal, es sieht wie Frieden aus, es fühlt sich wie Frieden an und es geht irgendwie weiter.

Samstag,
2. Stock, rechts

Der Autor schreibt und schreibt. Das Mädchen ist weg. Alle Mädchen sind weg. Mädchen gehen doch eh immer weg. Er schreibt und schreibt. Die Sachen konstruieren sich von selbst, wenn sie Qualität haben und der Text wächst, Seite um Seite baut sich hier eine Emotion auf, die genau das Gefühl des Autors beschreibt, das er hat, wenn er in dieser Wohnung sitzt. Diese Enge, dieses unglaublich stetige Zeitvergehen, wo immer ein Tag auf den anderen folgt. Genauso tun es Sekunden, Minuten, Stunden und Jahre. Alles verschwindet immer, und immer ist irgendjemand in irgendeinem Raum und versucht, mit all dem klarzukommen und muss das, was ihn da umgibt, Wohnraum nennen. Der Autor schreibt und schreibt, es fühlt sich an wie Magie. Wenn das Schreiben von selbst abgeht wie eine Lawine, die ein Schweizer Dorf (oder warum nicht mal ganz Zürich?) plätten will. Worte wälzen sich wie Schneemassen vom Hirn über die Hände in die Tastatur auf den Bildschirm. Es wächst, es rumort, der Text entwickelt die Qualität eines bösartigen Tumors und sein Wachstum ist irgendwann unkontrollierbar. Zwischendurch raucht er und trinkt Kaffee. Viva la ungesundes Leben. This is bohemian life, Alter.

Aber es ist wunderbar, seinem eigenen Text wie einem Kind beim Wachsen zuzusehen. Nur wächst es schneller und irgendwann hat der Autor dann die Kontrolle über den Text und kann dem Kind einen Namen, einen Monsterpenis oder zusätzliche Arme geben, weil die Phantasie zur Ekstase wird. Die Schönheit der Chance des Schreibens. Ein vom Trieb des Schreibens überwältigter Wahnsinniger haut wie ein tauber Beethoven in sein Klavier in die Tastatur seines Computers, nur um die Schallwellen der einzelnen Satzfetzen zu spüren, und sieht, wie alles mehr wird. Ein selbstverwalteter Modeschmuckladen voller Assoziationsketten.

Ja, die Mädchen sind weg, aber das ist egal, sie werden wiederkommen, die Mädchen, dieses Buch wird auch ihre Herzen öffnen, wird sie hinsetzen und denken machen, wird sie überlegen machen, was das wohl für ein Mensch ist, der dergleichen in die Tastatur zimmerte, aber jetzt sind die Mädchen weg und das ist gut. Weil, wenn die Mädchen immer da wären, dann würde das Schreiben kleiner werden. Frauengeschichten, Alkoholismus und miese Haut doesn't make you writing like Bukowski. Aber wer will das schon, wie Bukowski schreiben. Die Notwendigkeit besteht nicht, denn Bukwoski gibt es ja schon.

Also weiter. Im Text. Mit dem Text. Autor und Text werden Freunde, richtig gute Freunde und die Figuren beginnen ein eigenes Leben, weit draußen, jenseits der geplanten Gedanken. Sowieso: Planung. Damit ist nicht viel. Es passiert einfach. Text als Erdrutsch. Einfach so. Kaum Pausen. Warum Pausen? Pausen beschneiden die Idee. Nicht denken, sondern machen. Nur handeln. Der Autor ist nur noch Handlung und irgendwann ist er doch erschöpft und raucht eine.

Ja, das fühlt sich wie Arbeit an. Wie früher, als er Teil dieses Nutznießerkapitalismus war, in dem einige Leute ihre Körper opfern, damit andere weitere Autos in ihren Angebergaragen parken können. Aber es fühlt sich gut an zu arbeiten, der arbeitende Körper produziert, wenn die Arbeit irgendeine Freude artikuliert oder einen manchmal auch versteckten Sinn ehrt, jede Menge Endorphinkram.

Glück kann sich hinter so vielen Ecken verstecken, weiß der Autor und versucht etwas von seinem Glück in den Text zu stecken. Ist aber schwierig, merkt er. Über unglückliche Sachverhalte schreiben kann den Schreibenden aber genauso glücklich machen. Mit dem Glück ist es wie mit einer Orange. Man sieht das Scheißding, wie es auf einem Obsthaufen liegt, will eigentlich nur die Essenz haben, das Innere, den triefenden Saft. Da ist aber die Schale und dieses verdammte, sinnlose Fruchtfleisch und es kostet einiges an Anstrengung, die Orange in ein Glas Saft zu verwandeln. Und wenn das passiert ist, dann liegt da ein Haufen Müll rum, der aber egal ist, weil: man hat ja ein Glas Saft. Und während man es trinkt, weiß man auch, dass es die Anstrengung wert war. Weiterschreiben.

Irgendwann ist es mitten in der Nacht und der Autor schließt erst das Dokument, dann die Augen und es surrt immer noch hinter den Augenlidern, Farben, Gesichter, die ganze scheiß Story wird einfach so lebendig, und wenn man das merkt, dass es diesen Weg geht, ist man selbst auf einem guten, weiß der Autor.

Dann klingelt es noch an der Tür. Es sind Dethmar und Bellinda. Sie kommen, als hätte sie jemand geschickt. Einfach so zum Beruhigen und als Wand, an die man sich gleichzeitig anlehnen und auf die man seine Reflexionen abstrahlen kann. Der Autor offeriert Biere, man unterhält sich, man freut sich. Und aus der Gegenwart wird langsam leise Zukunft. Irgendwann geht Dethmar, Bellinda bleibt. Das Leben ist ein verficktes Wunder. Ein Eichhörnchennest, dass man einfach so findet. Und da die Eichhörnchenmama wegen Sägearbeiten im Laubwald abgehauen ist, bringt man jetzt die Eichhörnchenkinder durch. Weil man sich verantwortlich und gut dabei fühlt. Und das Leben geht weiter, geht einfach weiter auf diesem Sonnenstrahl. Es fühlt sich fast ein wenig kitschig an, plötzlich so ein Inhaber eines gut laufenden Lebens mit Zielausrichtung zu sein, doch der Autor weiß, dass da auch wieder andere Zeiten lauern. Aber erstmal: schön …

Samstag,
2. Stock, links

Berthold Brecht hat gesagt: »Ein Mensch ist erst wirklich tot, wenn keiner mehr an ihn denkt.« Wahrscheinlich hat er das aus Angst gesagt, selbst vergessen zu werden. Daher lässt man lieber zu Lebzeiten noch irgendwas da, Kunst oder Spuren oder Kinder oder Liebe oder ein Weltreich, Bauwerk oder Kuchenrezept und dann erinnern sich die Leute an einen. Aber wenn man tot ist, ist man ohnehin tot, daher ist die Freude im Anschluss nicht mehr wirklich relevant. Die Teilhabe von einem selbst am Vergessen oder Nichtvergessen von einem selbst, die ist vollständig ausgeschlossen. Das muss alles erledigt werden, bevor man geht.

In Manuels Wohnung sind heute so Handwerker zugange. Sie tragen die Beweise raus, Beweise, dass es Manuel jemals gegeben hat. Das Bett. Der Kleiderschrank. Die Stereoanlage. Alles raus. Manuels Spirit weicht langsam aus dieser 2-Zimmer Wohnung. 2 Zimmer, Küche, Bad, um genau zu sein. Das war der gescheiterte Versuch von jemandem, ein Zuhause zu finden. Er wird niemandem wirklich in Erinnerung bleiben. Selbst das Mädchen, das gestern hier war, erinnert sich derzeit nur an den Autoren und an seinen gut platzierten Trost. Manuel wird dünner, sein Geist kleiner und weicher, sein Wirkungsradius hat aufgehört ein Radius zu sein. Es ist jetzt lediglich eine Gerade, die von beiden Enden her auf den Mittelpunkt zuläuft, und wenn sie angekommen ist, gibt es so einen komischen Flash, wie damals bei den alten Farbfernsehern, wenn sie ausgeschaltet wurden. Es wird kurz *bssst* knistern und dann macht die Welt weiter mit den Dingen, die sie immer tut. Nur halt ohne Manuel, was aber niemandem wirklich auffallen wird.

Er hat es einfach versäumt, in seinem Leben etwas aufzustellen, was von Belang ist, von Bestand. Nein, er hat einfach gelebt und hat sich an dem Defizit orientiert, nicht lieben zu können. Weil die Liebe für ihn eine ewige Bedrohung und Bedrückung war. Soll's ja geben, sowas.

Und jetzt, wo Manuel weg ist, bleiben enttäuschte Frauen zurück, die sich anderen Männer widmen werden. Männern mit selbst- oder fremdausgedachten Richtungen, in die sie zielgerichtet wie befehlsausführende Soldaten gehen. Überall ist weiterhin Bewegung. Die Musik geht weiter. Das, was Leute für Liebe halten, geht weiter. Es werden weiterhin Kinder gezeugt werden. Häuser werden abgerissen, andere gebaut, Wohnungen eingerichtet und abstrakte Selbstmorde werden begangen. Dann werden irgendwo wieder Menschen entführt, ein Bus vollgetankt und Kriege angezettelt. Manchmal sogar alles gleichzeitig.

Und um dem Haufen der Belanglosigkeiten einen zeitweiligen Tiefpunkt zu geben, wird auch in der übernächsten Woche eine Mieterin gefunden sein für Manuels 2 Zimmer, Küche, Bad Wohnung und sie wird Lea heißen.

Lea ist in diese Stadt gekommen, weil sie hier studieren will. Kunst und Design und die ganzen Zwischenbereiche. Lea wird hier am Küchentisch sitzen, eine Vorstellung von ihrem Leben haben und dafür kämpfen, dass sich das Leben entsprechend ihrer Vorstellung gestaltet. Dann wird sie in ihrem Ikea-Holzbett mit sieben verschiedenen Männern Sex haben, in alle ein bisschen verliebt sein, bevor sie dann Benny trifft. Er wird ihr Herz aus der Bahn werfen und neue Ziele entstehen lassen. Benny ist Gitarrist in einer angesagten Indieband, und Lea zerbricht manchmal vor Eifersucht, wenn sie hört und liest, was andere Mädchen über Benny denken. Aber immer kommt er zu ihr zurück. Nach zwei Jahren entscheidet sie sich, die Pille zu vergessen, wird schwanger und Benny fliegt nach Brasilien und kommt nie zurück. Er ist kein Mann für diese Verantwortung. Sie hat das irgendwie schon vorher gewusst, hat sich aber der romantischen Vorstellung eines funktionierenden familiären Bollwerks hingegeben. Lea sitzt dann irgendwann mit diesem Baby hier in der Küche und es schreit und sie fühlt sich fett, hässlich und auch ein bißchen dumm. Das Baby ist ein Mädchen und Lea steckt ihre ganze Energie in dieses Mädchenleben hinein, außerdem auch ihren Hass auf Männer, und als das Mädchen sieben ist und Lea Putzfrau im Schwimmbad, fällt das Mädchen erst von der Kellertreppe und dann ins Koma. Lea fühlt sich schuldig, einen Menschen geboren zu haben, der ins Koma fällt. Kann ja mal passieren, sagt ein Arzt, halt die Fresse und geh sterben, denkt Lea, teilweise zu sich selbst. Aber das Mädchen wacht wieder auf, drei Monate später und hat fortan erhebliche geistige Behinderungen mitzuschleppen. Lea weiß nicht, was dieses verdammte Schicksal soll und schiebt fortan einen Rollstuhl vor sich her, in dem ein gackerndes, schielen-

des, deformiertes Leben sitzt, welches fortwährend mit dem Versuch beschäftigt ist, die Eindrücke aus der Natur wahrzunehmen. Ungefiltert. Das Kind schreit oft. Auch nachts. Besonders nachts. Lea wünscht sich, dass das Kind noch einen Unfall hat, dieses Mal aber mit einem etwas konsequenteren Ausgang. Aber das Kind bewegt sich ja nicht, wenn sie es nicht bewegt. Kackt nur immer alles voll und gackert und schreit und es passt alles nicht. Nicht zu ihren Träumen und ihrer Idealvorstellung von Leben.

Das Kind wird noch mehr krank, stirbt aber nicht. Lea muss mit dem Kind zum Krankenhaus. Dort lernt sie einen Arzt kennen, der sich in sie verliebt, und sie denkt sich: Jetzt aber. Sie lässt ihn ein bisschen in ihr Leben, aber nie so sehr, dass die Gefahr besteht, dass alles zu bindend werden könnte. Sie lässt ihn ihr Leben etwas besser machen, mit Geld. Ab und an muss sie ihn ein wenig ran lassen, obwohl er sie anekelt, aber das Geld, das befreit schon mal. Irgendwann bittet sie den Arzt, das Mädchen kaputt zu machen, und der Arzt willigt ein, weil er von der Liebe zu Lea sehr dumm geworden ist. Er gibt dem Mädchen eine Spritze und eine halbe Stunde später hört es für immer auf zu schreien. Lea verlässt den Arzt, der Arzt bringt sich um.

Lea sitzt immer noch am Küchentisch und denkt an ihre alten Träume. Vielleicht sollte sie einfach umziehen und irgendwo neu anfangen …

Die Wohnung von Manuel ist nahezu leergeräumt. Lea wird in der übernächsten Woche einziehen. Alles Gute!

Samstag,
abgefuckte Dachgeschosswohnung

Der Mann, der nie die Tür öffnet, ist nicht mehr da. Seine Wohnung wirkt wie eine Mischung aus verwaistem Waisenheim und Flüchtlingslager ohne Flüchtlinge im Katastrophengebiet. Ein unkonzentriertes Konzentrationslager. Die Mikrowelle schweigt, die Wohnung riecht besser als zuletzt, denn als er sie verließ, hat er das Fenster aufgemacht. Er dachte sich so: »Liebe Wohnung, zur Feier des Tages werde ich nun Frischluft in dich hineingleiten lassen. Das eine Leben ist vorbei, das andere beginnt, und wir werden uns nicht mehr wiedersehen.« Die Wohnung hat geschwiegen.

Anschließend hat der Mann, der nie die Tür öffnet, ein paar Dinge in eine Tasche gepackt, sich bei der Mikrowelle für lebenserhaltende Maßnahmen bedankt und dem Bofrost-Mann einen Brief unter die Fußmatte gelegt auf dem steht: »Ab jetzt keine Tiefkühlkost mehr, aber danke für immer ...« Er wusste da schon, dass er so schnell nicht zurückkommen wird.

Er hat das ganze Geld aus seinem Geheimvesteck geholt, die Lisa an der Hand genommen und ist mit ihr zum Bahnhof gelaufen. Er, immer noch im grünen Adidas-Jogginganzug und seine neue Tochter Lisa in ihren ganz gewöhlichen Lisa-Sachen. Es war sehr weit zum Bahnhof und Lisa immer noch ein bisschen zu schwach, also hat der Mann, der eigentlich nie die Tür öffnet, die Lisa über die Hälfte des Weges auf seinen Schultern getragen.

Das war eine schöne Perspektive für die Lisa. Durch die Freitagnacht, in den Samstagmorgen und durch die Stadt auf den Schultern des Aliens getragen zu werden. War sie gestern noch die allerkleinste Person, die sie sich in ihrem Kinderhirn imstande war auszumalen, so ist sie jetzt etwas Freies, Großes, riesenhaft Grenzenloses.

Bald standen sie vor dieser großen Anzeigetafel, auf der alle Züge verzeichnet waren, und mit großen Augen starrten beide diese Tafel an. Das Geld würde zumindest für die Hinfahrt nach Irgendwo reichen. Sie wären zusammen und dem Alien war so nach Familie, nach dem Beschützen von Lisa und er machte im Rahmen seiner anatomischen Möglichkeiten ein freundliches Gesicht.

Beide sind sie nie viel gereist, die eine zu klein und zu bedrückt, der andere zu allein und zu verschieden von den anderen. Lisa hat jetzt Hunger und der Mann kauft Pommes für beide. Draußen geht die Sonne auf und überall quietschen Zugbremsen durch den leisen Morgen. Für beide soll es eine Flucht werden, weg, weg, weg. Die Lisa muss weg von ihrer Familie, das weiß sie. Sie ist fünf und sie weiß, dass sie bereits jetzt traumatisch geschädigt ist. Mit diesem Wissen beschlagen zu sein, das macht einem die Kindheit unrund. Daher sieht sie die Möglichkeit, mit dem gesichtszerstörten Alien wegzukommen, als eine Riesenchance für ihre weitere Entwicklung an. Der Mann flieht, weil ihm grad nichts Besseres einfällt, was er sonst noch in diesem Leben tun könnte. Er fühlt sich außerdem ein bisschen für die Lisa verantwortlich und will sie beschützen, dass sie bloß nicht mehr in dieses familiäre Kriegsgebiet zurück muss.

Schließlich entscheiden sie sich für eine Stadt, die sie beide nicht kennen. Irgendwo im Süden, klingt aber gut. Da hinten gehen Polizisten. Sie haben einen Hund. Der Hund bellt und Lisa mag Hunde und sie schaut. Die Polizisten kommen auf sie zu. Plötzlich gehen sie schneller, rennen und der Mann schaut immer noch auf die Anzeigetafel, bis ihn auch von hinten zwei Polizisten zu Boden reißen. Scheiße, denkt Lisa und schreit: »Scheiße.« Dem Alien wird der Arm auf den Rücken gedreht, ganz weit hoch und er jault, jault wie ein Hund, ein ganz trauriger Hund, der traurigste Hund der Welt vielleicht. Lisa will weglaufen, ist aber zu schwach und zu langsam und ein Polizist umschließt ihren Kinderkörper mit seinen Armen, um sie bewegungsunfähig zu machen. Die Lisa zappelt noch, wie eine in die Falle gegangene Maus, ist dann aber ruhig. Der Alien jault immer noch am Boden, ja, verdammt, er weint. Er weint so bitterlich, dass man, sofern man ihn anschauen mag, endlich eine Vorstellung davon bekommt, was es heißt, *in Tränen aufgelöst* zu sein. Ja, verdammt, alles kommt jetzt raus, der ganze Rotz der letzten Jahre, die aufgestaute Einsamkeit, das Weggerissenwerden jeder verdammten Hoffnung wie Bambushütten unter der Tsunamiwelle des Realismus. »Aua«, sagt der Mann, als man ihm seine Schulter ausrenkt, aber der Restschmerz ist größer, ist so riesig, dass sich das Ausrenken eines Gelenks wie ein Wespenstich anfühlt.

Man schleift ihn dann weg und denkt, man habe der Lisa das Leben gerettet. Dem vermeintlichen Entführer werden Handschellen angelegt und er lässt es sich einfach so gefallen. Auch die Lisa wird weggezerrt, in die andere Richtung. Man steckt den Alien in ein Auto und jetzt wäre er wirklich gern ein Alien, so wie er es mal der Lisa erzählt hat. Mit seinen Alienlaseraugen würde er Menschen auseinanderwuchten, Häuser entdachen, überall Chaos hinlasern und wenn alles brennt und glüht und so, würde er die Lisa nochmal umarmen und ihr sagen, was wichtig ist im Leben, dass man auf sich aufpasst und dass es nicht immer gesund ist, sich einseitig aus der Mikrowelle zu ernähren und dass man auch mal ein paar Jahre alleine abhängen darf, nicht aber zuviele, weil sonst passt man irgendwann nicht mehr ins Bild rein, dass sich die Leute draußen ohne einen zusammenkonstruiert haben. Und dass es gut ist, manchmal zu schweigen. Und dass er sie sehr lieb hat.

Etwa eine Stunde später ruft man Lisas Eltern an, dass man sie nun wohlbehalten abholen könne und der Entführer ja *meistens* aus der näheren Umgebung käme. Wie auch in diesem Fall, so ließ das Bürokratendeutsch vermuten. Es sei der Nachbar gewesen, der von ganz oben. Wahrscheinlich ein Perverser mit ruinierter Biographie. Was heute so alles schief laufen kann. Die Gesetze solle man verschärfen. Und wenn man richtig hinhört, dann klingelt zwischen den Zeilen des Staatsdieners das Wort *Todesstrafe* hervor. Das Wort hält sich im Mund des Bullen auf, die Buchstaben sind bereits wie am Schaschlikspieß aufgekettet, nur letztendlich rauszulassen traut er es sich nicht. »Die müsste man alle mal …«, bricht sein letzter Satz ab, als er hört, wie Lisas Mutter die Tränen aus den Augen kriechen wie Murmeltiere nach dem Winterschlaf.

Die Eltern fahren zur Polizeistation und man berichtet ihnen, dass die Lisa nur still dasitzen würde, man hätte schon einen Arzt hinzugezogen, der aber keinerlei Spuren von Misshandlung erkannt hat. Auf Nachfrage würde die Lisa nicht reagieren. Die Eltern sind bestürzt. Und zur Bestürzung von Lisa tun sie so, als ob alles zwischen ihnen in Ordnung wäre, als ob *sie selbst* das einzige Problem in dieser ausgelaugten Familie wäre. Aber erst mal schweigen ist gut, denkt sich Lisa, schweigen und warten.

Aber stellen Sie sich mal vor, Sie laufen vor dem Krieg davon. Sie suchen sich Asyl da, wo es Ihnen gut geht. Zumindest besser als da, wo Sie herkommen, irgendwie ungefährlicher. Sie kommen dann da an und gehen ein paar Schritte auf dem gelobten Land spazieren. Dann kommen die verfickten Behörden und schicken Sie zurück in den Krieg, weil sie im sogenannten Recht sind. Was würden Sie dann tun?

Lisa schweigt, das Unrecht der Welt erdrückt sie und hat ihr die Stimme gestohlen. Das wird auch eine ganze Armee von Therapeuten nie wieder hinbiegen können. Dr. Wehrmüllerroffeltraut-Mentalsorg wird es versuchen und erneut scheitern. Irgendwann dürfen dann die Eltern ihr Kind wie eine Kriegsgefangene mit nach Hause nehmen. Lisa wehrt sich nicht. Zuhause liegt sie dann im Bett und denkt an den Alien. Was er jetzt wohl macht? Ob er immer noch weint? Was wohl seine Mama über ihn weiß? Ob er da, wo er jetzt ist, noch seine schreckliche Musik hören darf?

Der Alien hockt in einer Zelle auf dem Boden und ist eigentlich schon wieder zufrieden. Wäre da jetzt eine Mikrowelle, die *pling* machte, wäre es genauso wie in seiner schmutzigen Wohnung. Draußen reden Leute. Irgendwo läuft im Radio ein Lied von Mr. President. »... I give you my hope, I give you my dreams, I'm giving you anything you need, I give you my joy, I give you my pain, I wish we could fall in love again, I give you my heart, I give you my heart ...« Als ob es sich wirklich um sowas wie Poesie handeln würde. Mann, denkt sich der Alien, die 90er waren schon schön, die Musik so einfach, die Gesichter so glatt, das Leben noch so weit weg, die Farben manchmal neon und trotzdem alles helmutkohlgrau und verlässlich.

Man wird ihn verurteilen, er wird sich nicht wehren. Wenn man sagen wird, er habe das Mädchen angefasst, dann wird er sagen: »Ja, ich habe das Mädchen angefasst.« Dann wird er länger hier bleiben müssen, in dieser staatlichen Verwahrungsanlage für Unangepasste und Kriminninelle. Es ist in der Tat fast so wie seine Wohnung, die war ja auch schon so eine Art Gefängnis. Der Mann, der nie die Tür öffnet, sitzt in einer Zelle mit geschlossenen Türen und weint vor Rührung.

Auch wenn es nicht so aussieht, das hier ist ein Happy End. Ja, im Rahmen der Möglichkeiten des echten Lebens ist das hier ein glückliches Ende. Ja, der Alien wird im Knast verfaulen und endlich mal was Frisches zum Anziehen bekommen. Den grünen Adidas-Jogginganzug will man auch nicht mehr in die Kleiderspende tun und verbrennt ihn auf einem Restmüllfeuer, irgendwo jenseits der Gefängnismauern.

Der ganze Sonntag ...

... schleicht ums Haus wie ein Einbrecher. Er ist die Art von Einbrecher, der sich seine auszuraubenden Objekte sehr genau ansieht, bevor er sich ihrer annimmt. Ein sehr vorsichtiger Einbrecher. Aber er handelt nicht aus der Angst, dingfest gemacht zu werden, sondern aus purer Professionalität so.

Sonntag,
Erdgeschoss, links

Der Fernseher läuft immer noch, mittlerweile *Sendung mit der Maus*. Die Maus streicht einen blauen Zaun weiß. Sie hat einen gefalteten Papierhut auf. Als sie fertig ist, geht sie ein paar Schritte, fällt auf die Fresse, verbiegt sich ihre Schnauze, dann geht sie zurück und fällt nochmal an der gleichen Stelle hin. *Klippklipp* machen die Mäuseaugen, und nochmal *klippklipp*. Sie begibt sich in eine Denkerpose und schnauft ratlos. Dann setzt sie sich den Hut ab und gibt ihn auf die Stelle, wo sie schon zweimal gestürzt ist und sich arg das Maul verbogen hat. Und siehe da, er bleibt in der Luft hängen, der Hut. Dann bewegt sich aber der Elefant, der wohl seitlich am blauen Zaun stand, als die Maus ihn geweißelt hat. Der Elefant ist links blau und rechts weiß, als er sich frontal ins Bild dreht und indiskrete Furzgeräusche absondert. Dabei döngelt er mit seinem Rüssel herum. Der Elefant *trötttröt*, die Maus *klippklipp*. Abgang Elefant. Maus *klippklipp*. Abgang Maus. Lach- und Sachgeschichten. Dann Presseclub. Die ganze Zeit über: Verwesung.

Bei der alten Frau kommen schon die Knochen durch die faule Haut. Sie stinkt wie etwas, das man versehentlich auf die Heizung und nicht in den Kühlschrank gestellt hat. Auf ihrer Haut haben sich Blasen gebildet. Ihre einst so rosafarbene Haut ist einem gräulich-weißem Teint gewichen. Aus Mund und Nase sind Körperflüssigkeiten ausgetreten. Ihre Haare sehen noch gut aus.

In vier Wochen wird jemand die Tür aufbrechen, weil man bemerkt hat, dass es keine offene Biotonne sein kann, die derartigen Geruch absondert. Nach Leichenstarre, angemessener Verwesungsgeschwindigkeit, Gasbildung und Verflüssigung, sind beide Eheleute im Stadium der Skelettierung angelangt. Man wird sich wegen der matschigen Klumpen und Knochen im Ehebett und im Sofa erschrecken und die Tagesschau wird im Fernsehen laufen.

Sonntag,

Erdgeschoss, rechts

Sörens Mutter ist runtergefallen. Aus der Ecke vom Fenster, an das sie sich gehängt hat. Gestern hat sie sich auf diesen Stuhl gestellt, einen Gürtel um den Hals, überportionierte Trauer im Gesicht, hat dann den Stuhl weggetreten und hat gewartet bis sie wegtritt. Trat dann weg, die dicke Mutter, aber das hat ein bisschen gedauert und sie wollte sich schon umentscheiden, weil selbstverwaltetes Sterben ihr doch wohl zu anstrengend erschienen ist. Dann aber ist eine Mischung aus Erstickungstod und Genickbruch eingetreten und das war's gewesen. Der Tod als willkommener Gast kam in die gute Stube.

Dann hat das Fenster mit ihrem Gewicht gekämpft und der Gürtel, der schön hoch am oberen Fensterrahmen befestigt war, ist Stück für Stück abgerutscht. Quälend. Millimeter für Millimeter. Irgendwann in den arg frühen Morgenstunden ist die Mutter wie ein Stück Schlachtvieh auf die Erde gerauscht. Das gab ein Geräusch, wie man es sonst nur von der Baustelle kennt. Irgendwas Schweres fällt zu Boden und liegt dann da. Keiner räumt es erstmal weg.

Vor dem McDonald's haben sie Sören von der Straße gekratzt. Sein Kopf war überall offen und trotzdem war da so ein Lächeln erkennbar. Sah irgendwie dumm aus, aber in Dummheit wohnt ja bekanntlich auch immer ein bisschen Glück. Es war das Lächeln eines kleinen Jungen, das sich auf seinem Gesicht abzeichnete. So wie früher manchmal, wenn er gemerkt hat, dass sein Vater zu besoffen war, um ihn zu schlagen. Sein Kopf hing schlaff über die Bordsteinkante und seine Augen hatten so etwas ausgeglichen Friedvolles, wie man es von Kindern kennt, die genau das zu Weihnachten bekommen haben, was sie sich auch gewünscht haben.

Und wenn dies nun ein ganz kitschiges Buch wäre, so eins, in dem ständig rosafarbene, beidseitig beflügelte Einhörner durchs Bild flögen oder aber kleine Feenwesen mit Zauberstäben hantierten und es überall wie Sau glitzern würde oder aber Vampire ihre kleingeistigen Drecksromanzen auslebten, dann würde Marie nochmal rausgerannt kommen. Sören so den Mund voller Blut und Marie hält seinen Kopf im Arm, den halbwegs ramponierten. Aus Sörens Mund fallen rotbraune Bröckchen, innere Organe oder so. Ein Hund kommt vorbei und leckt ihm übers blutende Gesicht und er hat noch Zeit, ihn am Hals zu streicheln und zu sagen *Guter Tommi* oder so. Der gute Tommi wedelt und schleicht traurig von dannen. Und Marie so: »Ich habs gewusst, du bist MC S.« Und Sören so: »Yo, bin ich.« Durch das sanftzärtliche Kopfstreicheln von Marie würde er erkennen, dass sie ihm seine Lügenkompositionen vergibt und lieber jetzt sofort als erst morgen Nachmittag eine Ehe mit ihm eingehen wollen würde. Und MC S aka Sören würde mit gebrochener Stimme einen letzten Rap in die sternenklare Kaltnacht flüstern.

Ey, kuck mal
das Schicksal
is nich mal
gut
der Scheiß
nervt total
sterben und der ganze Mist
da verlier ich auch die Lust
am stilvollen Reimen
weißt du, Marie,
bis hierhin ging alles gut
und dann kam dieser Abend
ich,
die ganze Zeit am Abhang
und du die,
die ich erwartet habe
und ich, ja, ich halt ich
ohne Rapmusik
ohne alles
nur Sören,
das fette Opfer,
dessen Mutter sich
jeden verdammten
Dienstag
an seinem Knie reibt
und deswegen jetzt
Trübsinn bläst
aber egal,
ich war ja wegen dir hier
und dann, irgendwo ging
es dann schief, ich hab

jemanden mit nem Plastiktablett
totgehaun, ist das nicht total
witzig? Ein Plastiktablett und
ein paar gezielte Schläge,
angetrieben von einem Motor
der aus Wut und Eifersucht
besteht, fertig ist das Mörderpuzzle,
aber dass die Rache dann so schnell
kommen muss,
diese Scheiße hat niemand geahnt,
die als Sicherheitsleute getarnten
Schläger,
die Bock drauf haben, Blut zu sehen
und zack, war mein Genick durch
und jetzt stehst du hier, Marie, und weinst,
und ja, du weinst zu Recht, weil es wirklich, wirklich,
wirklich, wirklich traurig ist, ich zu sein
und genau so zu sterben

keep me in mind, halt diesen scheiß Gedanken fest
nimm sie mit, die ganze Liebe, ignorier den ganzen Rest

ja, Marie, so kommt es dann, dass wir uns
verabschieden müssen von uns und unseren Träumen,
noch bevor es überhaupt ein WIR gab, ein UNS, ein ALLES,
ein WIR UNS ALLES und zwar UMSONST, ein
erträumtes Ding aus Flucht und Zukunft, auch Zuflucht
genannt, es ist weg, ich bin weg, da hinten heulen die Sirenen,
da vorne heulst Du;
sie kommen zu spät, alle kommen zu spät …

Die Sicherheitsleute waren ein wenig schockiert über Sörens Unfall. Die Geschwindigkeit des Sterbens und die Unmittelbarkeit des Wahrnehmenmüssens des Sterbens, dagegen hilft auch kein Sicherheitspersonal. Die Straße wird abgesperrt. Tatortbegutachter kommen. Irgendwann wischt jemand das Blut auf dem Boden der Burgerbude mit einem Mob auf.

Zwei Tote an einem Abend. Einer weggematscht von einem mit immenser Wut betriebenen Plastiktablett, der andere von einem Fahrzeug. Manchmal passiert sowas schnell und irgendwie nebenbei Irgendeiner musste wieder auf sein Leben verzichten. Irgendeiner war wieder Schuld daran. Das ist der große, beschissene Kreislauf der Dinge, die gerne schief laufen. Weg mit dem Pathos. Gestorben wird. Sören schloss die Augen, Marie war in dem Moment ganz woanders. Nur noch Kälte. Die passendste aller möglichen Kälten kam und kümmerte sich um Sören. Gut, dass sich überhaupt mal jemand um den Jungen kümmert.

Sören ist noch in einem Stück. Aber leblos. Und Legende. Marie wird ewig warten auf das Album von MC S. Es wird nicht kommen, dieses Album, er wird für sie ein kleines unerfülltes Stück Jugend bleiben.

Die Mutter liegt in der Küche. Kirchenglocken läuten. Leute gehen deswegen dahin, weil die Kirche bellt. Die Mutter liegt in der Küche. So, wie sich Sören das immer vorgestellt hat.

Sonntag,
1. Stock, links

Wenn man wie Lisa ein asylsuchender Kriegsflüchtling ist und wieder in das Land zurück muss, aus dem man geflohen ist, weil irgendeine verdammte Gesetzgebung es so will, dann hält man am besten die Fresse. Spielt was und schweigt sich die Tage voll.

Lisas Sonntag und auch die darauffolgenden Tage gehen ungefähr so:

schweigen

schweigen

schweigen

was spielen

schweigen

schweigen

der Versuch, ein Kind zu sein

bemerken, dass das nichts mehr wird

schweigen

schweigen

schweigen

die Wand ansehen

das Gesicht des Aliens an der Wand sehen

sich was fragen, beispielsweise, wie ein Leben, das so anfängt, wie das ihre, wohl weitergeht

schweigen

schweigen

schweigen

sich Süßigkeiten wünschen

sich wünschen, auf alle Süßigkeiten der Welt zu verzichten für kacknormale Eltern

schweigen

diese Option, kacknormale Eltern zu haben, beim Blick in die angespannten Gesichter ihrer Erzeuger ein bisschen und nachhaltig und fast für immer vergessen schweigen

schweigen

bemerken, dass wenn man seinen Kopf nur feste genug gegen den Heizkörper oder das Holzdach des Puppenhauses donnert, der Schmerz für ein paar Sekunden weggeht

schweigen

schweigen

schweigen

wenn der Schmerz dann wiederkommt, nicht mal mehr überrascht sein

fertigschweigen

mal was essen

mal nichts essen

irgendwie aus dem Leben gleiten wollen, sich aber viel zu jung dafür fühlen

Zwischendurch treffen sie schuldbewusste Blicke erziehungsberechtigter Kampfmaschinen, die aus ihrem Leben etwas gemacht haben, dass sich wie Plastik in der Mikrowelle verhält. Weiterschweigen, es hat soviele Gründe, nie mehr was zu sagen.

Da kommen noch weitere Therapien. Die Lisa ist so komisch geworden, sagt die Mutter manchmal zu irgendwem unter Tränen. Und der oder die andere umarmt sie ein bisschen, wie die Mutter es mal bei der Lisa tun sollte, aber sie hat Angst, mit dem komischen Kind irgendwas zu machen, was es nicht mehr versteht, immerhin ist es komisch geworden, das Kind. Also unterlässt man es, sie zu umarmen. Lässt sie lieber, wie sie ist. Wartet.

Dann vergehen so zehn weitere Jahre. Da hat es zwischendurch ein paar wirklich deprimierende Kindergeburtstage. Es wurde Kuchen gekauft, von dem niemand nahm. Irgendwann dann 15 werden und mit den Worten: *Fickt Euch doch mal in alle möglichen Knie* das Haus verlassen. Alles zurücklassen. Weil: da ist ja nichts. In einen Bus steigen. Zum Busfahrer irgendwas sagen wie: *Hallo, schöne Krawatte und jetzt bring ich hier raus, Ingo, ich habe eine Mission.* Und der Busfahrer so: *Ich heiße aber Helmut.* Die Lisa schweigt bezüglich dieser Aussage. Weil: der Busfahrer kann ja nichts dafür. Man will nichts von ihm, außer, dass er eine Distanz zwischen dem Jetzt und dem Bald schafft.

Irgendwo aussteigen, wo eine Autobahn in der Nähe ist. Den Daumen raus. Irgendwo im Herz taucht der Alien auf, im Hinterland der Erinnerung. Ein Lied von Mr. President summen. Warum auch nicht? Irgendeiner hält an. Mitfahren. Ein wenig weinen. Eher aber vor Freude.

Die Stadt im Rücken, darin das alte Leben eines 15-jährigen Mädchens. In der Fahrt liegt so viel beruhigende Kraft wie in der Umarmung einer handelsüblichen Mutter.

Sonntag,
1. Stock, mitte

Da liegt Sibylles zerstörtes Leben, verteilt und zerschlagen auf 67 Quadratmetern Parkettfußboden. Statussymbole und was daraus wurde. Zivilisationsmüll nämlich. Dinge, die keiner braucht, die kein Leben ausmachen, die vor keinerlei Einsamkeit schützen, alles kleinteilig zerschlagen von der Wut einer Ausgebeuteten. Aus diesem Gefängnis auszubrechen, hinein in eine völlige Unbestimmtheit, kann einen ebenso glücklich wie ein langerwartetes Spenderorgan machen. Man stelle sich vor, das Herz wäre kaputt und nun gäbe es ein wundervolles Neues. Vollkommen funktionstüchtig und sofort einbaubar. Da lobt man sich doch die Motorradindustrie.

Sibylles *neues* Organ ist scheinbar ihr Gehirn. Das neue Denken ist viel zauberhafter als es das alte Denken, dieses tägliche Mistdenken, das damals da war. Wie eine Fernsteuerung verlangte ihr angestammtes Denken Dinge von ihr, die nicht gut sind für Leute. Wie denn sowas sein kann, fragt sie sich, wie kann das eigene Denken sich plötzlich gegen einen wenden und einen mit seiner Aggression so müde machen, dass man es kaum mehr schafft, man selbst zu sein. Vielleicht, so denkt sie sich, gibt es irgendwelche

Leute, die Interesse haben, dass es viele funktionierende Schieb/Piep-Roboter wie Sibylle gibt, um diesen ganzen großen irrsinnig schnell wachsenden Kreislauf aus Kaufen und Kacken in Stand zu halten. Und diese Leute benutzen einen als Werkzeug, ohne dass man es merkt, sie greifen einfach in ihre Werkzeugkiste und holen was raus, benutzen das und werfen das dann weg. Sibylle findet, dass sie hochtrabende Gedanken hat, während der Zug durch den hellen, klaren Morgen fährt. Ihr Kopf an der Scheibe. Nimmt sie ihn da weg, bleibt ein Fettfilm zurück, aber es gibt ein wunderbares Wort für Tatsachen wie diese und es lautet: Egal!

Die Farben wechseln innerhalb des Zeitraums dieser Zugfahrt ziemlich häufig. Draußen rauschen Wälder, unbekannte Städte und kleine, schmutzige, verlassene Bahnhöfe, die nichts von einem wollen und einen nichts angehen, vorbei. Sibylles halbgeschlossene Augen leiten all diese unwichtigen Informationen an ihr Gehirn weiter und dort angekommen sind plötzlich alle Informationen, die sie aufnimmt, egal. Das Leben ist ein Plantschbecken, in das sie sich hat fallen lassen, und die Wärme des Wassers ist nicht der Kinderpisse geschuldet, sondern kommt von ganz allein. Die Einzige, die immer noch nach Pipi riecht, ist Sibylle, und es ist ihr so wunderbar egal, hier im Zug, mit Blick aus dem Fenster, die unbekannte Weite nach etwaigen optischen Höhepunkten durchsuchend. Gibt aber keine. Die Höhepunkte haben sich woanders hinverzogen. Nach Ostbrandenburg oder ins Sauerland.

An irgendeinem Bahnhof, kurz hinter der polnische Grenze, muss sie nochmal umsteigen. Steht dann am Bahngleis, die Sibylle, mit nichts außer Hoffnung im Herzen und ein wenig Geld in den Taschen.

Ein brüllender Zug fährt ein. Bremsen schreien. Metall küsst Metall. Sibylle ist hellwach, so wach wie seit ein paar Jahren nicht. Um sie herum fliegt fetzenweise die neue Sprache, die sie irgendwie schön findet. Sie klingt hart, diese Sprache, so hart wie das Leben manchmal wird, wenn es einem aus der Hand genommen wird, aber sie hat auch einen romantischen Unterton, sehr versteckt, aber wahrnehmbar. Und irgendwo darin schlummert auch diese Wodka-Melancholie. Sibylle schließt die Augen und lässt die Leute um sie herum reden. Der Zug fährt ruckelnd an, sie lächelt. Und was sich hier so glibbernd-kitschig wie ein Happy End anfühlt, ist auch eins.

Als sie langsam in den Endbahnhof einrollt, der Zug zum Stehen kommt, die Türen des Zuges sich wie ein Geburtskanal anfühlen, den Sibylle wie eine Prinzessin durchschreitet, da will etwas in ihr vor Glück weinen.

Sonntag,
1. Stock, rechts

Die Familie ist sowohl ein lebendiges als auch ein zerstörerisches Konstrukt. Isabell rechtfertigt das alles mit dem Begriff *Verantwortung*. So kommt sie drauf klar und die Zweifel erstmal nicht mehr zurück. Immerhin darf sie jetzt überall rauchen, wo sie rauchen will. Die Kinder wundern sich ein bisschen darüber, dass die Mutter jetzt anders riecht, weil sie ihrer Tabaksucht fröhnt. Aber immerhin findet sie darin einen Ausgleich zu all dem sonstigen Unfug, der sie umgibt. Smoking can save your life.

Die Familie ist eine Lüge. Alles wackelt, denkt Justus und bescheißt sich selbst, indem er denkt, es gäbe irgendwo ein unsichtbares Fundament, das alles stabilisiert. Die Kinder sind das Bindemittel der Liebe und auch der gemeinsame Plan, irgendwann dieses Haus zu bauen, dann alle da rein, Zaun drum und schön. Die Familie ist auch ein Gefängnis. Und indem Justus das einfach so denkt, obwohl es dafür keine Beweise gibt, lügt er sich sein Leben schön. Es ist doch alles in Ordnung, Krisen gibt es überall mal, er hält diese Krise für beendet.

Familie ist Zufall. Und nicht alles, was einem so zufällt, mag man. Zufälle wie Phil Collins, Leberkrebs, Malaria und eine Familie, die Tiefgang, aus Angst zu explodieren, vermeidet, sollte man eigentlich ablehnen. Marie ist genervt. Die Polizei hat sie nach Hause gebracht und weil sie doch noch irgendwie ein Kind ist, hat sie die ganze Geschichte mit MC S ihren Eltern erzählt. Justus hielt dann einen langen Vortrag über die Gefahren des Internets und dass es da von Perversen nur so wimmeln würde. Isabell schwieg und fragte sich, warum ihre Tochter eigentlich schon 13 ist und sich so seltsame Gedanken über Liebe macht und wie und ob man das stoppen kann und soll, weil das doch noch ein Kind ist und gefälligst Kindergedanken haben soll und nicht so schwergewichtige Erwachsenengedanken. Und Lisa sieht ihrer Mutter beim Rauchen zu und würde selbst gerne damit anfangen. Jetzt sofort. Vorbilder für irgendwas Gesundes hat es hier ja eh nicht.

Familie ist ein Monument aus diversen Stilen, das manchmal wie ein in einen Rahmen gezwungenes Bild wirkt, das es ablehnt, ein Kunstwerk zu sein. Malte sitzt in der Küche, während das Leben weiterzieht. Er sieht überall Tote. Ist aber zu verschüchtert, um darüber zu sprechen, weil er ja indirekt eine Schuld am Tod des Mitschülers zugeben muss, und dafür fühlt er sich einfach nicht stark genug. Vom Gewissen gebissen sitzt er also in der Küche und auch er spürt, wie die Kindheit irgendwie weggeht, wohin, weiß aber keiner, und was dann kommen soll, auch nicht. Sowas wie seine Eltern? Bestimmt nicht.

Familie ist ein kleines Tier, ähnlich einer verschreckten Wühlmaus, folgt diversen Instinkten, gräbt sich Löcher in die Welt, bleibt aber immer dumm. Pauls Gedanken sind schwere Felsbrocken, unter denen seine fragile Kinderseele eingeklemmt ist. Er selbst ist im Kinderstuhl eingeklemmt. Er würde gerne aufstehen, alle hier im Raum umarmen, dann anschreien, dann wieder umarmen. Jetzt fängt er einfach an zu weinen, an diesem Sonntag, in dieser Küche und die anderen sehen ihn an, ihr Kind oder ihr Geschwisterding und erkennen nicht, dass er nicht weint, weil es ihm an Aufmerksamkeit, Essen oder sonstwas fehlt, sondern weil er als einziger sieht, wie alles auf einen Abgrund zusteuert. Er erkennt mit seiner kindlichen Wahrnehmung die Details der nicht stattfindenden Liebe und spürt, was daraus werden wird. Nichts Schönes, nur etwas, das fällt, weil etwas fehlt und während es so fällt, werden alle, die mitfallen, verrückt und schleichend wahnsinnig und erst wenn alles am Boden zerschellt, kann irgendwas Neues beginnen, etwas Besseres. Aber hier schweben die faulen Kompromisse der Bürgerlichkeit im Raum und stinken wie Kinderkacke und es ist Sonntag und die Familie ist zusammen und Paul weint …

Sonntag,
2. Stock, rechts

Der Autor sitzt im Bett, den Rücken an der Wand. Stabile Bescheidenheitslage. Über seinen Knien liegt langgestreckt Bellinda und summt irgendeine beruhigende Melodie. Auf ihren Rücken hat der Autor seinen Laptop gestellt und hackt in Inspirationsgeschwindigkeit kleine Sätze in die Tastatur, von denen er sich erhofft, dass sie irgendeiner auf der Welt außer ihm selbst für literarische Genialitäten halten könnte. Und wie im Rauch reiht sich Buchstabe an Buchstabe, Wörter, die zu Sätzen, Absätzen, Kapiteln und vor allem versuchen, Literatur zu werden. Jeder einzelne dieser Buchstabenarmee ist wichtig im Kampf für den guten Literaturgeschmack. Und der Autor kämpft und Bellinda liegt da und summt.

Die Lüftung des Laptops pustet warme, abgestandene Luft auf ihren Rücken und ab und an knetet der Autor ihren Arsch, und die Melodie verändert sich ein stückweit. Dann schreibt er weiter und Bellinda singt beruhigendes Zeug in einer Phantasiesprache. Manchmal liest der Autor laut Sätze vor, einfach nur, weil er unmittelbar ihren Klang hören will. Bellinda schweigt die ganze Zeit zum Inhalt.Und sie singt, weil sie so gerne singt und sie singen und liegen und von der Laptoplüftung beblasen werden und am Arsch geknetet werden mag. Es passt, es ist ein guter Sonntag. Halbnackt rumzusitzen, in Beisein einer ebenso halbnackten Frau, und die Worte im Kopf sind flüssig und laufen über die Finger in die Tastatur.

Voran kommen, vorwärts kommen. Dinge passieren lassen, Dinge sich selbst überlassen. Die verdammte Magie des Schreibens ist unbeschreiblich. Irgendwann übernimmt der Text einfach die Regie und jedes Wort passt wie von selbst. Eine Art Rauschzustand tritt ein und Bellinda summt immer noch ein Lied.

Das ist dann wohl Enthusiasmus, denkt das Buch über den es Schreibenden. Da werde ich größer und größer und wachse unbemerkt in einer kleinen Wohnung auf und die Summe meiner Teile entsteht einfach mal so nebenbei auf dem Arsch einer summenden Frau. Was ist das nur für ein Leben, das so etwas möglich macht?

Zwischendurch wird der Laptop weggelegt und Bellinda mit allermöglichen Restenergie körperlich geliebt. Auch ein bisschen mit der Seele, denn es ist ein intensiver Tag, da traut sich der Autor auch zu, ein bisschen mit der Seele und nicht nur mit dem Geschlechtsteil zu lieben. Ein guter Moment, und endlich hört sie auch mal auf zu summen und schreit ein wenig ihre Geilheit quer durch den Raum. Als sie fertig sind, beginnt Bellinda wieder augenblicklich zu summen. Das Lied ist ruhiger geworden und geht langsam über in ein dezent nasales Schnarchgeräusch. Wieder liegt sie über den Knien des Autors und stösst rhythmische, schlafbestätigende Geräusche aus. Der Autor legt sanft den

Laptop auf sie und nimmt die Zigarettenschachtel, die irgendwo auf dem Bett liegt. Auch einen Aschenbecher nimmt er zur Hand und stellt ihn auf Bellindas Arsch, so dass er sich im Rhythmus ihrer flachen Schlafatmung ungefährlich hebt und senkt. In Ruhe die Kippe inhaliert und schon sind da weitere Worte. And the beat goes on …

Tief in der blauschwarzen Nacht liegen die beiden dann beieinander und eine unheimliche Romantik ergreift die beiden, die da nun engumschlungen liegen, und obwohl da dieser wunderbare Frauenkörper in seinen Armen liegt, denkt der Autor nur an das Kind, das auf seinem Laptop gedeiht, und auch als sie sich aus der Umarmung heraus noch einmal in einen sexuellen Akt begeben, sind da nur Worte in seinem Kopf. Wenn man Worte ficken könnte, der Autor würde es tun. Er würde mit Haupt- und Nebensätzen richtig ausgelassenen Gruppensex haben und selbst die kleinen Kommata würden arg warmherzig liebkost werden. Man würde aus Worten und Grammatik ein Festival der Emotionen veranstalten. Und ja: unbedingt Worte ficken …

Als der Autor dann einschläft und Bellinda löffelt, als wäre man Insassin und Insasse einer Besteckschublade of Love, ist das Leben so rund wie selten zuvor. Man könnte es Liebe nennen, wenn man sowas wie ein verpeilter Romantiker wäre, was dem Autor aber weder naheliegt noch behagt. Bellinda ist ein neuer Mensch, das Buch ist ein neues Buch, alles passiert von selbst, wie wenn man einen Stein einen Berg herabrollt. Es ist alles wie ein Trieb, als wäre man ein Tier, welches nur bestimmten Instinken zu folgen imstande ist. Ganz so, als müsse man triebhaft alle Fleischreste vom Kadaver des Lebens abnagen, bis kein einziger Fetzen mehr an irgendeinem Knochen hängt.

Sex und Literatur. Was für ein großartiger Sonntag.

Sonntag,
2. Stock, links

Draußen bellt ein Hund. Warum auch nicht? Es ist so ein heiserer Hund und er klingt alt und gestresst, irgendwie. Im Nachbarhaus hört man eine Frau schreien, daraufhin ein Kind weinen. Es ist überall die gleiche Scheiße. Die ganzen Kreisläufe des Lebens sind sich so unglaublich ähnlich, die Menschen nahezu austauschbar. Aber alle versuchen, sich in Individualität zu üben, sich vom anderen zu unterscheiden, ihrem Leben das sogenannte *Spezielle* zu geben, was dann aber, anderswo wiederholt und kopiert, nicht mehr speziell ist, sondern alltäglich. Sie sollten endlich alle akzeptieren, dass sie nur Genbestände sind, die in Betonmauern hocken.

Einsame Wohnung. Minimaler menschlicher Restbestand. Nur noch erkennbar an verbrauchten Gebrauchsgegenständen. Da steht noch der Herd, daneben noch ein Stuhl. Die großen Möbel wurden schon abgerüstet und weggetragen. Die Persönlichkeit des Vormieters wird vom lauen Wind durch das auf Kipp stehende Fenster rausgetragen nach wo auch immer. In *Woauchimmer* treffen sich dann alle Persönlichkeiten wieder und machen *Wasauchimmer* mit *Wemauchimmer*. Auf jeden Fall sind alle da.

Strom weg, Licht weg. Eine leere Wohnung ist immer auch ein Mahnmal. Soll erinnern, dass es Räume gibt, in denen nichts mehr lebt. Häufig gibt es ja auch Wohnungen, in denen noch Leute vorhanden sind, in denen nichts mehr lebt, also in den Wohnung wie auch in den Leuten. Eigentlich hat es ja in der Welt genug Wohnraum für alle. Aber es hat ja auch Leute, die auf 12 qm ein Familienleben mit 5 Personen plus Hund und Bodenlochklo haben oder sogar jene, die in einem Pappkarton zuhause sind. Die haben ganz andere Probleme als die Leute hier im Wohlstandswohnbereich.

Da liegt noch Staub. Immer wird irgendwo Staub liegen, weil ja alles irgendwann Staub wird. Das Leben wird sich in seine Einzelteile auflösen. Staub, Asche und Periostreste gehören auf jeden Fall dazu. Eine fette, schwarze Fliege versucht, in ihrer fetten, schwarzen Fliegendummheit durch die Fensterscheibe zu fliegen. Langsam checkt sie aber, dass es wohl nichts wird. Nein, doch nicht, denn immer wieder prallt sie gegen die Scheibe. Nach 10 Minuten endlich findet sie den Ausgang zwischen Fensterrahmen und auf Kipp gestelltem Fenster und verschwindet surrend in den Tag.

Sonntag,
abgefuckte Dachgeschosswohnung

Die Wohnung des Mannes, der nie die Tür öffnet, ist verschlossen. Er hat nicht geplant zurückzukommen und Wort gehalten. Die schmutzige, alte Mikrowelle würde gerne wieder *pling* sagen, aber niemand ist da, der Gerichte in ihr unter gelbem Schummerlicht rotieren lässt.

Irgendwo anders in der Stadt lehnt der Mann, der nie die Tür öffnet, an einer kalten Wand und starrt an die gegenüberliegende kalte Wand, die vielleicht zwei Meter von ihm entfernt ist. Die Tür ist verschlossen und aus Stahl. Wenn es gut für ihn läuft, wird er nie wieder eine Tür alleine öffnen müssen und einfach warten, bis alles vorbei ist. Aber solange hat er sich selbst, was ihm vollständig ausreicht. Egal, was die anderen von ihm halten.

Weil der Mann, der nie die Tür öffnet, im Gerichtsprozess sagen wird, dass er die Lisa unsittlich berührt hat und die Lisa selbst aus Gründen der Verschwiegenheit nichts dazu sagen wird, wird er eine lange Haftstrafe bekommen. Und er wird in einer Zelle hocken und die Wände anstarren und niemand wird ihn aufhalten das zu tun. Freiheit ist ein dehnbarer Begriff, weiß der Mann, der nie die Tür öffnet. Einige finden erst ihren Frieden in der Gefangenschaft, wenn die Zelle so begrenzt ist, dass man irgendwann merkt, dass die richtige Freiheit nur im Kopf entsteht. Und die ganzen Drumherums des Lebens, die sind alle nur Ablenkung von den eigenen Gedanken. Und wenn die eigenen Gedanken aber eine Qualität haben, die jedem Drumherum des Lebens vollständig überlegen ist, dann kann man auch einfach im Knast, mit dem Rücken an einer kalten Betonwand gelehnt, weiterleben. Solange, wie es eben dauert.

Insgeheim hofft er aber manchmal, dass er vielleicht doch ein Außerirdischer ist und ihn irgendein im Weltall herumtreibendes Raumschiff abholt. Demnächst.

LIZ HOPPE

AUFGEPUTSCHT UND ABGEFAHREN

Zwei Mädchen, ein Jahr, eine pulsierende Stadt und die Suche nach dem ultimativen Kick. Berauscht von der Nacht, vom Sex betört tanzen sie zu Technobeats. Tanzen um ihr Leben.
Aufgeputscht und abgefahren – eine Achterbahn zwischen Himmel und Hölle, in der es nicht nur bergauf geht.

„Die Welt lag brach, unbenutzt und rein, direkt zu meinen Füßen. Ich musste nur zugreifen. Aber wonach? Wozu Äpfel pflücken, wenn man pures MDMA hat?"

Liz Hoppe , Aufgeputscht und abgefahren
Taschenbuch | 120 s. | 9,99 €
ISBN: 978-3-942920-18-6 | Veröffentlichungsdatum: 01.10.2012

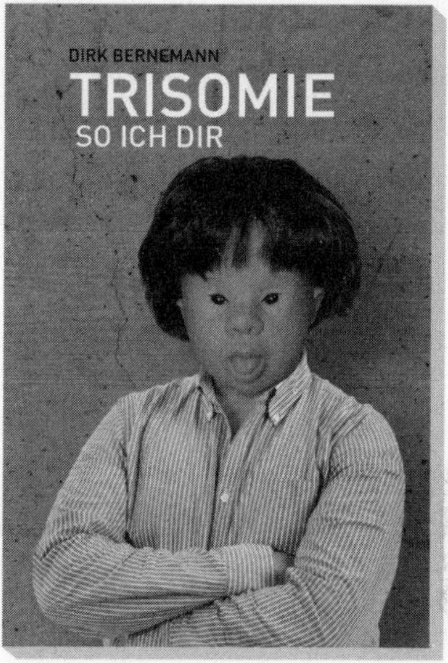

DIRK BERNEMANN

TRISOMIE SO ICH DIR

Roy hat ein Herz aus Pudding, Solveig züchtet Illusionen und Ingeborg muss am Ende ihres Lebens ihre Liebe halbieren. Die Leben dreier Menschen kollidieren, antriebsgestört, gefühlsüberfüllt und impulsbescheuert. Dabei passieren unnacherzählbare Dinge, bei denen nicht nur Gott lieber wegschaut.

Dirk Bernemann erzählt die verstörenden Biographien von drei Zufallsexistenzen, deren Lebenswege wie Regentropfen an der Fensterscheibe zusammenlaufen. Dazu benutzt er eine Sprache, die gleichzeitig dokumentiert und herzergreifend berührt.

„Die alte Frau denkt sich, wie sie Roy so ansieht und ihn mit ihren Geschichten ohrfeigt, was er denn schon von der Welt weiß und traut ihm lediglich Kindergefühle wie Geburtstagschönfinden oder Eisdielenwarteschlangengefühle zu."

Dirk Bernemann, Trisomie so ich Dir

Hardcover | 192 s. | 12,95 €

ISBN: 978-3-942920-05-6 | Veröffentlichungsdatum: 07.10.2011

MUSHIFLO
FICKEN
GELD
DROGEN
NUTTEN

ANDY STRAUSS

KUCK DIR DIE TIERE AN, WIE GLÜCKLICH DIE IMMER SIND

Was würdest du tun, wenn du nur noch zwei Monate zu leben hättest?
Oder wenn du dir mit der Idee eines Freundes einen goldenen Arsch verdient hättest, ohne ihn daran zu beteiligen?
Und was würdest du tun, wenn du schon immer eine Kerze hättest sein wollen, aber niemand nimmt diesen Wunsch wirklich ernst?
Wie geht man mit scheinbar unlösbaren Problem um?
Ganz einfach: Kuck dir die Tiere an, wie glücklich die immer sind.

Ein Roman über Schuld, Sühne und Suggestion.

Andy Strauß, Kuck dir die Tiere an, wie glücklich die immer sind
Hardcover | 160 s. | 14,95 €
ISBN: 978-3-942920-15-5 | Veröffentlichungsdatum: 26.09.2012

»Das größte Verbrechen eines Musikers ist es, Noten zu spielen, statt Musik zu machen.«

Isaac Stern (*1920), amerik. Violinist russ. Herk.